कब्रिस्तान में पंचायत

(निबन्ध संग्रह)

कब्रिस्तान में पंचायत

केदारनाथ सिंह

राधाकृष्ण प्रकाशन

ISBN : 978-81-7119-830-6

कब्रिस्तान में पंचायत

पहला संस्करण : 2003
तीसरा संस्करण : 2021
This book is printed on **Print on Demand** Technology : 2026

मूल्य : ₹595

प्रकाशक
राधाकृष्ण प्रकाशन प्राइवेट लिमिटेड
जी-17, जगतपुरी, दिल्ली-110 051

शाखाएँ : अशोक राजपथ, साइंस कॉलेज के सामने, पटना-800 006
पहली मंजिल, दरबारी बिल्डिंग, महात्मा गांधी मार्ग, प्रयागराज-211 001
1, अनमोल सोराबजी संतुक लेन, धोबी तलाव, मरीन लाइंस, मुम्बई-400 002
वेबसाइट : www.radhakrishnaprakashan.com
ई-मेल : info@radhakrishnaprakashan.com

KABRISTAN MEIN PANCHAYAT
by Kedarnath Singh

प्रो. पी. सी. जोशी के लिए
जिनकी आशंसाभरी प्रतिक्रियाओं से
मुझे हर अगले आलेख के लिए
नई खुराक मिली

अनुक्रम

नीम का पेड़ और वाक्यपदीयम्

कुछ सवाल हैं, जिन्हें अब कोई किसी से नहीं पूछता—यहाँ तक कि स्वयं से भी नहीं। जो गाँव से शहर आता है, उसे कुछ दिन उस नए माहौल में अटपटा जरूर लगता है, पर धीरे-धीरे वह उसका हिस्सा बनने लगता है और रिटायर होने-होने तक वह उसका इतना अभिन्न हिस्सा बन चुका होता है कि लौटने के लिए उसके पास दूसरी कोई जगह नहीं होती। जो होती है, उसके साथ स्मृति का एक पतला-सा धागा उसे जोड़े रखता है, जो इतना जर्जर होता है कि किसी भी क्षण टूट सकता है। इसलिए अब किसी से यह पूछना कि रिटायर होने के बाद आप कहाँ जाएँगे, एक निरर्थक-सा सवाल बनता जा रहा है। बहुत पहले कभी ग्रीक कवि कबाफी की एक कविता मैंने पढ़ी थी, जिसमें एक पंक्ति आती थी—'यदि तुमने किसी शहर में अपने जीवन के बीस बरस गुजार दिए, तो समझ लो तुम दुनिया के बाकी तमाम शहरों के लिए बेकार हो चुके हो।' यह पंक्ति इस सदी के दूसरे या तीसरे दशक में कभी लिखी गई थी और तब से शहरों का जीवन काफी बदल चुका है और उनकी वह मीठी-सी मारक शक्ति भी अधिक असरदार हो गई है जो आदमी के स्नायुतन्तुओं को धीरे-धीरे सुन्न कर देती है।

पर एक सुखद आश्चर्य तब होता है, जब हम पाते हैं कि अब भी कुछ लोग हैं, जो अपने जीवन का अधिकांश किसी शहर को सौंप देने के बाद, उस कस्बे या गाँव में लौट जाने की इच्छा अन्त तक बचाए रखते हैं, जहाँ से वे आए थे। ऐसे अक्सर छोटे लोग होते हैं—छोटे-छोटे काम करनेवाले, जिन्हें शहर तभी तक स्वीकार करता है, जब तक उनकी उपयोगिता होती है और उसके बाद उस सीठी की तरह जो गन्ने से रस के निचुड़ जाने के बाद मशीन में बच जाती है, उसे बाहर फेंक देता है। पर मैंने देखा है कि कुछ दूसरे प्रकार के लोग भी ऐसे होते हैं, जो एक निश्चित आर्थिक सुरक्षा के बावजूद, शहर के सारे तामझाम को छोड़कर अन्ततः अपने मूल स्थान को लौट जाते हैं और ऐसे लोग अक्सर वे होते हैं जिन पर आधुनिकता का दबाव जरा कम होता है। इससे कोई यह निष्कर्ष निकालना चाहे कि मूल-स्थान से विच्छिन्नता का सम्बन्ध उस संस्कृति से है, जिसे हम आधुनिकता कहते हैं तो शायद उसे नकारना आसान न होगा।

हिन्दी की दुनिया में पंडित रघुनाथ शास्त्री का नाम कदाचित् बहुत जाना-पहचाना न हो, पर वेदान्त और व्याकरण-दर्शन के क्षेत्र में वे अखिल भारतीय ख्याति के विद्वान थे, जिन्हें अब पश्चिम के भारतविद् भर्तृहरि के प्रसिद्ध ग्रन्थ 'वाक्यपदीयम्' के भाष्यकार

के रूप में जानते हैं। लम्बे समय तक यह ग्रन्थ अध्येताओं के बीच एक चुनौती की तरह रहा है। रघुनाथजी शायद पहले व्यक्ति थे, जिन्होंने उसका भाष्य लिखने का बीड़ा उठाया और वह भी तब जब वे वाराणसी के सम्पूर्णानन्द संस्कृत विश्वविद्यालय के आचार्य-पद से अवकाश ग्रहण कर चुके थे। प्रचलित धारणा यही है कि बड़ा बौद्धिक कार्य वहीं सम्भव है, जहाँ बड़े पुस्तकालय हों और जाहिर है यह सुविधा बड़े शहरों में ही सुलभ होती है। पर यह रघुनाथजी का विलक्षण साहस ही कहा जाएगा कि उन्होंने ठेठ गाँव को अपने कर्मक्षेत्र के रूप में चुना और यह आज अविश्वसनीय-सा लगता है कि पकी उम्र में 'वाक्यपदीयम्' जैसे जटिल ग्रन्थ के भाष्य-लेखन का सारा काम वहीं रहकर पूरा किया।

शहर में लम्बा जीवन बिताकर जब कोई गाँव लौटता है तो वह अपनों के बीच स्वयं को बहुत कुछ अजनबी की तरह पाता है। पर रघुनाथजी गाँव के जीवन में खूब रस लेते थे और वहाँ इस तरह रहते थे जैसे उस परिवेश से बाहर कभी गए ही न हों। कहते हैं, वहाँ रहते हुए उनके तीन ही काम थे, जिन्हें वे पूरे धर्मभाव से करते थे—गंगा स्नान, मुकदमा लड़ना और 'वाक्यपदीयम्' का भाष्य लिखना। मुझे कई बार लगता है कि भाष्य-लेखन के लिए 'वाक्यपदीयम्' के चुनाव और अवकाश-प्राप्ति के बाद गाँव में बसने के उनके निर्णय के बीच एक सहज सम्बन्ध था। यह अकारण नहीं है कि 'वाक्यपदीयम्' उत्तर आधुनिक विचारकों के बीच खासा चर्चित रहा है—यहाँ और पश्चिम में भी।

मैंने रघुनाथजी को एक पेड़ के नीचे बैठकर लिखते हुए देखा था और वह दृश्य मेरे लिए अविस्मरणीय है। यह शायद सन् 73-74 की बात होगी। मुझे बलिया कचहरी में किसी काम से जाना पड़ा था। उस परिसर में घुसते ही जो पहला व्यक्ति दिखाई पड़ा वे थे परशुराम चतुर्वेदी। उन्हें मैंने उनकी बड़ी-बड़ी मूँछों से पहचाना। वे वकालत से अवकाश ले चुके थे, लेकिन फिर भी बिना नागा कचहरी जरूर जाते थे। उनसे मिलकर जब आगे बढ़ रहा था तो उन्होंने एक नीम के पेड़ की ओर इशारा किया, जिसके नीचे एक आदमी बैठा कुछ लिख रहा था। उन्होंने बताया कि वे रघुनाथजी हैं और उस पेड़ के नीचे बैठकर 'वाक्यपदीयम्' का भाष्य लिख रहे हैं। कचहरी में 'वाक्यपदीयम्'? पहले मैं चौंका। फिर लगा कि निकट से देखना चाहिए। पहुँचा तो देखा कि वे उस सारे माहौल से निरपेक्ष और तन्मय लिखे जा रहे थे। मैंने प्रणाम किया तो उन्होंने पोथी से सिर ऊपर उठाया और पूछा—'आप'? मैंने गाँव के हवाले से अपना परिचय दिया और फिर अपने कुतूहल को रोक न सका। मैंने पूछा—'पंडितजी, कचहरी के इस शोरगुल के बीच आप कैसे लिख लेते हैं?' उन्होंने कचहरी के मैदान के एक सधे हुए खिलाड़ी की तरह उत्तर दिया—'क्यों, इसमें कठिनाई क्या है? मेरी आँखें पोथी पर लगी हैं और कान जज साहब की पुकार की ओर और दोनों में कोई विरोध नहीं है।'

उस दिन मुझे पहली बार पता चला कि संसार को असार माननेवाले उस वेदान्ती में एक अद्‌भुत कुतूहलवृत्ति भी है और एक ऐसी जिन्दादिली जो असारता की अवधारणा

को ध्वस्त करती है। बोले—'सुनो, अभी कुछ दिन पहले डॉ. राघवन मेरे गाँव आया था।' मैंने पूछा, 'कौन राघवन ?' तो बोले—'अरे वही मद्रासवाला अंग्रेजी ढंग का संस्कृत विद्वान।' जब मैंने पूछा कि किसलिए आए थे तो बोले—'वाक्यपदीयम् की एक कारिका में उलझ गया था, सो स्पष्टीकरण के लिए आया था।' फिर हँसते हुए जोड़ा—'मैंने उसे तो समझा दिया और वह पूर्ण सन्तुष्ट होकर चला भी गया। पर मैं अब तक उस कारिका से उलझ रहा हूँ—लग ही नहीं रही है।' इस तरह की स्वीकारोक्ति के लिए जो नैतिक साहस चाहिए, वह रघुनाथजी में था और उनके गहरे पांडित्य के भीतर से पैदा हुआ था। मैं सोचने लगा—यह जो वृद्ध व्यक्ति मेरे सामने है—जो कचहरी के निरर्थक कोलाहल के बीच एक नीम के नीचे बैठकर 'वाक्यपदीयम्' की एक कारिका से अपने निपट एकान्त में घंटों से उलझ रहा है, उसे कैसे समझा जाए ? क्या संगति है उस सारे ऊलजलूल की, उस गहन चिन्तन की प्रक्रिया के साथ जो उस मस्तिष्क में चल रही है और फिर भी कान हैं कि जज साहब की पुकार की ओर लगे हैं।

शायद उस पूरी स्थिति का सम्बन्ध उस बड़े परिवेश से हो, जिसमें गंगा नदी भी थी और नीम का पेड़ भी और चारों ओर से घेरे हुए वह भरपूर गहमागहमी भी जिसे जीवन कहा जाता है। आधुनिक मनुष्य की, अपने मूल से विच्छिन्नता का यह एक समाधान था, जिसे 'वाक्यपदीयम्' के भाष्यकार ने अपने लिए खोज लिया था। पर क्या यह सचमुच आज के नागरिक मनुष्य के लिए कोई समाधान है ? शायद हो, शायद न हो। पर यदि चुनाव की छूट हो (जो कि दिनोंदिन कम होती जा रही है) तो 'हो' के पक्ष में मतदान करूँगा।

कब्रिस्तान में पंचायत

यह शीर्षक कुछ चौंकानेवाला लग सकता है। पर मेरी मजबूरी है कि जिस घटना का बयान करने जा रहा हूँ, उसके लिए इसके सिवा कोई शीर्षक हो ही नहीं सकता। कब्रिस्तान वह जगह है जहाँ सारी पंचायतें खत्म हो जाती हैं। मुझे याद आता है कि रूसी कवयित्री अन्ना अख्मातोवा की एक युद्धकालीन कविता में बमबारी से ध्वस्त पीटर्सबर्ग (जो तब लेनिनग्राद कहलाता था) के बारे में एक तिलमिला देनेवाली टिप्पणी है, जिसमें वे कहती हैं—"इस समय शहर में अगर कहीं कोई ताजगी है तो सिर्फ कब्रिस्तान की उस मिट्टी में, जो अभी-अभी खोदी गई है।" शब्द मुझे ठीक-ठीक याद नहीं। पर आशय यही है। कब्रिस्तान पर बहुत-सी कविताएँ लिखी गई हैं। पर अन्ना अख्मातोवा की यह एक पंक्ति शायद सब पर भारी पड़ती है। कब्रिस्तान का जो पक्ष मुझे सबसे दिलचस्प लगता है वह यह कि कई बार मृतकों के घर के आजूबाजू जिन्दा लोगों के भी घर होते हैं। जीवन और मृत्यु का यह विलक्षण सह-अस्तित्व सिर्फ एक कब्रिस्तान में ही दिखाई पड़ता है—जहाँ एक ओर नया गड्ढा खोदा जा रहा है तो दूसरी ओर बच्चे लुकाछिपी खेल रहे हैं।

मेरे अपने गाँव में मुसलमान परिवारों की संख्या ज्यादा नहीं है। सन् सैंतालीस से पहले कुछ अधिक परिवार थे। पर उसके बाद उनकी संख्या क्रमशः कम होती गई। वे कहाँ गए, इसके बारे में कोई कुछ नहीं जानता। अब सिर्फ तीन-चार परिवार रह गए हैं और उनका एक छोटा-सा कब्रिस्तान है, जो गाँव के एक सिरे पर है। मुझे याद नहीं कि आधुनिक सुविधाओं से वंचित उस छोटे-से गाँव में कभी कोई साम्प्रदायिक तनाव हुआ हो। हाँ, एक बात जरूर हुई है कि कब्रिस्तान की भूमि थोड़ी पहले से सिकुड़ गई है, जिसे चारों ओर से बाँस और नागफनी के जंगल ने ढँक लिया है। शायद यही कारण है कि वह छोड़ी हुई भूमि आबादी का हिस्सा बनने से बच गई।

पर सभी जगह ऐसा नहीं है। हम सब जानते हैं कि कब्रिस्तान की भूमि को लेकर छोटे-मोटे तनाव अक्सर होते रहते हैं। कई बार इसकी दुर्भाग्यपूर्ण परिणतियाँ भी देखी गई हैं। एक ऐसे ही अवसर पर होनेवाली पंचायत में मुझे शामिल होना पड़ा था, जिसकी स्मृति मेरे जीवन की सबसे महत्त्वपूर्ण स्मृतियों में से एक है। पूर्वी उत्तर प्रदेश के जिस छोटे-से टाउन में मैं प्राचार्य-पद पर काम करता था, उसके आसपास के गाँवों में मुस्लिम आबादी अच्छी-खासी थी। पर कुल मिलाकर बुद्ध की स्मृति की छाया में पलनेवाला वह

जनपद साम्प्रदायिक सौहार्द के लिहाज से काफी शान्त रहा है और किसी हद तक आज भी है। पर एक बार एक कस्बानुमा-गाँव में, जहाँ दोनों सम्प्रदायों की आबादी लगभग बराबर थी, एक छोटी-सी घटना घट गई। वह होली के आसपास का समय था, जब हवा में पकी हुई फसल की एक हल्की-सी गंध घुली रहती है। पर तनाव की प्रकृति शायद यह होती है कि वह कभी भी और कहीं से भी पैदा हो सकता है—फिर वह कब्रिस्तान की बंजर भूमि ही क्यों न हो। अचानक यह खबर फैली कि उस गाँव में दंगा हो गया है और आशंका थी कि वह पूरे इलाके में आग की लपट की तरह फैल न जाए। जिलाधिकारी ने समय रहते अपने पूरे पुलिस-बल के साथ हस्तक्षेप किया और फसाद थम गया। पर सिर्फ वह थमा था, खत्म नहीं हुआ था। फिर जिलाधिकारी की पहल पर ही इलाके के कुछ प्रमुख लोगों को बुलाया गया, जिसमें महाविद्यालय का प्रिंसिपल होने के नाते मैं भी शामिल था। फिर पूरी टोली उस स्थान पर ले जाई गई, जहाँ से दंगा शुरू हुआ था। वह कब्रिस्तान की जमीन थी, जिसके एक किनारे पर दो-चार घर बने हुए थे और मवेशियों के लिए कुछ दोचारे भी।

वहाँ दोनों समुदायों के कुछ वरिष्ठ लोग बुलाए गए और तय हुआ कि समस्या का समाधान पंचायत के द्वारा निकाला जाएगा। जिलाधिकारी ने घोषित किया कि दोनों पक्ष के लोग एक-एक पंच मनोनीत करेंगे और दोनों मिलकर जो फैसला करेंगे, वह दोनों ही समुदायों को मान्य होगा। बहुसंख्यक समुदाय ने पहले निर्णय किया और फिर मुझे बताया गया कि वहाँ से मेरे नाम का प्रस्ताव किया गया है। अल्पसंख्यक समुदाय के निर्णय में थोड़ा समय लगा। पर अन्ततः उन्होंने भी एक फैसला कर लिया और उसे एक चिट पर लिखकर जिलाधिकारी की ओर बढ़ा दिया। उन्होंने चिट को खोला और फिर मेरी ओर बढ़े। बोले—अद्‌भुत निर्णय है, अल्पसंख्यक समुदाय ने भी आप ही को चुना है। जिलाधिकारी महोदय चकित थे, पर इसके पीछे जो संकेत था, उससे थोड़े आश्वस्त भी। चकित तो मैं भी था कि आखिर यह हुआ कैसे ?

पर मेरी असली परीक्षा अब थी। जो दायित्व मुझे सौंपा गया था, उसके लिए मैं सक्षम हूँ, इसको लेकर गहरे सन्देह मेरे भीतर थे। मेरी सबसे बड़ी सीमा तो यही थी कि मैं उस तनाव के इतिहास और उसकी पृष्ठभूमि से बिल्कुल अपरिचित था। पर मेरे सौभाग्य से उस गाँव के प्रधान एक वृद्ध मुसलमान थे, जो पेशे से डॉक्टर थे और जिनकी शिक्षा-दीक्षा कश्मीर में हुई थी। मैं उनसे मिला और मेरे प्रति उस समुदाय ने जो विश्वास व्यक्त किया था, उसके लिए उनका शुक्रिया अदा किया। फिर रहा न गया तो पूछ ही लिया—''आखिर आप लोगों ने यह कैसे समझा कि मैं आपके विश्वास का पात्र हूँ।'' वह बोले—''हम आपको नहीं जानते। पर हमारे लड़के जो आपके यहाँ पढ़ते हैं, उन्होंने आपके बारे में जो बता रखा था, यह फैसला उसी की बुनियाद पर किया गया।'' मैं अवाक् था—और उस गुरुत्तर दायित्व के भार से दबा हुआ भी, जो अचानक मुझ पर डाल दिया गया था।

पर मेरी परेशानी को शायद डॉक्टर ने जान लिया। जैसा कि बता चुका हूँ, वे उस

गाँव के प्रधान भी थे। वे मुझे कुछ दूर ले गए और सारे संघर्ष की कहानी बताई, जो संक्षेप में यह थी कि बहुसंख्यक समुदाय ने कब्रिस्तान की लगभग आधी जमीन पर कब्जा कर लिया है और यह काम एक दिन में नहीं, कोई चालीस-पचास वर्षों से धीरे-धीरे होता आ रहा था। फिर उन्होंने निष्कर्ष दिया—"ज्यादती उनकी है, गलती हमारी।" मैंने पूछा—"गलती कौन-सी ?" बोले—"हमने कभी एतराज नहीं किया—इसलिए पचास साल बाद एतराज करना बिल्कुल बेमानी है।"

मैंने पूछा—"फिर रास्ता क्या है ?" वे कुछ देर सोचते रहे। फिर बोले—"एक ही रास्ता है, जहाँ तक कब्जा हो चुका है, उसमें से कुछ गज जमीन हमें लौटा दी जाए, ताकि हमें लगे कि हमारी भावना का सम्मान किया गया। उसके बाद जो सीमा-रेखा तय हो, उस पर दीवार खड़ी कर दी जाए, जिसका खर्च दोनों पक्ष बर्दाश्त करें।"

वृद्ध डॉक्टर का दिया हुआ फार्मूला मैंने सभा के सामने इस तरह रखा जैसे कि वह पंचायत का (यानी कि मेरा) फैसला हो। पर मेरा उसमें कुछ नहीं था। यह कहते हुए कि 'दीवार खड़ी कर दी जाए' मुझे अच्छी तरह याद है कि मैं थोड़ा अटका था—क्योंकि मुझे एक और बड़ी लेकिन अदृश्य दीवार याद आ गई, जो देश के नक्शे में खड़ी कर दी गई थी। पंचायत ने फैसला दिया और उठ गई। यह कोई 25-26 साल पहले की बात है। मैं नहीं जानता उस दीवार का क्या हुआ ? शायद वह बनी हो और शायद उसे कुछ साल बाद तोड़ दिया गया हो—पर यही क्या कम है कि उसके बाद वहाँ से फिर किसी फसाद की खबर नहीं आई। मुझे जीवन में छोटे-बड़े कई सम्मान मिले हैं—हालाँकि मैं दावे के साथ नहीं कह सकता कि पुरस्कार को ठीक-ठीक 'सम्मान' कहा जा सकता है या नहीं। पर कैसी विडम्बना है कि मुझे जीवन का सबसे बड़ा 'पुरस्कार' एक कब्रिस्तान में मिला था, जिसके बारे में सोचकर मेरा माथा कृतज्ञता से झुक जाता है।

बसना कुशीनगर में

काफी पहले—शायद 1974-75 के आसपास मैंने कुशीनगर में जमीन का एक टुकड़ा देखा था। सोचा था, उसे खरीदकर वहाँ एक छोटा-सा घर बनाऊँगा। यह सम्भव न हो सका, क्योंकि बीच में दिल्ली आ गई। दिल्ली और कुशीनगर, ये हमारे जीवन की वास्तविकता के दो छोर हैं, जिन्हें जोड़नेवाला पुल कभी बना ही नहीं। एक बार जब दिल्ली आ गया तो फिर न चाहते हुए भी दिल्ली का ही हो रहा। कुशीनगर को तो नहीं भूला, पर वह जमीन का टुकड़ा, जहाँ रिटायर होने के बाद बसना चाहता था, धीरे-धीरे स्मृति से ओझल होता गया। पिछले दिनों उधर जाना हुआ था और जब कुशीनगर से गुजर रहा था तो देखा, वह जमीन का टुकड़ा अब भी उसी तरह खाली है। पर वहाँ बसने की इच्छा कब की मर चुकी थी। 'मर चुकी थी'—शायद यह मैंने गलत कहा। सिर्फ दिल्ली की धूल की अनगिनत परतों के नीचे कहीं दब गई थी। उस दिन उस जमीन के खाली टुकड़े को देखा तो दबी हुई इच्छा जैसे फिर से जग पड़ी। पर तब और अब के बीच लम्बा फासला है। दिल्ली में बिना जमीन का एक घर ले लिया है—लगभग हवा में टंगा हुआ। यहाँ ज्यादातर लोग हवा में टंगे हुए रहते हैं—शायद यह कास्मोपालिटन संस्कृति का खास चरित्र-लक्षण है।

पहली बार जब कुशीनगर गया था तो वह खासा उजाड़ था। बुद्ध की उस निर्वाण-स्थली को देखने जानेवालों की संख्या बहुत कम थी। विदेशी पर्यटक तो बहुत कम दिखाई पड़ते थे। शायद आवागमन की सुविधा का अभाव इसका एक कारण रहा होगा। अब जापान सरकार की मदद से सड़क बेहतर हो गई है। बगल में ही एक हवाई अड्डे का निर्माण चल रहा है—जिस पर कहते हैं, बड़े हवाई जहाज भी उतर सकेंगे। एक सरकारी गेस्ट हाउस के अलावा अनेक नए विदेशी होटल बन चुके हैं—बेहद महँगे और आधुनिक सुविधाओं से संयुक्त। आधुनिकता इतनी महँगी क्यों होती है ? क्या इसीलिए वह भारतीय जीवन की जो सामान्य धारा है, उसका हिस्सा आज तक नहीं बन पाई है ? ऐसे में उत्तरआधुनिकता की चर्चा विडम्बनापूर्ण लगती है—मानो एक पूरा समाज छलाँग मारकर किसी नए दौर में पहुँच गया हो।

पर जिस कुशीनगर में मैं बसना चाहता था, वह एक और कुशीनगर था। उसका स्थापत्य कुछ ऐसा था, जैसे वह पूरा परिवेश खुदाई के बाद बाहर निकाला गया हो। शाल वन तो कब का खत्म हो चुका था। पर जो वृक्ष और वनस्पतियाँ बची थीं, उनमें

थोड़ा-सा 'बनैलापन' कहीं अब भी दिखाई पड़ता था। इसी परिवेश के एक अविच्छिन्न हिस्सा थे—चीना बाबा। हाँ, इसी नाम से उस क्षेत्र की जनता उन्हें जानती थी। उनके बारे में असंख्य कहानियाँ प्रचलित थीं। पर वे उस अर्थ में बाबा नहीं थे, जिस अर्थ में हम इस शब्द को जानते हैं। वे चीनी मूल के थे और पिछली शताब्दी के शुरू में कभी भटकते हुए कुशीनगर आ गए थे, लगभग किशोर वय में। वे पर्यटक की तरह नहीं आए, ऐसे आए थे जैसे किसी स्थान के आकर्षण से खिंचा हुआ कोई चला आता है। वे चुपचाप आए थे और एकदम चुपचाप उस स्थान के एक कोने में रहकर उन्होंने लगभग साठ बरस बिता दिए।

कोई घर नहीं था उनके पास—यहाँ तक कि एक झोंपड़ी भी नहीं। घर की जगह उन्होंने एक पेड़ को चुना था। मुझे कई बार लगता है कि पेड़ शायद आदमी का पहला घर है। इसीलिए जब उसे कहीं जगह नहीं मिलती, तो वह उसी घर में चला जाता है और यह कितना अद्भुत है कि उसका दरवाजा हमेशा खुला मिलता है। तो उस किशोर चीनी भिक्खु को भी (जिसे बाद में भारतीय मानस ने 'चीना बाबा' का नाम दे दिया) उसी वृक्ष-घर ने पहले शरण दी, एकदम निःशुल्क। वह वृक्ष भी कोई सामान्य पेड़ नहीं था—एक विशाल बरगद। बरगद की हजार खूबियाँ होती हैं—पर एक बहुत बड़ी खूबी यह होती है कि वह पक्षियों के लिए एक उन्मुक्त सदावर्त की तरह होता है—एकदम निर्बाध और चौबीसों घंटे खुला। वह किशोर चीनी भिक्खु भी एक पक्षी की तरह उड़कर उस बरगद के पास आ गया था और बरगद ने सिर्फ उसे रहने की जगह ही नहीं दी, खाने-पीने का भी बन्दोबस्त कर दिया। खाने के लिए ऊपर 'पकुहे' (बरगद की छोटी-छोटी फलियाँ) थे और नीचे पुरातन नदी का पवित्र जल।

पर उस विशाल वट-वृक्ष की एक और खूबी थी। वह एक स्तूप के ऊपर खड़ा था और उसके दबाव से स्तूप एक ओर थोड़ा झुक गया था। बौद्ध इतिहास स्तूपों से भरा है। पर निर्वाण-स्थली के पास का वह स्तूप न सिर्फ सबसे छोटा है, बल्कि सबसे अनगढ़ भी। उसकी अनगढ़ता को वट-वृक्ष ने थोड़ा ढँक लिया था और वहाँ इस तरह खड़ा था, जैसे स्तूप के साथ ही उसकी रचना की गई हो। उसी वट-वृक्ष पर चीनी भिक्खु ने एक छोटी-सी मचान बना ली थी और अपने दीर्घ जीवन के पूरे साठ साल उसी पर बिताए थे। और बातें छोड़ भी दें तो यह अपने आपमें एक रोमांचकारी घटना की तरह लगता है।

अगर मैं भूलता नहीं तो सन् 1960 में तत्कालीन प्रधानमन्त्री पंडित जवाहरलाल नेहरू कुशीनगर आए थे—किसी कार्यक्रम के सिलसिले में। कहते हैं उस समय उन्हें वह स्तूप भी दिखाया गया था, जो असल में वृद्ध चीनी भिक्खु का 'घर' था। पं. नेहरू बौद्ध संस्कृति के प्रेमी थे। उन्हें स्तूप पर बरगद का होना अटपटा—बल्कि स्तूप के लिए क्षतिकारक भी लगा। सो, उन्होंने आदेश दिया कि बरगद को काट गिराया जाए। कहते हैं कि इसकी सूचना जब वृद्ध भिक्खु को दी गई तो उसने प्रतिरोध किया। पर आदेश ऐसा था कि उसे टाला नहीं जा सकता था। इसलिए एक सुबह मजदूर बुला लिए गए

और बरगद को काट गिराने का निश्चय कर लिया गया। अब बरगद पर चीनी भिक्खु था और नीचे सरकारी अहलकार। भिक्खु का तर्क था कि यह मेरा घर है और इसे काटा नहीं जा सकता और जनता की प्रतिक्रिया यह थी कि भिक्खु के तर्क में दम है। पर हुआ वही जो होना था। भिक्खु को जैसे-तैसे नीचे उतरने के लिए राजी किया गया। उसे इस तर्क ने लाचार और निहत्था कर दिया कि यदि बरगद को नहीं काटा गया तो स्तूप टूटकर गिर जाएगा। बरगद को काट गिराया गया, पर जो टूटकर नीचे गिरा, वह असल में वृद्ध चीनी भिक्खु था। वह मचान से उतरकर नीचे आ तो गया—पर इस तरह जैसे उसकी आँखों के आगे पूरे साठ साल भहराकर गिर पड़े हों।

मैं इसी घटना-क्रम के बीच उस भिक्खु से मिला था—नहीं, उसे सिर्फ 'देखा' था। उसके लिए स्तूप के निकट ही एक छोटा-सा कमरा बनवा दिया गया था, जिसमें वह बन्द था। उसने कई दिनों से खाना-पीना बन्द कर रखा था। आसपास के लोग खाना लेकर आते थे और खिड़की से आवाज देते थे—'चीना बाबा, खाना खा लो।' पर वह उस आवाज से जैसे हजारों मील दूर कहीं पड़ा था—मानो चीन देश की किसी छोटी-सी पुरानी कोठरी में। यह उसका निर्वाण था—लगभग उसी भूखंड पर जहाँ बुद्ध का निर्वाण हुआ था।

अब यह घटना एक किंवदन्ती बन चुकी है। पर जब भी उस प्रसंग को याद करता हूँ तो मेरा अपना कुशीनगर में बसने का विचार और वहाँ न बस पाने की कसक—दोनों ढोंग की तरह लगते हैं।

माँ की जगह

कुछ दिन पहले माँ पर एक कविता पढ़ रहा था—किसी नए कवि की। कुछ पंक्तियाँ अच्छी लगीं—बल्कि कहूँ तो छू गईं। पर मैं सोचने लगा कि यह माँ जो इधर की कविता में अक्सर दिखाई पड़ती है, वर्तमान समाज में उसकी जगह कहाँ है ? समाज नामक इस विराट इमारत में वह कौन-सा कमरा है, जो माँ का अपना कमरा है ? क्या ऐसा कोई कमरा है, या सिर्फ बरामदे या बाल्कनी का कोई छोटा-सा कोना है, जिसे एक वृद्धा माँ अपना घर समझती है। मैंने अपनी माँ-समेत, गाँव से लाई जाकर शहर में रहनेवाली अनेक माँओं को देखा है और पाया कि वे घर की सारी दिनचर्या से अलग एक कोने में बैठी आसमान देख रही हैं या बाहर उड़ती किसी चिड़िया को देखकर यह अन्दाज लगाने की कोशिश कर रही हैं कि दुनिया में आजकल हो क्या रहा है। यह हिला देनेवाला दृश्य होता है—कहीं गहरे तक मथनेवाला। पर कई बार मुझे लगता है कि यह 'हिलने' की क्षमता भी हम धीरे-धीरे खोते जा रहे हैं। एक वृद्धा माँ का घर के किसी कोने में इस तरह होना महज एक अति परिचित दृश्य है—जैसे मेज है या दीवार-घड़ी। यह एक तकलीफदेह वास्तविकता है, पर है और इस तरह है कि उस पर अलग से सोचने- विचारने की जरूरत भी कम ही महसूस की जाती है।

आज से कोई दस-बारह साल पहले माँ को जब दिल्ली लाया था तो मन में एक अजब-सा उत्साह था कि माँ दिल्ली देखेंगी। तब से लगातार वह मेरे साथ है और मैं पाता हूँ कि उसकी चारपाई ही उसकी दिल्ली है और वह खिड़की ही उसकी दुनिया, जिस पर वह सबसे अधिक भरोसा करती है। अनजान उसके लिए कोई नहीं। मिल जाने पर वह उड़िया, बंगाली या मद्रासी से भी उसी तरह बात करती है—अपनी ठेठ पुरबिहा भोजपुरी में—जैसे गाँव के किसी पड़ोसी से करती थीं। मुझे आश्चर्य तब होता है, जब लोग उसकी बात समझ भी लेते हैं। उसे विश्वास है कि सारी दुनिया भोजपुरी जानती है और एक दिन जब मैंने इसका खंडन किया तो उसने मुझे इस तरह देखा जैसे मैं झूठ बोल रहा होऊँ। अपनी बोली पर यह अगाध और नीरन्ध्र विश्वास सिर्फ एक माँ के पास होता है—वही माँ जिसकी स्थिति आधुनिक शहरी समाज में निरन्तर विडम्बनापूर्ण होती जा रही है। अकेली वह अपने गाँव के सुपरिचित परिवेश में भी हुई है, पर वहाँ पास-पड़ोस नाम की एक चीज अब भी जिन्दा है—बहुत कुछ नष्ट-भ्रष्ट हो जाने के बाद भी। इसलिए वहाँ अकेलापन शायद उतना भयावह नहीं होता।

मैं जब भी माँ की इस विडम्बनापूर्ण स्थिति के बारे में सोचता हूँ तो मुझे एक छोटी-सी घटना याद आती है। पिछली अमरीका-यात्रा में एक विचित्र आदमी से भेंट हुई—एक टिपिकल अमरीकी व्यवसायी, बहुत कुछ उस तरह का कटा-छँटा और चौकोर, जिसे कुछ समाजशास्त्री 'स्क्वायर' कहते हैं। संयोगवश वह व्यक्ति विमान में मेरी बगल में बैठा था। देर तक वह अपने कुछ कागजों को उलटता-पलटता रहा और बीच में अपने गिलास से एक-आध 'सिप' भी ले लेता था। जब थोड़ा-सा अवकाश मिला तो मैंने उससे बातचीत शुरू की। उसने बताया कि वह शिकागो से आ रहा है और बोस्टन के रास्ते में है। आगे उसने यह भी जोड़ा—जैसे बात का कोई जरूरी हिस्सा छूटा जा रहा हो—कि वह सीधे अपनी माँ को दफनाकर आ रहा है और उसके पास इतना भी समय नहीं था कि वह उपरान्त-संस्कारों को पूरा करने के लिए रुक सके। यहाँ मुझे अचानक कामू का 'आउट साइडर' उपन्यास याद आया और मैं चकित था कि गल्प यथार्थ के कितना निकट हो सकता है ! मैंने जब दबे स्वर में पूछा कि रुके नहीं तो उसने निहायत ठंडे स्वर में कहा—'बिजनेस डज नाट वेट' (व्यवसाय इन्तजार नहीं करता)। आगे उसने स्पष्टीकरण दिया कि अगली सुबह ईरान से कालीनों की नई खेप आनेवाली है और यदि वह नहीं पहुँचा तो सब अस्त-व्यस्त हो जाएगा। उसे ईरान से आनेवाली कालीन और माँ के संस्कार के बीच चुनना था और उसने कालीन को चुना। अपने व्यवसाय से उसका कितना गहरा जुड़ाव था, इसका पता मुझे तब चला जब उसने मेरी राष्ट्रीयता के बारे में पूछा। जब मैंने भारत का नाम लिया तो उसने लगभग चीखते हुए कहा—'ओ ! भदोही...भदोही...' मुझे दुख हुआ और बेशक आश्चर्य भी कि मेरा इतना बड़ा देश और इतने सारे शहर और उनमें मछली की आँख की तरह सिर्फ उसे याद है 'भदोही'—वह भी इसलिए कि वहाँ कालीनें बनती हैं।

पर यही आदमी है, जिसे कमोबेश सारी दुनिया के बड़े शहरों में पूँजीनिष्ठ आधुनिक समाज ने रचा है। यह आदमी मछली की आँख की तरह सिर्फ 'भदोही' को देखता है और हरेक का अपना एक अलग भदोही है और यदि नहीं है तो वह कहीं न कहीं उसकी तलाश कर रहा है। निजी लक्ष्य की ऐसी अचूक केन्द्रिकता शायद इससे पहले किसी समाज में नहीं थी और एक ऐसे समाज में वृद्धा माँ अगर कालीन से कमतर चीज़ होकर रह जाए तो इसमें आश्चर्य क्या ?

अभी दो दिन पहले ही लौटा हूँ—माँ को गाँव में छोड़कर। वह दिल्ली से दो महीने पहले गई थी और जब मैंने दिल्ली चलने का आग्रह किया तो बोली—नहीं, अभी नहीं जाऊँगी—अभी बहुत से काम हैं। काम कोई नहीं है, यह मैं अच्छी तरह जानता था। फिर भी मैंने उसे वहाँ छोड़ दिया। एक बड़े से पुराने घर में उसे अकेले छोड़ना अपराध जैसा लग रहा था। फिर मैंने सोचा—उसे अपने सहज परिवेश से हटाकर दिल्ली में रखना भी तो अपराध ही है। और ऐसा अपराध हम करते हैं और कई बार इस तरह करते हैं जैसे वृद्धा माँ या वृद्ध पिता को गाँव से निकालकर एक उच्चतर जीवनलीला के परिसर में प्रवेश दिला रहे हों। जब माँ को गाँव में छोड़कर चौखट से बाहर निकल रहा था

तो ये सारी बातें मेरे दिमाग में घूम रही थीं। पर अपने जाने-पहचाने चेहरों और अपनी बोली-बानी के बीच तो रहेगी। जानता हूँ, महीने-दो महीने बाद जाऊँगा और उसे उसकी इच्छा के विरुद्ध इस तरह उठा लाऊँगा जैसे किसी श्रवण कुमार-धर्म का निर्वाह कर रहा हूँ। पर यह करना ही होगा—क्योंकि सौभाग्य से मैं या बृहत्तर भारतीय मानस के विकास (?) के उस स्तर तक नहीं पहुँचा है, जहाँ उसे 'भदोही' से परे कुछ दिखाई ही न पड़े। फिर भी यह कचोटता हुआ तथ्य तो रह ही जाता है कि माँ यदि लौटकर यहाँ आ भी गई तो उससे क्या समस्या का समाधान हो जाएगा ? फिर विकल्प क्या है ? जिस ढाँचे में हम डाल दिए गए हैं, उसमें सचमुच क्या कोई विकल्प है ?

यह सब लिखते हुए मुझे माँ पर लिखी असंख्य कविताएँ याद आ रही हैं। एक कवि ने तो यहाँ तक कहा था कि माँ पर कविता लिखी ही नहीं जा सकती और शायद उसने गलत नहीं कहा था। फिर भी माँ पर कविताएँ लिखी जाती हैं और लिखी जाती रहेंगी। पर आनेवाला पाठक ऐसी तमाम कविताओं को पढ़कर आनन्दित होने के बजाय, आधुनिक (या उत्तर आधुनिक) समाज में एक उम्र की आँच में पकती हुई माँ की अनिश्चित जगह के कारण एक तीखे विडम्बना-बोध से विचलित होता रहेगा या इस विचलित होने की क्षमता को भी खोता जाएगा। यह तो माँ की स्थिति का बखान हुआ—एक अन्य का जो इतना अभिन्न है। पर स्वयं माँ की दृष्टि में बेटे की तस्वीर क्या हो सकती है, इसका एक मार्मिक चित्र रूसी कवि रसूल हम्जातोव की एक छोटी-सी कविता में मिलता है। कविता का ठीक-ठीक पाठ मेरे सामने नहीं है। पर स्मृति के आधार पर उसका एक निकटतम पाठ यहाँ प्रस्तुत करने की कोशिश कर रहा हूँ। कविता माँ की ओर से बेटे का बखान है जो कुछ इस तरह है—

वह जब छोटा था
उसे बोलना नहीं आता था
वह सिर्फ तुतलाता था
और मैं उसकी हर बात समझ लेती थी
अब वह बड़ा हो गया है
और बहुत बोलता है
पर उसकी एक भी बात
मेरी समझ में नहीं आती

माँ का यह सीधा-सादा बयान आज की दुनिया में उसकी स्थिति पर एक तल्ख टिप्पणी है और शायद उस कारण की ओर इशारा भी, जिसके चलते वह और उसके द्वारा रची गई उसकी अपनी ही सृष्टि, दोनों लगभग अबोलेपन की हद तक अलग-थलग जा पड़े हैं।

छोटे शहरों के जीवन की लय

छोटे शहरों के जीवन की लय भारतीय जीवन की अपनी लय है। एक समय था जब साहित्य इन्हीं शहरों में पलता था। तब मैथिलीशरण गुप्त चिरगाँव में रहकर अपने समय के काव्य की धुरी बन सकते थे और माखनलाल चतुर्वेदी खंडवा में रहकर अपने आपको 'भारतीय आत्मा' कह सकते थे। वह समय था जब सांस्कृतिक धरातल पर केन्द्र के बजाय हाशिया ज्यादा महत्त्वपूर्ण था और हिन्दी के प्रचार-प्रसार में एक स्वाभाविक बहु-केन्द्रिकता थी। इन छोटे-छोटे केन्द्रों का टूटना या कहीं पीछे छूट जाना स्वाधीनता के बाद के सांस्कृतिक जीवन की सबसे बड़ी दुर्घटना है। अर्थ और राजनीति के समानान्तर संस्कृति के क्षेत्र में भी केन्द्रीकरण की प्रवृत्ति बढ़ी है और वह केन्द्रीयता जो राजधानी दिल्ली को कभी प्राप्त नहीं थी, जाने-अनजाने उसे मिलती गई है। नतीजा यह है कि राजनीति की तरह साहित्य के क्षेत्र में भी बड़े शहरों और छोटे शहरों के बीच की सांस्कृतिक दूरी बढ़ी है। यह एक ऐसी परेशान करनेवाली वास्तविकता है, जिसकी ओर कम ध्यान दिया गया है और विचार-विमर्श के दायरे में उसे लाने की कोशिश तो बिल्कुल नहीं की गई है।

अपवादस्वरूप कुछ छोटे शहरों या कस्बों को छोड़ दिया जाए (खासतौर से बिहार और मध्यप्रदेश में—जहाँ अलग-अलग कारणों से सांस्कृतिक जागरूकता अधिक रही है) तो पूरे हिन्दी क्षेत्र में साहित्य-लेखन के दो अलग-अलग खाने बन गए हैं। एक ओर छोटे शहरों का साहित्य है, जिनके अपने कवि हैं, अपने कथाकार और ढूँढ़ा जाए तो उनके अपने आलोचक भी मिल जाएँगे। वह रचना की एक ऐसी दुनिया है, जिसका समकालीनता की उस अवधारणा से कुछ लेना-देना नहीं, जिसका विकास बड़े शहरों में हुआ या हो रहा है। इस प्रकार के लेखन की एक खास बात यह है, वह पश्चिम द्वारा प्रस्तावित या आविष्कृत शैलियों या रूपों को अपना मॉडल नहीं मानता, बल्कि उनके बारे में जानना जरूरी भी नहीं समझता। वहाँ सारा ध्यान लोकरुचि पर होता है और एक कवि के लिए इस लोकरुचि की कसौटी वे श्रोता होते हैं, जो कवि-सम्मेलनों में उन्हें सुनने आते हैं।

इधर हिन्दी के क्षेत्र के छोटे शहरों में एक चुपचाप नया आन्दोलन भी आकार ग्रहण करने लगा है और वह है स्थानीय भाषाओं (जिन्हें अब तक बोलियाँ कहा जाता था) का बढ़ता हुआ दबाव। इसका एक परिणाम यह है कि विभिन्न क्षेत्रों के बहुत से

हिन्दी-रचनाकार धीरे-धीरे द्विभाषिकता की ओर बढ़ रहे हैं। पहले नागार्जुन या राजकमल चौधरी जैसे एकआध नाम ही ऐसे थे, जो समान रूप से हिन्दी और अपनी मातृभाषा, दोनों में लिखते थे। अब ऐसे हिन्दी लेखकों की एक अच्छी खासी सूची बनाई जा सकती है, जो हिन्दी और मातृभाषा, दोनों को समान रूप से अपनी अभिव्यक्ति का माध्यम बनाकर चल रहे हैं। कई बार लग सकता है कि उनके लेखन का पलड़ा मातृभाषा की ओर कुछ अधिक ही झुकता-सा दिख रहा है। मैं इस स्थिति को दो तरह से देखता हूँ—एक, अब तक भाषा न समझी जानेवाली बोलियों के अभ्युदय के रूप में और दो, हिन्दी की बढ़ती हुई केन्द्रोन्मुखता की प्रतिक्रिया के रूप में।

इसका एक परिणाम यह हुआ है कि छोटे शहरों के साहित्यिक आयोजनों का स्वरूप अब द्विभाषी होने लगा है। भारत जैसे बहुभाषी देश में ऐसा होना स्वाभाविक है। पर एक अन्य बात यह देखने में आई है कि इन छोटे शहरों या कस्बों के स्थानीय श्रोता या पाठक का जैसा रागात्मक जुड़ाव अपनी स्थानीय भाषा की रचना के साथ होता है वैसा राष्ट्रभाषा की रचना के साथ नहीं। एक हिन्दी के रचनाकार को यह स्थिति थोड़ा बेचैन कर सकती है, पर मेरा खयाल है कि इसके भीतर से जो संकेत निकलते हैं, उन पर अलग से विचार करने की ज़रूरत है। इस स्थिति का सबसे तीखा अहसास मुझे हाल ही में सम्पन्न हुई एक कवि-गोष्ठी में हुआ। यह गोष्ठी बलिया-छपरा जैसे किसी छोटे शहर में नहीं, देश की राजधानी में स्थित एक विश्वविद्यालय में हुई थी और वह विशुद्ध रूप से हिन्दी-कविता की गोष्ठी थी। उस अतिआधुनिक विश्वविद्यालय के मंच पर छात्रों के बीच से एक युवा कवि मंच पर आया और पूरी सहजता के साथ एक भोजपुरी कविता पढ़ी। वहाँ उपस्थित कवियों और अधिकांश श्रोताओं के लिए यह भी एक विलक्षण अनुभव था कि पूरे समुदाय ने (जिनमें से बहुत-से अन्य भाषाभाषी भी थे) उसे अद्भुत तन्मयता के साथ सुना। यह उस, भाषा न समझी जानेवाली बोली की अपनी ताजगी थी और उसकी अन्तर्निहित शक्ति, जिसके साथ हिन्दी का कभी गहरा जुड़ाव था, पर जो पिछले कुछ वर्षों में धीरे-धीरे कम होती गई है। जिस अनुपात में यह दूरी बढ़ी है, लगभग उसी अनुपात में केन्द्र और स्थानीयता के बीच का साहित्यिक अन्तराल भी बढ़ता गया है। यह अलक्षित अन्तराल अब इस हद तक बढ़ चुका है कि विभिन्न जनपदों की सर्जना के प्रतीक पुरुष और साहित्यिक नायक भी अपने सन्दर्भों से उभरकर सामने आने लगे हैं।

यहाँ मैं एक छोटा-सा उदाहरण देना चाहूँगा। उत्तर प्रदेश का बलिया जिला साहित्यिक हलकों में हजारीप्रसाद द्विवेदी के नाम से जुड़ा है। मैथिलीशरण गुप्तजी और द्विवेदीजी के बीच बलिया को लेकर जो मजाक हुआ था, वह हिन्दी की स्मृति का हिस्सा बन चुका है। पर कभी आप बलिया शहर में जाएँ तो पाएँगे कि उसके केन्द्र (जिसे उस शहर का चौक कहा जाता है) में जिस साहित्यकार की प्रतिमा स्थापित है, वह आचार्य द्विवेदी की नहीं, जगदीश ओझा 'सुन्दर' की है। 'सुन्दर' जी आयु में द्विवेदीजी से छोटे थे और उनका निधन भी बाद में हुआ। पर उस शहर के लोगों ने सुन्दरजी

की प्रतिमा के लिए यदि शहर की सबसे महत्त्वपूर्ण जगह चुनी तो ऐसा उन्होंने किसी अज्ञानवश नहीं किया। वस्तुतः इस ऊपर-ऊपर दिखाई पड़नेवाले अनौचित्य के पीछे मुझे एक गहरा तर्क दिखाई पड़ता है। सुन्दरजी जीवन-भर उस शहर के लोगों के बीच रहे। उन्होंने उन्हीं की भाषा में उनके सुख-दुख के गीत गाए और एक दिन उन्हीं के बीच चुपचाप दम तोड़ दिया। अपने समय में वे उस शहर की स्थानीय सृजनेच्छा के प्रतीक बन गए थे। आचार्य द्विवेदी तो सम्पूर्ण हिन्दी के थे अर्थात केन्द्र के, पर हाशिए के लोग यदि उसके साथ अधिक आत्मीयता महसूस करें, जो हाशिए पर छूट गया था तो इसमें असंगति या अनौचित्य कहाँ है ? मैं इस छोटी-सी घटना को छोटे शहरों की सांस्कृतिक सोच के प्रतीक के रूप में देखता हूँ।

यह वही बलिया है, जहाँ भारतेन्दु ने अपना वह प्रसिद्ध भाषण दिया था, जो अब आधुनिक साहित्य के इतिहास का ऐतिहासिक दस्तावेज बन चुका है। वह भाषण किसी महाविद्यालय के प्रांगण या टाउन हॉल में नहीं, बलिया शहर के पास लगनेवाले पशु मेले में दिया गया था। एक आधुनिकता के उन्नायक सर्जक के द्वारा अपने सबसे प्रसिद्ध साहित्यिक उद्घोषणा के लिए बलिया के पशु मेले का चुनाव, एक ऐसी ऐतिहासिक घटना के रूप में दिखाई पड़ता है, जिसके निहितार्थ की व्याख्या अब तक नहीं की गई है। मुझे स्थान के इस चुनाव और उसके पीछे काम करनेवाली चिन्ताधारा के भीतर, भारतीय आधुनिकता का एक खास चरित्र-लक्षण दिखाई पड़ता है। भारतेन्दु के देखने का यही ढंग था और उनके निकट आधुनिकता के उस मानचित्र में केन्द्र और हाशिए की बराबर की साझेदारी थी। मुझे लगता है कि सांस्कृतिक विकास के धरातल पर (और बेशक अन्य धरातलों पर भी) वह सन्तुलन पूरी तरह गड़बड़ा गया है।

आज से कोई चालीस-पचास वर्ष पहले तक स्थिति यह थी कि बड़े साहित्यिक केन्द्रों में साहित्य-सर्जन के जो 'मॉडल' खोजे या तैयार किए जाते थे, छोटे शहर या कस्बे उनकी ओर उत्सुकता से देखते थे और उनके साथ एक रचनात्मक साझेदारी कायम करने की कोशिश करते थे। अब वे प्रायः ऐसा नहीं करते—क्योंकि बड़े केन्द्रों या कहें तो केन्द्र मात्र के प्रति उनकी उदासीनता बढ़ी है। फलतः वे अपनी सर्जनशीलता के स्थानीय सन्दर्भों की ओर अधिक झुकने लगे हैं। परिवर्तन की गति वहाँ धीमी जरूर है, उन स्थानों की हिन्दी जनभाषा के साथ एक नए सम्बन्ध की तलाश की प्रक्रिया में जुटी है। शायद इस जुड़ाव और टकराव के भीतर से किसी नई सर्जनात्मक चेतना का उदय हो ! कहना चाहिए कि अपने तथाकथित पिछड़ेपन के बिम्ब को किसी हद तक छिन्न-भिन्न करते हुए, हिन्दी क्षेत्र के छोटे शहर और कस्बे अपनी केन्द्र-निरपेक्ष पहचान को अर्जित करने के एक मूक संघर्ष के दौर से गुजर रहे हैं।

मरना एक मामूली आदमी का

आज एक चिट्ठी आई, जिससे मालूम हुआ—जगन्नाथ नहीं रहा। आप उसे नहीं जानते। जानने का कोई कारण भी नहीं है। अगर कोई परिचय देना ही हो तो कहूँगा—वह भारत की भीड़ का सबसे अन्तिम नागरिक था—जिसे शास्त्र की भाषा में अन्त्यज कहा जाता है। मैं ठीक-ठाक कारण तो नहीं बता सकता, पर इस 'शास्त्र' शब्द से मुझे डर लगता है—शायद इसलिए कि उसमें एक शासक की-सी ध्वनि है। जगन्नाथ की यह खुशकिस्मती थी कि वह शास्त्र-पुराण से बिल्कुल अछूता था। इसलिए बेलाग और निर्भय था और अपने हजार दुखों के बीच भी गर्दन झुकाकर नहीं चलता था। और वह मर गया। पर यहाँ एक छोटी-सी भूल-सुधार कर लूँ। मैं जिसे जगन्नाथ कह रहा हूँ, वह गाँव के लोगों की जबान पर असल में 'जगरनाथ' था—यानी तत्सम से गिरा हुआ एक धूलसना तद्‌भव। आगे मैं उसे इसी नाम से पुकारूँगा। हमारी भाषा में वर्ण-व्यवस्था की जड़ें किस तरह घुसी हुई हैं, इस पर प्रायः विचार नहीं किया गया है। कभी किया जाएगा तो 'जगरनाथ' जैसे असंख्य मामूली जनों के नामों के भीतर से एक ऐसी दुनिया झाँकती दिखाई पड़ेगी, जिसका सामना करने के लिए अतिरिक्त साहस की जरूरत होगी।

अब कुछ बातें उस व्यक्ति के बारे में जो कि जगरनाथ था। वह मेरा बचपन का मित्र था। यह मित्रता तब तक कायम रही, जब तक हम बाग-बगीचों में खेलते रहे। पर मुझे याद है कि जिस दिन मैंने गाँव की पाठशाला में प्रवेश किया उसी दिन हमारे रास्ते अलग हो गए। जगरनाथ तो वहीं बाग-बगीचों में छूट गया और मैं स्कूल से कॉलेज और कॉलेज से विश्वविद्यालय के गलियारों में आ गया। मैं आज भी इस प्रश्न का उत्तर खोजने में अपने को असमर्थ पाता हूँ कि वर्तमान शिक्षा-व्यवस्था क्या उस प्रक्रिया का नाम है जो आदमी को आदमी से और अन्ततः स्वयं को स्वयं से अलग करती है। बहरहाल, जो भी हो, एक बार कच्ची उम्र में ही जगरनाथ ने जो हल की मूठ पकड़ी तो फिर जीवन-भर वह उसके हाथ से न छूटी। और फिर एक दिन उसने चुपचाप दम तोड़ दिया और यह कोई खबर नहीं थी, जिसे कोई अखबार छापे। इस देश के मानस के सबसे बड़े व्याख्याता कालिदास कह गए हैं कि मरना प्रकृति है और जो प्रकृति है वह बस है और उसके लिए किसी से गिला-शिकवा क्या ? पर चूँकि मैं उस जगरनाथ नामधारी जन को निकट से जानता हूँ, इसलिए उसके जीवन के नेपथ्य में जिस त्रासदी का पूर्वाभ्यास बरसों से चल रहा था, उसे भी थोड़ा-बहुत जानता हूँ। इस समय जबकि

ये पंक्तियाँ लिख रहा हूँ, उस त्रासदी के कई देखे-अनदेखे दृश्य मेरी आँखों के सामने घूम रहे हैं। बाकी बातें छोड़कर उनमें से सिर्फ कुछ का यहाँ जिक्र करना चाहूँगा।

कोई सात-आठ साल पहले की बात है। बड़े दिन की छुट्टियों में गाँव गया तो बाहर सिवान पर ही जगरनाथ से भेंट हो गई। दुआ-सलाम के बाद मैंने साग्रह उससे कहा कि फुर्सत हो तो कल सुबह मेरे घर आ जाए। आग्रह का यह स्वर उसे अटपटा लगा—शायद थोड़ा अविश्वसनीय भी। फिर भी वह आया। आते ही कहा—'बताइए, क्या काम है ?' मैंने कहा 'भाई, किसी काम से नहीं, बस यों ही बुला लिया था।' मैंने देखा, उसके चेहरे पर अविश्वास का वह साँवला रंग थोड़ा और गहरा हो गया—जैसे उसकी आँखें कह रही हों, 'मुझे तो जब भी कहीं बुलाया जाता है, हमेशा किसी काम से बुलाया जाता है। यह यों ही बुलाना क्या हुआ ?' वह अनमना-सा बैठा रहा। कुछ देर घर-बार की बातें होती रहीं—जैसे उसका बेटा विक्षिप्त हो गया है, कुछ दिनों पहले उसकी बकरी मर गई और यह कि उसके पेट में एक ऐसा दर्द अक्सर उठता है, जिसका कोई इलाज किसी डॉक्टर के पास नहीं। मैं चुपचाप सुनता रहा और भीतर कहीं क्षत-विक्षत होता रहा। फिर वह उठा और चला गया। यह वह जगरनाथ नहीं था, जिसे मैं बरसों से जानता था। मैंने देखा, जब वह जा रहा था तो उसकी खुरपी उसके हाथ में थी—उसके जीवन-संग्राम का वह हथियार, जिससे वह दुखों से लड़ता था।

एक और भेंट याद आ रही है, जिसमें उसका एक बिल्कुल अलग चेहरा मैंने देखा था। उसके सिर पर घास का गट्ठर था और बगल में उसकी बकरी। उसने गट्ठर एक तरफ रख दिया और पूछा—'भैया सुना है, आप गाना बनाते हैं, कविता लिखते हैं'—यह पूछने का कोई दूसरा ढंग उसके पास था भी नहीं। फिर उसने आग्रह किया कि कभी मैं उसे कुछ सुनाऊँ। मैंने कोई उत्तर नहीं दिया। असल में कोई उत्तर मेरे पास था भी नहीं। पहली बार एक जीते-जागते आदमी के सामने एक अपराधी की तरह मैं खड़ा था—अपनी सारी कविताई और अपने सारे आधुनिक सौंदर्य-बोध के साथ। उस अपराध-बोध से आज तक उबर नहीं पाया हूँ। मेरा खयाल है कि हमारे समय के अधिकांश श्रेष्ठ लेखन को, उसके ऊपर का छिलका उतारकर देखा जाए तो उसके नीचे इस अपराध-बोध के एक-आध रेशे जरूर दिखाई पड़ेंगे।

पर उससे जो अन्तिम भेंट हुई, उसकी स्मृति अधिक पीड़ादायक है। वह अपने घर, जो कि असल में एक झोंपड़ी थी, के सामने बैठा था। मैंने देखा—वह बहुत दुर्बल हो गया था—लगभग अपनी हड्डियों में चिपका हुआ। पूछने पर पता चला, उसके पेट का वह रहस्यमय दर्द इधर और बढ़ गया है और यह कि डॉक्टर जो दवा बताता है, उसे खरीदना उसके बस के बाहर है। दवाएँ महँगी हो गई हैं और निरन्तर और महँगी होती जा रही हैं, यह मैं जानता था। पर जिस तथाकथित उदारीकरण का यह परिणाम था, उसे उसको समझा सकूँ—मुझे लगा, ऐसी भाषा मेरे पास नहीं है।

हमारी भाषा एक ठेठ आदमी के सामने इतनी लाचार क्यों हो जाती है, इस पर अलग से सोचने की जरूरत है। पर उस दिन उस जर्जर अवस्था में भी उस आदमी में

मैंने एक अद्‌भुत चुहल देखी। वह वोट का समय था। बोला—'भैया, वोट तो चोट है, इसलिए मैंने आज तक वोट दिया ही नहीं।' फिर वह अपना पेट सहलाने लगा, जहाँ दर्द शायद तेज हो गया था। थोड़ा-बहुत जो उस समय किया जा सकता था, मैंने किया और उसे उसके रहस्यमय दर्द के साथ वहीं छोड़कर दिल्ली आ गया।

और अब मेरे हाथ में वह चिट्‌ठी है, जिसमें लिखा है कि जगरनाथ नहीं रहा। ब्रह्म की तरह उसका दर्द अन्त तक रहस्यमय ही बना रहा। यह लिखते समय मेरे सामने आज का अखबार है। प्रथम पृष्ठ पर एक खबर है कि प्रधानमन्त्री के इलाज के लिए अमरीका से एक डॉक्टर को बुलाया जा रहा है। मुझे लगा, हमारे जनतन्त्र के ये दो छोर हैं। एक ओर जगरनाथ था, जिसके दर्द को अन्त तक नहीं पहचाना जा सका, इसलिए वह 'रहस्यमय' था।

दूसरी ओर सत्ता के सर्वोत्तम आसन पर विराजमान एक व्यक्ति है, जिसके दर्द की पहचान के लिए सात समुन्दर पार से डॉक्टर बुलाया जा सकता है। बेशक जो प्रधानमन्त्री है, उसकी रक्षा जरूरी है। पर जो गौण है—इतना गौण कि दिखाई भी नहीं पड़ता, उसकी रक्षा कौन करेगा ? जाहिर है, उसे इलाज के लिए लन्दन या अमरीका नहीं भेजा जा सकता। पर अपने देश में जो चिकित्सा-सुविधा सुलभ है, वह उसे मिल सके, इसकी गारंटी क्यों नहीं दी जा सकती ? जगरनाथ का वह रहस्यमय दर्द, जो अन्त तक रहस्य बना रहा, हमारी सारी व्यवस्था पर एक सख्त टिप्पणी है और शायद यह भयावह संकेत भी कि रहस्यवाद साहित्य में चाहे पुराना पड़ चुका हो, किसी चोर दरवाजे से मानो जीवन में लौट रहा है।

हल, ट्रैक्टर और पहली बौछार

एक दिन एक मित्र ने एक विचित्र सवाल पूछा। वे अध्यापक हैं और अध्यापक वह होता है, जिसके पास हर सवाल का कोई न कोई 'रेडीमेड' उत्तर होना ही चाहिए। जो सवाल था, उसका एक उत्तर मेरे अध्यापक मित्र के पास पहले से था, पर उसके बारे में वे पूरी तरह आश्वस्त न थे। उनकी जिज्ञासा नागार्जुन की एक कविता की व्याख्या को लेकर थी। कविता का शीर्षक था 'मेघ बजे'—वर्षा का एक सहज-सरल-सा संगीतमय स्तवन। उन्होंने पुस्तक खोली और मेरे सामने कविता की अन्तिम पंक्ति रख दी, जो इस प्रकार थी—'हल का है अभिनन्दन ! मेघ बजे।' छापे की हल्की-सी त्रुटि के कारण उन्होंने 'हल का' हो 'हलका' पढ़ लिया था और इस तरह पूरी पंक्ति की एक व्याख्या भी खोज ली थी, जो उनके अनुसार आधुनिक मन से मेल खाती थी। उनका मानना था कि इस पंक्ति में एक विलक्षण आधुनिक बोध है, जो प्रकृति से विच्छिन्नता के कारण पैदा हुआ है। सो, यहाँ वर्षा का आगम तो है, पर उसके लिए स्वागत का वह उल्लास नहीं है, जो पहले हुआ करता था—अस्तु 'हलका है अभिनन्दन।' मैंने जब उनसे 'हल'- और 'का' को अलग-अलग करके पढ़ने का आग्रह किया तो यह उन्हें थोड़ा अटपटा लगा। पर एक किसान के लिए वर्षा का महत्त्व और आषाढ़ की पहली बौछार के साथ कृषि-समाज में हल के पूजन के सांस्कृतिक सन्दर्भ की ओर मैंने उनका ध्यान आकृष्ट किया तो वे कुछ आश्वस्त हुए। पर अब भी उनका मन पहली व्याख्या में ही अटका हुआ था।

जब वे चले गए तो मैं देर तक सोचता रहा कि मेरे अध्यापक मित्र ने उस कविता का—खासतौर से उसकी अन्तिम पंक्ति का जो पाठ अपने लिए रच लिया था, वह क्या एकदम आकस्मिक था ? मुझे लगा, वह एक ऐसे मन के द्वारा रचा गया पाठ है जो हल-संस्कृति से, जिसकी जड़ें कृषि-जीवन की मिट्टी में गहरे धँसी हुई थीं, बहुत दूर आ चुका है—उससे खंडित और लगभग छिन्नमूल। वर्षा की बूँदें ऐसे मन के लिए मौसम की एक रस्मी कार्रवाई की तरह होती हैं—मौसम कार्यालय की भविष्यवाणी की एक तरल-सी पुष्टि। पर इस बात के लिए उस मन को दोष नहीं दिया जा सकता, जो आधुनिकता की अनेक सरणियों से होकर यहाँ तक पहुँचा है। यह वही मन है, जिसके लिए प्रकृति महज पर्यावरण की चिन्ता होकर रह गई है।

पर्यावरण की चिन्ता वस्तुतः मनुष्य के अपने अस्तित्व के संकट की चिन्ता है—

प्रकृति जिसमें महज आनुषंगिक है। ऐसा कहकर मैं उस आन्दोलन के महत्त्व को घटाना नहीं चाहता। मुझे यह मानने में भी कोई हिचक नहीं कि इस आन्दोलन की अन्तर्वस्तु में एक गहरी सच्चाई है, जो विकास की विसंगति की पीड़ा से पैदा हुई है। पर मेरी परेशानी यह है कि इस आन्दोलन को, कुछेक अपवादों को छोड़कर, वह जिसके अभाव में वह अब भी बौद्धिक वर्ग की परिधि को अतिक्रान्त नहीं कर सका है। यह सही है कि बहुत-सी प्रजातियाँ लुप्त हो रही हैं। बहुत-सी वनस्पतियाँ या तो नष्ट हो चुकी हैं या धीरे-धीरे नष्ट हो रही हैं। अभी कल ही कोई बता रहा था कि गाँवों से कौए लगभग गायब हो चुके हैं—शहरों से तो शायद वे पहले ही गायब हो चुके थे। पर यह भी सही है कि मनुष्य के वर्षा या किसी भी मौसम से जुड़ने की जैविक क्षमता में भी दरार पड़ी है। पहले कविता में एक चीज होती थी, जिसे प्रकृति-चित्रण कहा जाता था—गोया प्रकृति बृहत्तर जीवन-चक्र से अलग कोई चीज है। कालिदास ने मेघदूत में मेघ और उससे जुड़े अनुषंगों को जिस तरह प्रस्तुत किया है, वह प्रकृति-चित्रण नहीं, जीवन को देखने की एक सहज दृष्टि है, जिसमें मेघ और मनुष्य आवयविक ढंग से जुड़े हुए हैं। इस सहसम्बन्ध का एक भी तार ढीला होता तो 'मेघदूत' नहीं लिखा जा सकता था।

पर बात मेघ के अभिनन्दन से शुरू हुई थी, जिसको लेकर मेरे अध्यापक मित्र के मन में कुछ शंका थी। वे हल की धुँधली-सी स्मृति और अपने भीतर की शंका, दोनों को साथ-साथ लेकर मेरे पास से गए थे। पर अभी कुछ दिन पहले एक स्थानीय मन्दिर के द्वार पर मैंने एक अद्‌भुत दृश्य देखा। मन्दिर के अहाते के बाहर एक ट्रैक्टर खड़ा था, जिसको देखने से लगता था कि वह अभी-अभी कारखाने से बाहर लाया गया है। पूछने पर पता चला, वह मन्दिर के द्वार पर पूजन के लिए लाया गया था। मैं कुछ देर के लिए रुक गया। देखा—मन्दिर के भीतर से कोई पंडितनुमा व्यक्ति बाहर आया। उसने ट्रैक्टर पर पल्लव से जल छिड़का, कुछ मन्त्र पढ़े और जो एक आधुनिक वेषधारी व्यक्ति बगल में खड़ा था, उसे आदेश दिया कि वह ट्रैक्टर का इंजन चालू करे। इस तरह ट्रैक्टर का पूजन सम्पन्न हुआ और वह घरघराता हुआ खेतों की तरफ चल पड़ा। पर मुझे लगता रहा कि कुछ है जो हल के पूजन-अभिनन्दन में तो होता था, पर ट्रैक्टर-प्रसंग में अनुपस्थित है। बाद में ध्यान आया कि हल के पूजन के साथ पावस की स्मृति जुड़ी होती थी—यानी आषाढ़ की पहली बौछार—जिसके बिना पूजन अर्थहीन था। ट्रैक्टर जैसे सीधे कारखाने से निकलकर प्रकृति को चीरता-फाड़ता मन्दिर के द्वार तक आ गया था। फिर हल के पावस-पूजन में अनुष्ठान की सारी प्रक्रिया तो होती थी, पर उसमें मन्दिर की कोई भूमिका नहीं थी और यदि मैं अपनी स्मृति पर विश्वास करूँ तो शायद पंडित की भी नहीं। वहाँ सीधे हल और किसान आमने-सामने होते थे, और बीच में होता था पहली बौछार का सोंधा-सा स्पर्श। पर ट्रैक्टर बिचारा क्या करे ! वह नहीं जानता कि उसका मन्दिर जाना या न जाना उसकी अपनी गति का हिस्सा नहीं, जिसमें वह निर्मित हुआ, उस माहौल के दबाव का एक हिस्सा है, जो उसे ढकेलकर वहाँ तक ले गया।

जहाँ बैठकर ये पंक्तियाँ लिख रहा हूँ, वहाँ की सबसे बड़ी घटना यह है कि अभी

कुछ देर पहले यहाँ बारिश हुई थी। यह मौसम की पहली बौछार नहीं, शायद तीसरी या चौथी बौछार थी और मैं सोचने लगा—मिट्टी की वह गंध कहाँ गई जो हर बौछार के साथ आती थी। सच क्या है ? क्या मिट्टी ने अपनी गंध खो दी है या मैंने अपनी गंध-चेतना। सचाई शायद दोनों के बीच में कहीं हो—क्योंकि कुछ न कुछ दोनों ने ही खोया है। गालिब ने जब दरो-दीवार से उगते हैं सब्जे को देखकर यह पंक्ति लिखी थी कि 'हम बयाबाँ में हैं, और घर में बहार आई है' तो वे अपने भीतर की शायद उसी गहरी क्षति की ओर इशारा कर रहे थे, जिसे उन्नीसवीं शताब्दी के किसी बिन्दु पर भारतीय मानस ने पहली बार अनुभव किया था।

आज आषाढ़ के पहले बादल को देखकर विरही यक्ष का व्याकुल होना कुछ लोगों को हास्यास्पद लग सकता है। स्वयं 'विरह' शब्द भी अनेक शताब्दियों की असंख्य वर्षाओं से धुलकर अपनी वह सारी तीव्रता खो चुका है, जिससे कभी कविगण आक्रान्त हुआ करते थे। पर वर्षा आज भी होती है—वही जो अभी कुछ देर पहले हुई थी। सिर्फ आदमी और वर्षा के बीच का रिश्ता बदल गया है—जैसे हल की जगह ट्रैक्टर ने ले ली है। अब कविता में वर्षा कम-कम ही होती है और होती भी है तो झमाझम नहीं—बस उसे छूकर निकल जाती है। मैं देख रहा हूँ कि बूँदें फिर गिरने लगी हैं और इससे क्या फर्क पड़ता है कि वे हल की मूठ पर गिर रही हैं या ट्रैक्टर के इंजन पर। मेरे भीतर का किसान-रक्त हल को भूलना नहीं चाहता। पर मैं वर्षा में भीगते हुए हर ट्रैक्टर का अभिनन्दन करता हूँ।

नूर मियाँ की तलाश में

फरवरी के शुरू में अचानक गाँव जाना हुआ। यह समय है, जब गाँव बौरों के आने और फसलों के पकने का इंतजार करता है। अबकी मैंने पाया कि लोग आम के पेड़ों की ओर तो गाहे-बगाहे देख लेते हैं—यह जानने के लिए कि बौर अभी आए या नहीं—पर फसलों के पकने के प्रति जो उत्कट उत्सुकता होती थी, उसकी तीव्रता कम हो गई है। एक वृद्ध जन से पूछा तो उन्होंने बताया कि सत्तर साल पहले जब उन्होंने होश सँभाला था, तब से आज तक ऐसा नहीं हुआ था। ऐसा क्यों हुआ, यह पूछने पर वे शहर की चर्चा करने लगे। बोले—"सब उधर ही भाग रहे हैं। खेती में क्या रखा है ? सारी पूँजी लगा दो और जब फसल घर आए तो गाँठ की दमड़ी भी गँवा दो। ले-दे बराबर भी हो तो किसान बर्दाश्त कर ले। पर अब तो सारा गाँव बाजार की ओर मुँह किए बैठा है।" यह उस वृद्ध किसान की बातचीत का सारांश है, जो मुझे कहीं गहरे छू गया।

इस समय गाँवों में एक बिल्कुल नई बेचैनी है। सड़कें बन रही हैं। पुल बन रहे हैं। नई ट्रेनों का चलना शुरू हो गया है। पर लोग बेचैन हैं। उन्हें शिकायत है कि शहर हमारी ओर ध्यान नहीं देता। पर विडम्बना यह है कि वे चाहते हैं कि उनके बेटे का उसी शहर में कहीं जुगाड़ हो जाए। थोड़े-बहुत अन्तर के साथ आज सारे के सारे भारतीय गाँव इन्हीं विरोधाभासों के बीच कहीं जी रहे हैं।

पर इस बार गाँव गया तो मन में कहीं एक दबी हुई इच्छा भी थी कि नूर मियाँ के बारे में कुछ पता किया जाए। नूर मियाँ—यानी वह एक जीती-जागती सचाई, जिसका मेरी एक कविता—'सन् 47 को याद करते हुए' में जिक्र आता है। मेरे एक स्नेही पाठक ने कभी आग्रह किया था कि यदि सम्भव हो तो नूर मियाँ के जीवन पर थोड़ा और प्रकाश डालूँ। आज से 52 या 53 साल पहले वे उसी गाँव के निवासी थे, जिसका मैं पहले जिक्र कर चुका हूँ। मैंने अपने बचपन में उन्हें देखा था। जहाँ तक मुझे याद आता है, वे कोलकाता की किसी जूट मिल में काम करते थे और जिस तरह का काम करते थे उसे सभ्य भाषा में मजदूरी कहा जाता है। मुझे यह भी याद है कि जब भी वे छुट्टी में गाँव आते थे तो अड़ोस-पड़ोस के बच्चों के लिए कुछ न कुछ लेकर जरूर आते थे। उसका एक हिस्सा मेरे परिवार तक भी जरूर पहुँचता था।

उनका एक छोटा-सा घर था—मिट्टी का। मेरी स्मृति में कहीं न कहीं यह भी टँका

है कि उसमें प्रवेश करने के लिए झुककर जाना पड़ता था। कुलजमा उनके पास यही एक जगह थी, जिसे वे अपना कह सकते थे। घर में बीवी थी, पर बच्चा कोई नहीं। मुझे उस नाटे कदवाली स्त्री की भी अच्छी तरह याद है, जिसे मैंने अक्सर एक छोटी-सी टोकरी के साथ खेतों की ओर जाते हुए देखा था। ऐसा गाँव के मजदूर-परिवारों की ज्यादातर स्त्रियाँ करती थीं। उन्हें उस समय भी खेतों की ओर जाते हुए देखा जा सकता था जब खेत कट चुके होते थे और दूर-दूर तक हरियाली की एक खुत्थी तक दिखाई नहीं पड़ती थी। पर आश्चर्य यह कि जब वे लौटती थीं, तो उनकी टोकरी में कुछ न कुछ जरूर होता था। यह 'न कुछ' से कुछ न कुछ निकाल लेने की जुगत सिर्फ गाँव की स्त्रियाँ जानती हैं। नूर मियाँ की बीवी ऐसी ही स्त्रियों में से एक थीं। नूर मियाँ जितने ही विनम्र थे, भीतर से उतने ही स्वाभिमानी। पर उनकी बीवी एक ऐसी स्त्री थीं, जिन्हें आते-जाते तो देखा जा सकता था, बोलते हुए शायद ही किसी ने कभी सुना हो। गाँव में मुसलमानों के कई परिवार थे—कोई सात या आठ—और सबकी स्थिति कमोबेश एक जैसी ही थी।

कभी-कभी उन परिवारों को देखकर मैं सोचता था कि वह क्या है उनके भीतर जो अपने ही समाज में अलग-थलग रहते हुए भी अपनी मिट्टी और अपने समूचे परिवेश से कहीं दृढ़ता से बाँधे रखता है। क्या धर्म से बड़ी ताकत मिट्टी की होती है ? सन् 47 में जब भारत आजाद हुआ तो उसके बाद गाँव के लगभग सारे मुस्लिम परिवार गाँव में ही बने रहे। पर सिर्फ एक नूर मियाँ का परिवार था जिसने एक रात चुपचाप, शरतचन्द्र की कहानी 'महेश' के वृद्ध दम्पत्ति की तरह (जो संयोगवश मुसलमान ही थे) अपने ढहते हुए मिट्टी के घर को वहीं छोड़कर गाँव तज देने का फैसला किया। अगली सुबह सारे गाँव में यह अफवाह गर्म थी कि वे पाकिस्तान चले गए। फिर क्या था, उनके मकान को ढहा दिया गया, सामने के चबूतरे को तोड़ डाला गया (जहाँ कभी ताजिए रखे जाते थे) और बची हुई जमीन को लोगों ने आपस में बाँट लिया। यह मान लिया गया था कि अब नूर मियाँ कभी नहीं आएँगे। पर कुछ समय बाद अचानक एक दिन उन्होंने प्रकट होकर सबको चकित कर दिया। मैं तब गाँव में नहीं था। पर लोग बताते हैं कि वे आए, उन्होंने उस स्थान को देखा, जहाँ कभी उनका घर हुआ करता था और कुछ देर वहाँ अवाक् खड़े रहे। उन्होंने किसी से कुछ नहीं कहा—जैसे सबकुछ उन्हें पहले से मालूम हो। फिर कुछ देर वहाँ खड़े रहने के बाद मुड़े और चुपचाप वहीं लौट गए, जहाँ से आए थे। पर कहाँ लौट गए, इसको लेकर गाँव में कई तरह की चर्चाएँ थीं। ज्यादातर लोग यही मानते थे कि वे पाकिस्तान चले गए। बहस सिर्फ इस बात पर होती थी कि कौन-सा पाकिस्तान—पूर्वी या पश्चिमी ? बहसें धीरे-धीरे थम गईं। पर उसके काफी बाद तक कुछ लोगों के भीतर—खासकर गाँव की वृद्धा स्त्रियों के मन में एक आशंका भरी प्रत्याशा अटूट बनी रही कि एक दिन अचानक वे उसी तरह प्रकट हो जाएँगे, जैसे उस बार हो गए थे। पर ऐसा नहीं हुआ।

इस बार गाँव में एक ऐसे आदमी से भेंट हुई, जो कोलकाता पुलिस की सेवा से

अभी-अभी रिटायर होकर आए थे। बातचीत के क्रम में न जाने कैसे नूर मियाँ का जिक्र आ गया। फिर उन्हीं से पता चला कि वे ढाका या मुल्तान कहीं नहीं गए थे—अन्तिम क्षण तक यहीं थे—हावड़ा की एक पुरानी गन्दी गली में। अकेले नहीं थे, बीवी भी साथ में थी और दोनों अन्तिम दिनों में अंधे हो गए थे। अंधा होने के लिए पाकिस्तान या कहीं भी और जाने की कतई जरूरत नहीं थी।

'सन् 47 को याद करते हुए' कविता जो कहती है, वह कविता का अपना तर्क है। पर मुझे कविता लिखे जाने के काफी समय बाद पता चला कि नूर मियाँ के जीवन का गति-चक्र कुछ और था। वही उन्हें गाँव छुड़ाकर हावड़ा की अँधेरी गलियों में ले गया और उसी के भीतर कहीं अंधेपन के अदृश्य कीटाणु भी छिपे थे, जो भारत में भी उतने ही बहुतायत से पाए जाते थे, जितने पाकिस्तान में। नूर मियाँ ने उसी को चुना—न भारत को चुना, न पाकिस्तान को।

पर यह सवाल तो अब भी अनुत्तरित रह जाता है कि आखिर गाँव छोड़कर उन्हें शहर की ओर क्यों भागना पड़ा ? क्या वहाँ अधिक सुरक्षा थी ? जो आँकड़े मौजूद हैं, वे इसकी गवाही नहीं देते। फिर वह क्या था, जो उन्हें हावड़ा की उन्हीं अँधेरी गलियों की ओर ले गया, जहाँ कभी वे रह चुके थे ? यह वही हावड़ा था जो कुछ महीने पहले हुए दंगे में खुद उजड़ चुका था और नूर मियाँ थे कि उसी उजाड़ बस्ती में रोशनी की तलाश में गए थे। मुझे नहीं लगता कि यह सिर्फ साम्प्रदायिक असुरक्षा थी जो उन्हें गाँव से ढकेलकर शहर की ओर ले गई थी। सचाई यह है कि आधुनिक गाँव जब भी परेशान होता है तो शहर की ओर भागता है। नूर मियाँ ने यही किया था। अब इसका क्या करें कि सारे विकास के बावजूद आज गाँव का किसान अपनी अनाज की ढेरी लिए खलिहान में बैठा है और उसी शहर की ओर ताक रहा है !

मेरा गाँव सुन्दर है, लेकिन उसे कुछ भी याद नहीं

मेरा गाँव गंगा और सरयू (घाघरा) के बीच में है—दोनों से कोई तीन या चार किलोमीटर की दूरी पर ! पहले जब बाढ़ आती थी तो दोनों नदियाँ मिल जाती थीं और बीच का सारा अन्तराल लगभग समुद्र बन जाता था। दोनों को मिलानेवाला एक बड़ा-सा नाला था (जो अब भी है, पर जलकुम्भियों ने उसे पूरी तरह ढँक लिया है), जिसके बारे में मान्यता थी कि वह सूखे के दिनों में गंगा का सन्देश सरयू तक और सरयू का गंगा तक पहुँचाता है। प्रकृति का संचार-तन्त्र इसी तरह काम करता है। पर मनुष्यों की सूचना-क्रान्ति के इस दौर में प्रकृति का सूचना-तन्त्र थोड़ा छिन्न-भिन्न हो गया है। अब शक होता है कि गंगा का सन्देश सरयू तक या बादलों का सन्देश चींटियों तक उसी तरह पहुँच जाता होगा, जैसे कभी वह ठीक समय पर निर्बाध पहुँच जाया करता था। अब धूप-घड़ी कहीं दिखाई नहीं पड़ती और सूर्य की दिशा या नक्षत्रों को देखकर समय बतानेवाली अनुभवी आँखें भी लगभग मुँद चुकी हैं। गाँव अब घड़ियों से भरा है और घड़ियाँ—बेकार युवकों की निरन्तर बढ़ती संख्या के कारण—लबालब समय से। जब बेकाम हाथों के पास इतना समय होगा कि काटे न कटे तो फिर उस पूरे परिवेश में वह सब भी होगा, जो नहीं होना चाहिए। इस बीच हिंसा बढ़ी है और उसी अनुपात में असुरक्षा भी। सामूहिक जीवन के धागे जर्जर हो गए हैं और चुनाव से परिवर्तन आएगा, यह स्वाधीनता आन्दोलन के जमाने के बचे-खुचे लोगों का एक स्वप्न है, जो कब का खंडित हो चुका है। इसका एक भयावह परिणाम यह हुआ है कि राजनीति से सामान्य-जन का विश्वास पूरी तरह उठ चुका है।

किसानों के बीच बढ़ती हुई बेचैनी एक अखिल भारतीय वास्तविकता है। पुराने किसानों का कहना है कि ऐसी लाचारगी तो अंग्रेजों के समय में भी नहीं थी। आज किसानों की स्थिति निराला की उस पंक्ति की तरह है, जिसे एक शब्द हटाकर मैं इस तरह कहना चाहूँगा—'अन्न बाजार में है, भाव नहीं। जैसे लड़ने को खड़े, दाँव नहीं।' सचाई यह है कि आज भारतीय किसान वैश्वीकरण के अदृश्य पहलवान से लड़ने के लिए अखाड़े में खड़ा तो है, पर उसके पास कोई दाँव नहीं है।

समाजशास्त्रियों का कहना है कि पहले हमारे गाँव काफी हद तक आत्मनिर्भर या परनिरपेक्ष होते थे। यह परनिरपेक्षता अपने आपमें शायद अच्छी चीज रही हो, पर इसके कारण किसान के मनोलोक में जो एक खास तरह की परिवेश से कटाव या बेखबरी

पैदा हुई, वह शायद कहीं बहुत गहरे जाकर बैठ गई है। कुछ समय पहले जब मैं 'बाबरनामा' पढ़ रहा था तो उसमें कई दिलचस्प सूचनाएँ मिलीं। बाबर ने मेरे गाँव का तो नहीं, पर मेरे गाँव के आसपास के कई गाँवों या परगनों का उल्लेख किया है, जो आज भी हैं और उसी नाम से जाने जाते हैं। वर्णन से पता चलता है कि मुगल फौज ठीक मेरे गाँव की बगल से होकर गुजरी थी और वहाँ तक गई थी, जहाँ गंगा और घाघरा का संगम था। यह बताना अप्रासंगिक न होगा कि बाबर की फौज ने उसी संगम के तट पर पूर्णिमा की रात में अपनी जीत का जश्न मनाया था और जब विजेता जश्न मनाएगा तो जाहिर है, उसकी कीमत (फिर वह चाहे जिस शक्ल में हो) उस इलाके की जनता को ही चुकानी पड़ेगी। पर गंगा-घाघरा के बीच के उस भूभाग की स्मृति में यह घटना कहीं दर्ज नहीं है—न कहानियों में, न लोकगीतों में, न ही किसी प्राचीन पोथी या किसी कविता के टुकड़े में। कभी-कभी सोचता हूँ, यह सबकुछ को भूल जाने की कूबत कहाँ से पैदा हुई मेरे क्षेत्र की जनता में? सिर्फ सुदूर अतीत को ही नहीं, आसन्न अतीत की घटनाओं को भी लोग आसानी से भूल जाते हैं। मैंने कुछ समय पहले यह जानने की कोशिश की कि सन् 42 की घटनाएँ, लोगों की स्मृति में वह त्रासदी, जिसमें अकेले मेरे थाने पर पटापट बाईस युवक गोलियों से भून डाले गए थे, सिर्फ एक ईंट-पत्थर से निर्मित बेजान शहीद-स्मारक बनकर रह गई है।

गाँवों के जीवन में, पिछले कुछ वर्षों के भीतर सबसे बड़ी दुर्घटना यह घटित हुई है कि वहाँ प्राथमिक शिक्षा की संरचना पूरी तरह व्यर्थ हो गई है। प्राइमरी स्कूल हैं, अध्यापकों को काफी हद तक आर्थिक सुरक्षा भी मिली हुई है, सिर्फ पढ़ाई नहीं होती है। इस अभाव को भरने के लिए असंख्य छोटे-छोटे प्राइवेट स्कूल खुल गए हैं, जो किसी के प्रति उत्तरदायी नहीं होते। पर विडम्बना यह है कि बच्चों के अभिभावक जब कोई बेहतर विकल्प नहीं ढूँढ़ पाते हैं तो फिर उन्हीं अनुत्तरदायी प्राइवेट स्कूलों में अपने बच्चों को भेजकर निश्चिन्त हो जाते हैं। आज ग्रामीण युवक के निर्माण के मार्ग की यह सबसे बड़ी बाधा है, जिसकी ओर किसी का ध्यान नहीं। शुरू में प्राथमिक शिक्षा के इस विघटन के खिलाफ लोग थोड़ा मुखर हुए थे, पर धीरे-धीरे भूलने की अपनी उसी पुरानी कूबत के चलते, विघटन के उस दंश को भी भूल गए। यही अक्सर चुनाव के समय भी होता है। पाँच साल तक तो गुस्सा उबलता रहता है, पर जब मतदान का समय आता है तो किसान-मन उसे भी आसानी से भूल जाता है। गाँव आज सड़कों के जाल और आवागमन के बढ़ते हुए साधनों के कारण फैला जरूर है और बृहत्तर दुनिया से उसके रग-रेशे भी जुड़े हैं, पर कई बार मुझे लगता है कि गाँव का मन अभी न तो अपनी भूलने की आदत से मुक्त हुआ है, न ही वह इस सचाई के साथ अपनी संगति ही बैठा सका है कि वह अपनी चौहद्दी में सिमटा अब एक निस्संग गाँव नहीं है।

जहाँ तक गाँव की सांस्कृतिक बनावट का सवाल है, उसका सबसे बड़ा निर्धारक तत्त्व आज मीडिया है—खासतौर से इलेक्ट्रानिक मीडिया। वाचिक परम्परा धीरे-धीरे खत्म

हो रही है और गम्भीर साहित्य से रिश्ता लगभग पूरी तरह टूट चुका है। प्रेमचन्द और किसी हद तक मैथिलीशरण गुप्त भी शायद अन्तिम आधुनिक रचनाकार थे, जो गाँव की स्मृति का थोड़ा-बहुत हिस्सा बन सके थे। मेरा खयाल है कि अब स्मृति का वह कोना भी खाली हो चुका है। गाँव और आज के लेखन के बीच एक खौफनाक अन्तराल आ गया है, जिसके लिए दोनों जिम्मेवार हैं। जो तुरन्त और तात्कालिक है तथा जो निकट और स्थानीय है, गाँव का मन उसका अतिक्रमण कम ही कर पाता है। आसपास जो अनेक उच्च शिक्षा के केन्द्र उभर आए हैं, वे इस स्थिति के विरुद्ध हस्तक्षेप कर सकते थे। पर उनकी स्थिति और भी शोचनीय है।

कोई दो साल पहले मैं अपने क्षेत्र के एक जाने-माने शिक्षा-संस्थान में मुख्य अतिथि के रूप में बुलाया गया था। स्वागत भाषण के क्रम में वक्ता ने जनपद की सांस्कृतिक विशेषताओं की सूचना गिनाई और मैं साँस रोककर प्रतीक्षा करता रहा कि हजारीप्रसाद द्विवेदी का नाम कब आता है। वह अन्त तक नहीं आया तो मेरी चिन्ता बढ़ी और मैंने वक्ता को याद दिलाया कि आचार्य द्विवेदी इसी जनपद में पैदा हुए थे और इस मिट्टी ने अब तक उनसे बेहतर कुछ नहीं पैदा किया। यह एक छोटी-सी घटना थी, पर उससे जो अर्थ निकलता था उसके बारे में सोचकर मैं हिल गया। मैं अपने गाँव को प्यार करता हूँ, पर सोचता हूँ कि यदि कोई उसका इतिहास लिखना चाहे तो उस खालीपन का क्या करेगा, जो लोगों की स्मृति में यहाँ से वहाँ तक सपाट फैला है ?

सावधान ! बच्चे स्कूल जा रहे हैं

एक ग्रामीण वृद्ध से नींद की गोलियों के बारे में बातचीत हो रही थी। नींद, जो भूख-प्यास की तरह सहज-सरल है, उसके लिए गोलियों की जरूरत क्यों पड़ती है, यह बात उनकी समझ में नहीं आ रही थी। मैंने समझाने की कोशिश की, पर लगा कि मैं सफल नहीं हो पा रहा हूँ। वे बार-बार कहते थे कि नींद तो अपने आप आती है, जैसे हवा आती है, धूप आती है। जो अपने आप आती है, उसके लिए दवा की क्या जरूरत ? मैंने कहा—'पड़ती है ! कई बार जब हवा नहीं चलती तो आप पंखा झलते हैं।' 'तो क्या नींद की गोली पंखा झलने की तरह होती है'—उन्होंने पूछा ? 'हाँ, यही समझ लीजिए'—मैंने बात का सिलसिला खत्म करने की गरज से लगभग हार मानते हुए कहा। वे थोड़े आश्वस्त हुए। पर, जब मैं लौट रहा था तो भीतर कहीं अपराधमना भी था कि जिसे हम आधुनिक समाज कहते हैं, उसकी नींद की गोली जैसी एक अति परिचित चीज को मैं उन्हें ठीक-ठीक समझा क्यों नहीं पा रहा था। पर, नींद की गोली का जिक्र तो अचानक आ गया था। बात तो बच्चों की पढ़ाई से शुरू हुई थी। उनका कहना था (कहने का ढंग और भाषा जरूर अलग थी) कि इधर की शिक्षा जगाती कम, सुलाती अधिक है। सुलाने का कोई लाक्षणिक अर्थ निकल रहा हो तो इसका कुछ नहीं किया जा सकता वरना वे तो सीधे-सीधे अभिधा में सोने की बात कर रहे थे। व्यंग्य के लहजे में उन्होंने कहा—'देखो न, साहब (उनके बेटे जो ग्रीष्मावकाश में घर आए थे) अभी तक सो रहे हैं और पहर-भर दिन चढ़ आया।' पर, मैंने लक्ष्य किया कि जिस पर वे व्यंग्य कर रहे थे, वह सिर्फ एक सोता हुआ युवक नहीं, आज की पूरी शिक्षा-व्यवस्था थी। मुझे याद नहीं कि शिक्षा-व्यवस्था की इस चर्चा के क्रम में नींद की गोलियों का जिक्र कैसे आ गया था और जब आ गया तो बात वहीं जाकर अटक गई।

पर, मुझे लगता है, नींद की गोलियों के जिक्र का आना चाहे जितना आकस्मिक रहा हो, उसका उस पूरे माहौल से कुछ न कुछ लेना-देना जरूर है, जिसमें आज की शिक्षा का ढाँचा तैयार किया गया है। मुझे यह भी लगता है कि इस ढीले-ढाले ढाँचे को तैयार करते समय जिस चीज की सबसे अधिक अधिक उपेक्षा हुई है, वह है बेसिक शिक्षा। आजादी से पहले उसका एक कामचलाऊ-सा ढाँचा था और आबादी का एक छोटा-सा हिस्सा उसमें अपने लिए जगह भी पा लेता था। काफी दिनों तक वही ढाँचा, थोड़े-बहुत फेर-बदल के साथ जैसे-तैसे घिसटता रहा। पर, पिछले एक-डेढ़ दशक के

भीतर वह जर्जर ढाँचा भी लगभग ध्वस्त हो गया है। उससे उत्पन्न रिक्तता को भरने के लिए गाँव-देहात में बहुत-से छोटे-छोटे निजी स्कूल उभरकर सामने आ गए हैं। उन्हें ठीक-ठीक स्कूल कहा जा सकता है या नहीं, इसको लेकर मेरे मन में गहरे सन्देह हैं। पर, मुश्किल यह है कि आज गाँव के बच्चों के लिए उसके सिवा और कोई जगह नहीं है, जहाँ वे यह समझकर जा सकें कि वे स्कूल जा रहे हैं। तथाकथित सरकारी स्कूल कहीं छत-विहीन पड़े हैं तो कहीं शिक्षक-विहीन। शिक्षा-विहीन मैं दोहरे अर्थ में कह रहा हूँ। कई बार ऐसा होता है कि शिक्षक या तो हैं नहीं या फिर हैं तो प्रतीकात्मक रूप से सिर्फ एक या दो, जो पढ़ाई के बहुविध आकार को देखते हुए नितान्त अपर्याप्त होते हैं।

सबसे त्रासद स्थिति यह होती है कि कागज पर शिक्षक मौजूद हैं, पर आप स्कूल पहुँचें तो पाएँगे कि शिक्षक और छात्र दोनों नदारद। कुकुरमुत्तों की तरह उग आनेवाले छोटे-छोटे निजी स्कूल यदि लोकप्रिय हो रहे हैं तो अपनी पढ़ाई की गुणवत्ता के कारण नहीं, महज अपने इस व्यावसायिक कौशल के कारण कि वे पाँच-छह घंटों तक एक अध्यापक नामधारी व्यक्ति के सामने बच्चों को, कभी-कभी सवाक् या ज्यादातर अवाक् बैठे रहने का प्रबन्ध कर सकते हैं। यह एक नए प्रकार का शैक्षणिक प्रबन्धन है, जो उभर रहा है और गुणवत्ता के अभाव में भी फल-फूल रहा है।

सार्वजनिक उपक्रम के खालीपन को निजी प्रयासों से भरने के इस फैलते हुए उद्योग का एक संकीर्ण तथा सुनियोजित सांस्कृतिक पक्ष भी है, जो आर्थिक दोहन से भी ज्यादा खतरनाक है। एक विशेष राजनीतिक संगठन के सांस्कृतिक अभियान के रूप में चलाए जानेवाले स्कूलों की संख्या इस बीच तेज़ी से बढ़ी है और अनुकूल आबोहवा के चलते उन्हें सरकारी और गैर-सरकारी, दोनों प्रकार के आर्थिक संरक्षण सहज ही मिलते रहे हैं।

जाहिर है कि स्वतन्त्र ढंग से चलाए जानेवाले स्कूलों की तुलना में वहाँ अधिक व्यवस्था और अनुशासन दिखाई पड़ता है, जो अभिभावकों को आकृष्ट करता है। पर, इस बात की जरूरत है कि गाँवों के बृहत्तर अभिभावक समुदाय को ऐसे सुनियोजित प्रयासों की सीमाओं से अवगत कराया जाए। यह काम राजनीतिक दलों के जिम्मे नहीं छोड़ा जा सकता। इसके स्वस्थ प्रतिरोध के लिए, गाँवों के भीतर के स्वतन्त्रचेता लोगों और खासतौर से उनके सहयोग से, जिन्हें इस नए शैक्षणिक परिदृश्य ने हाशिए पर फेंक दिया है, एक बेहतर विकल्प की पृष्ठभूमि तैयार की जाए। मैं नहीं जानता कि यह कैसे हो सकता है। पर, ऐसा होना चाहिए, इसका सबसे तीव्र अनुभव मुझे उस समय हुआ, जब एक स्कूल-शिक्षक से ऐसे तथ्य का पता चला जो हिला देनेवाला है। उन्होंने बताया कि इन नए स्कूलों में अनुसूचित और अल्पसंख्यक छात्रों की संख्या लगभग शून्य के बराबर है। फिर वे छात्र कहाँ जाते हैं—यह पूछने पर उन्होंने बताया कि साक्षरता के लिहाज से वे जहाँ थे, वहाँ से और पीछे गए हैं। इसका एक कारण आर्थिक है—क्योंकि इन नए स्कूलों की शुल्क-राशि कुछ अधिक होती है। पर, उनका अनुमान था—और

उससे असहमत होने का कोई ठोस कारण नहीं था मेरे पास—कि इस स्थिति के मूल में सिर्फ आर्थिक कारण को रखकर देखना तस्वीर के महज एक पहलू को देखना होगा। आश्चर्यजनक यह है कि इस बढ़ती हुई दरार की ओर सरकार का ध्यान तो नहीं गया है, उस वर्ग का भी ध्यान नहीं गया है, जो समाज की गतिविधियों की निगहबानी करता है।

पिछले दिनों ताल्सताय की जीवनी पढ़ रहा था। पता चला, उन्होंने अपने समय की प्राथमिक शिक्षा की हालत से क्षुब्ध होकर अपने गाँव यासनामा पोलियाना में स्वयं एक स्कूल की स्थापना की थी और वहाँ काफी समय तक पढ़ाया भी था। वे ताल्सताय थे और वैसा कर सकना उनके लिए मुश्किल नहीं था, जैसा वे करना चाहते थे। यह कितना अद्‌भुत है कि उनके जीवनीकार के अनुसार 'युद्ध और शान्ति' नामक महान उपन्यास की कल्पना पहली बार उस समय उनके भीतर कौंधी थी, जब वे अपने स्कूल के किसान-बच्चों को 'दिसम्बर क्रान्ति' के नायकों के बारे में बता रहे थे। ये वही किसान-बच्चे हैं, जिनकी शिक्षा का भार हमने अपने यहाँ जाने-अनजाने किन्हीं अर्द्धशिक्षित और ऐसे अनियन्त्रित प्रबन्ध-तन्त्र के हाथों में सौंप दिया है, जो अपने सिवा किसी के प्रति जिम्मेदार नहीं हैं। कुछ ही दिनों में स्कूलों का नया सत्र शुरू होनेवाला है। बच्चे फिर उन्हीं स्कूलों के दरवाजे खटखटाएँगे, जिन्हें 'स्कूल' कहने में मेरी जबान हिचकिचा रही है। रास्ता यहीं खत्म होता है, ऐसा मान लेने के सारे कारण मौजूद हैं, पर ऐसा मैं मानना चाहता नहीं। मुझे बराबर लगता है कि जो उच्च शिक्षा की समस्याओं से जूझ रहे हैं, उन्हें कभी-कभी पलटकर पीछे भी देखना चाहिए—तब शायद पता चले कि समस्या की जड़ शीर्ष पर नहीं, वहाँ है जहाँ अपने भारी-भरकम बस्तों के साथ छोटे-छोटे बच्चे स्कूल जा रहे हैं।

घोड़ों की पीठ पर कज़्ज़ाकों की दुनिया

'मध्येशिया'—यह शब्द कब से प्रचलन में आया, मैं नहीं जानता। पर इतना तो बिना किसी लागलपेट के कहा जा सकता है कि यह एक आधुनिक अवधारणा है, जो उपनिवेशवादी काल की उपज है। उसके पहले हम मध्येशिया के अन्तर्गत आनेवाले देशों को उनके स्वतन्त्र नामों से जानते थे। वे नाम एक लम्बी परम्परा से छनकर हम तक पहुँचे थे और इस तरह हर देशवाची नाम एक विशिष्ट संस्कृति का सूचक होता था। पर सारी विशिष्टताओं को एक अमूर्त्तन में अवघटित कर देनेवाली उपनिवेशवादी अध्ययन-दृष्टि ने पृथ्वी के विभिन्न भू-खंडों को कुछ सरलीकृत अवधारणाओं में बदल दिया। 'मध्येशिया' शब्द उसी की उपज है, जिसके भीतर मुख्यतः कज़्ज़ाकिस्तान, किरगिस्तान, उज़्बेकिस्तान, तजाकिस्तान और मंगोलिया जैसे देश आते हैं। सिर्फ मध्येशिया कहने से उनकी कोई तस्वीर नहीं बनती—क्योंकि उनकी अलग भाषाएँ और संस्कृतियाँ हैं और एकदम पृथक दैहिक गठन और आकृतियाँ भी। इसलिए मुझे कई बार लगता है कि 'मध्येशिया' जैसे शब्द किसी ठोस अर्थ को सूचित करने के बजाय केवल एक कामचलाऊ प्रतीक का काम करते हैं और इस तरह हमें एक विचारों के खोखल में छोड़ देते हैं। आधुनिक समय ने कितने देशों को अपने मूल नामों से विच्युत और विच्छिन्न किया है, इसका अध्ययन बहुत दिलचस्प हो सकता है।

कज़्ज़ाकों के बारे में मुझे पहली जानकारी रूसी उपन्यासों और खासतौर से ताल्सताय के प्रसिद्ध उपन्यास 'कज़्ज़ाक' से हुई थी। इन कृतियों के आधार पर जो बिम्ब बना था, वह कमोबेश आज भी मेरी स्मृति का हिस्सा है। पर आज से कोई साढ़े तीन साल पहले जब कज़्ज़ाकिस्तान जाना हुआ तो 'कज़्ज़ाक' शब्द के भीतर छिपे हुए एक और कज़्ज़ाक से मेरा पहली बार साक्षात्कार हुआ, जो सिर्फ लड़ाकू, दुर्धर्ष और पशुजीवी नहीं, दुखी, सन्तप्त और गहरे अर्थ में मानवीय भी है। यथार्थ से मुठभेड़ होते ही, शब्द का प्रचलित अर्थ कितना लाचार दिखने लगता है, इसका अहसास पहली बार हुआ।

कज़्ज़ाकिस्तान एक बहुत बड़ा देश है—शायद भारत से दोगुने से कुछ अधिक ही। लोग आज भी मुख्यतः पशुपालक हैं—इस हद तक पशुजीवी कि सोवियत शासकों में यदि उनके मन में किसी के प्रति सबसे अधिक आक्रोश है तो निकिता ख़ुश्चेव के प्रति। कारण कि उनके शासन-काल में उन्हें पशु रखने के परम्परागत अधिकार से भी वंचित

कर दिया गया था। एक कज़्ज़ाक लेखक ने बताया कि कज़्ज़ाक जाति ने पूरे इतिहास में केवल पशुओं पर शासन किया है और स्वयं किसी न किसी से शासित होती रही है। पहली बार उन्हें पूर्ण सुरक्षा तब मिली, जब वे रूस के साथ जुड़े। पर तीन साल पहले तक स्थिति यह थी कि वहाँ का जन-मानस सोवियत रूस से अलग होने की वास्तविकता के साथ पूरी तरह से अपनी संगति बैठा नहीं सका था। उलटे एक कज़्ज़ाक ने शिकायत भी की कि रूस ने उस समय हमारे सामने अलग होने का विकल्प रखा, जब उसके लिए हम बिल्कुल तैयार नहीं थे। वहाँ के एक युवा मन्त्री ने, जो संस्कृति मन्त्रालय को देखते थे, दो-टूक शब्दों में स्वीकार किया कि हम बुनियादी रूप से खानाबदोश लोग हैं, जो शासन करना जानते ही नहीं और अब जब स्वतन्त्र हो गए हैं तो कोरी स्लेट पर शासन करने का ककहरा सीख रहे हैं।

रूसी उपन्यासों से परिचित हर पाठक 'स्तेपी' शब्द से भी जरूर परिचित होगा। पढ़ते समय हम एक विशाल चटियल घास के मैदान के रूप में उसकी कल्पना कर लेते हैं। पर असल में 'मैदान' और 'स्तेपी' शब्द के बीच लगभग उतनी ही दूरी है, जितनी भारत और कज़्ज़ाकिस्तान के बीच। 'स्तेपी' असल में जमीन से चिपकी हुई छोटी-छोटी घासों का एक अकल्पनीय विस्तार है, जो सैकड़ों मील लम्बा हो सकता है और जिसमें आपकी आँख अगर टिकने के लिए कहीं जीवन तलाश करे तो हो सकता है कहीं दूर-दराज एक चरता हुआ घोड़ा दिख जाए या फिर दो-चार भेड़ें।

कभी-कभी सोचता हूँ कि यदि आर्य सचमुच मध्येशिया से आए थे (हालाँकि मेरे मन के भीतर का मन इसको लेकर शंकालु है) तो जरूर वे स्तेपी की अनुर्वरता और उसकी भयावह बोरियत से घबराकर आए होंगे। जो भी हो, कज़्ज़ाक सदियों से वहाँ हैं—उसी स्तेपी की अनुर्वरता और भयावहता से निरन्तर लड़ते हुए। स्तेपी उनके लिए वैसे ही है, जैसे मछली के लिए समुद्र। कज़्ज़ाक स्तेपी छोड़कर कहीं और नहीं रह सकता और रहेगा तो फिर वह कज़्ज़ाक नहीं रह जाएगा। यह ज़रूर है कि अपनी कठिन धरती के साथ इस प्राकृतिक लगाव ने उनके जीवन-संघर्ष को बेहद जटिल बना दिया है और चुनौती-भरा भी। स्वतन्त्र राष्ट्र बनने के बाद यह चुनौती और बढ़ गई है।

इस समय अपने अकूत प्राकृतिक साधनों के साथ कज़्ज़ाक जाति अपनी पहचान को एक नया आकार देने के संघर्ष में जुटी है। इस संघर्ष को गति और धार देने में सबसे नियामक भूमिका निभा रही है स्वयं कज़्ज़ाक भाषा, जिसके पास प्रचुर मौखिक साहित्य है और लिखित साहित्य की एक समृद्ध परम्परा भी। एक निरन्तर संक्रमणशील और घुमक्कड़ जाति ने सृजन की इस परम्परा को कैसे अक्षुण्ण बनाए रखा, यह अपने आपमें विस्मयजनक है। कज़्ज़ाक लोग इस्लाम धर्म को माननेवाले हैं, लेकिन उनका धर्म भी एक अलग किस्म का देशज रंग लिए हुए है। स्वभाव से वे धर्मनिरपेक्ष हैं और उनकी धर्मनिरपेक्षता का जन्म 'धर्मनिरपेक्ष' शब्द के जन्म से बहुत पहले हो चुका था। इसलिए वह भी एक प्राकृतिक रंग लिए हुए है। मस्जिद के बिना इस्लाम—शायद इसकी कल्पना नहीं की जा सकती। पर घुमक्कड़ कज़्ज़ाकों ने इसे चरितार्थ किया है। सुना है इधर

पड़ोसी देशों के दबाव से स्थिति में कुछ परिवर्तन हुआ है।

कज़्ज़ाकों के जीवन में जो एक प्राकृतिक खुलापन है, शायद उसी का परिणाम हो कि वहाँ सूफी प्रभाव खूब फला-फूला। मध्येशिया के सबसे बड़े सूफी फकीर ख्वाजा मुहम्मद यसाबी वहीं पैदा हुए थे—तुर्किस्तान नामक शहर में। ग्यारहवीं सदी के इस महान सूफी फकीर का मज़ार उसी शहर में है, जिस पर, कहते हैं तैमूर लंग ने अपने अत्याचारों को ढँकने के लिए एक विशाल गुम्बद बनवाया था। वह इतना ऊँचा है, जिसे स्तेपी के निर्बाध विस्तार में चालीस मील दूर से भी देखा जा सकता है। इस शहर के लोग स्वभाव से सूफी हैं और मेहमाननवाज़ी उनकी फितरत में है। इसी शहर में मैंने एक कज़्ज़ाकी कवि का काव्यपाठ सुना, जिसकी गहरी छाप मेरे मन पर है। वे वहाँ के प्रसिद्ध आधुनिक कवि थे और अपने सीधे-सादे अन्दाज़ में जब कविता पढ़ रहे थे तो उनकी एक-एक पंक्ति के साथ श्रोताओं का सहज जुड़ाव मेरे लिए एक अविस्मरणीय अनुभव था। इस दृश्य को देखकर मेरे मन में यह धारणा पुष्ट हुई कि संस्कृति को, उसकी सम्पूर्ण उष्मा के साथ शायद छोटे समाज ही बचा सकते हैं।

इस सन्दर्भ में एक और छोटी-सी घटना का उल्लेख करना चाहूँगा। उस शहर में भव्य विश्वविद्यालय है जिसका नाम है ख्वाजा मुहम्मद यसावी अन्तर्राष्ट्रीय विश्वविद्यालय। उसके प्रवेश-द्वार के सामने लेनिन की एक विशाल कांस्य प्रतिमा है जो आज भी उसी तरह खड़ी है। यह पूछने पर कि यह प्रतिमा कैसे बच गई, एक कज़्ज़ाकी अध्यापक ने हँसते हुए बताया—"रिलिजन हैज सेब्ड लेनिन"—(धर्म ने लेनिन को बचा लिया)। उनका इशारा सूफी सन्त मुहम्मद यसावी की तरफ था, जिनके नाम पर वह विश्वविद्यालय है। सचाई यह है कि कज़्ज़ाक लोग, जिनका अधिकांश जीवन सुन्दर घोड़ों की पीठ पर व्यतीत होता है, सुन्दरता को प्यार करते हैं और भरसक उसे नष्ट होने से बचाते हैं। पर प्राकृतिक परिस्थितियों की यह विचित्र विडम्बना है कि जो घोड़े उनके सबसे भरोसेमन्द जीवनसंगी होते हैं, उन्हीं का गोश्त उनका सबसे प्रिय भोजन है।

अक्का महादेवी

हे मेरे जूही के फूल जैसे ईश्वर
मँगवाओ मुझसे भीख
और कुछ ऐसा करो
कि भूल जाऊँ अपना घर पूरी तरह
झोली फैलाऊँ और न मिले भीख
कोई हाथ बढ़ाए कुछ देने को
तो वह गिर जाए नीचे
और यदि मैं झुकूँ उसे उठाने
तो कोई कुत्ता आ जाए
और उसे झपटकर छीन ले मुझसे।

ये कन्नड़ की महान कवयित्री (12वीं सदी) की प्रसिद्ध पंक्तियाँ हैं, जिन्हें मैंने पहली बार ए.के. रामानुजन की पुस्तक 'शिव के वचन' (स्पीकिंग ऑफ शिवा) में पढ़ा था और जाहिर है, अंग्रेजी अनुवाद में पढ़ा था। तब से ये पंक्तियाँ कहीं मस्तिष्क में टँकी रह गई थीं। हाल ही में अक्का पर लिखी एक छोटी-सी पुस्तक देखने को मिली तो इन पंक्तियों से पुनः साक्षात्कार हुआ। इतिहास बताता है कि वे वीर शैव आन्दोलन से जुड़ी थीं और इस आन्दोलन ने अनेक रचनाकारों को आकृष्ट किया था, जिनमें अक्का का सर्जनात्मक अवदान अन्यतम है। वे कर्नाटक के उडुतटी गाँव में एक पिछड़े परिवार में पैदा हुई थीं और युवावस्था में प्रवेश करते ही उनके सौन्दर्य की चर्चा गाँव के शासक कौशिक के कान तक पहुँची। अक्का के माता-पिता को अपनी और अपनी पुत्री की इच्छा के विरुद्ध महाराजा कौशिक के विवाह-प्रस्ताव के सामने झुकना पड़ा। कहते हैं कि विवाह से पूर्व महादेवी ने राजा के समक्ष कुछ शर्तें रखी थीं, जिनका पालन वह न कर सका और फलतः अक्का ने राजमहल का परित्याग करने का निर्णय किया। यहाँ तक तो अक्का का जीवनवृत्त मीरा से मिलता-जुलता है। पर अक्का ने जो इसके आगे किया, वह भारतीय नारी के इतिहास की एक विलक्षण घटना बन गई, जिससे उनके विद्रोही चरित्र का पता चलता है। सबसे चौंकाने और तिलमिला देनेवाला तथ्य यह है कि अक्का ने सिर्फ राजमहल नहीं छोड़ा, वहाँ से निकलते समय पुरुष-वर्चस्व के विरुद्ध

अपने आक्रोश की अभिव्यक्ति के रूप में अपने वस्त्रों को भी उतार फेंका। यह पूरे सम्भ्रान्त वर्ग की सुरुचि के गाल पर एक तमाचे की तरह था, जो आज भी इतिहासकारों को विचलित करता है।

पर अन्ततः स्त्री को पुरुष-नेत्रों का सामना तो करना था। कहते हैं, अक्का ने इसका समाधान यह निकाला कि अपनी नग्नता को अपने लम्बे-लम्बे केशों से ढँक लिया। फिर भी वह थी तो नग्नता ही—बल्कि एक युवा स्त्री की आक्रामक नग्नता, जिसे उस समय का पुरुष समाज (जिसमें आन्दोलन से जुड़े भक्त और सन्त भी शामिल थे) आसानी से न झेल सका।

कहा तो यह भी जाता है कि जब वे राजमहल को छोड़कर लम्बी यात्रा के बाद कल्याण पहुँचीं, जो वीर शैव आन्दोलन का केन्द्र था तो वहाँ भी उन्हें अपनी केशों में ढँकी हुई नग्नता को लेकर अनेक तीखे प्रश्नों का सामना करना पड़ा। उनके जीवनीकारों ने उनके और अल्लामा प्रभु के बीच होनेवाले एक लम्बे संवाद का प्रायः जिक्र किया है। अल्लामा का एक प्रश्न था—

'तुम किसी राजा के ऊपर आरोप लगाकर आई हो। यह बात सच है क्या ?... तुम केश नामक वस्त्र से अपनी देह की नग्नता छिपाकर आई हो—इससे देह का अपमान तो जाता नहीं !'

अक्का ने इसका एक गूढ़-सा उत्तर दिया—'प्रभु, फल पकने से पहले अपने छिलके को नहीं छोड़ता।' पर इसी बात को उन्होंने अपने एक 'वचन' में कुछ अधिक सफाई के साथ दुहराया है—

'यदि फल अन्दर से पका नहीं तो उसका छिलका पीला नहीं पड़ता, न उससे अलग होता है। यदि तुम्हारे भीतर इस नग्नता को देखकर जागती है वासना और तुम होते हो आहत तो मुझे ठीक यही लगा कि उसे ढँक लूँ अपने केशों से।

पर मैं सोचने लगा, इस स्थिति की कैसे व्याख्या की जाए कि अक्का महादेवी जैसी एक विद्रोहिणी स्त्री को भी स्वेच्छा और अपने विवेक के साथ चुनी गई नग्नता के सम्बन्ध में बार-बार पुरुष वर्ग के समक्ष सफाई देने के लिए मजबूर होना पड़ता है। इसके बरक्स हम देखते हैं कि हमारी परम्परा में अनेक ऐसे महापुरुष या दिव्य पुरुष हो गए हैं, जो अपनी नग्नता के साथ व्यापक रूप से स्वीकृत तथा श्रद्धेय थे। भगवान महावीर इसके विरले उदाहरण हैं। मैंने पूर्वी उत्तर प्रदेश के एक शहर में एक ऐसे व्यक्ति को देखा था जो सारी मर्यादाओं की धज्जियाँ उड़ाते हुए निर्वस्त्र घूमता रहता था और इसके बावजूद सबका श्रद्धास्पद बन गया था। अक्का ने सिर्फ पुरुष-समाज के दिए हुए वस्त्र को उतार फेंका था और अपने अनावृत अंगों को अपने ही झूलते हुए लम्बे-लम्बे केशों में ढँक लेने की कोशिश की थी—यह एक तरह अपनी देह को अपनी ही देह में छिपा लेने की कोशिश थी। जिसके चलते उनका नाम 'केशाम्बरी' पड़ गया था। पर इस सारी पीड़ादायक स्थिति से गुजरते हुए इस महान कवयित्री को, अपने भीतर और बाहर जो झेलना पड़ा, उसका साक्ष्य है उनकी कविता। वे मुख्यतः छोटे-छोटे गद्य-गीतों की सर्जक

थीं, जो वचन कहे जाते थे। ऐसे वचनकार कवियों में वसवन्ना और अल्लामा प्रभु के अतिरिक्त अनेक बड़े सर्जक शामिल थे, जिसमें एक अच्छी-खासी संख्या स्त्री वचनकारों की भी थी। शायद यह देश का पहला ऐसा आन्दोलन था, जिसने इतनी बड़ी संख्या में स्त्रियों को अपनी ओर आकृष्ट किया था। एक महत्त्वपूर्ण बात यह थी कि इनमें से अधिकांश स्त्रियाँ समाज के पिछड़े या निचले तबकों से आई थीं। काव्य-सृष्टि की गुणवत्ता की दृष्टि से अक्का महादेवी इनमें शीर्ष पर थीं। लगभग सात सौ वर्षों के बाद भी उनकी कविता में भरी हुई एक स्त्री के संघर्ष की यातनाभरी गूँज हमें आन्दोलित करती है और कहीं गहरे में विचलित भी। एक प्रसिद्ध 'वचन' का एक छोटा-सा टुकड़ा इस स्त्री सर्जक की पीड़ा और आक्रोश को एक साथ व्यक्त करता है—

तुम खिंचे चले आए हो
उन्नत उरोजों
और भरे-पूरे यौवन को देखकर

एक स्त्री महज एक स्त्री नहीं, बल्कि सम्पूर्ण सामाजिक वास्तविकता का एक अविच्छिन्न हिस्सा है अक्का महादेवी की कविता, पूरे भारतीय साहित्य में इस मूलभूत क्रान्तिकारी चेतना का पहला सर्जनात्मक दस्तावेज है और सम्पूर्ण स्त्रीवादी आन्दोलन के लिए एक अजस्र प्रेरणास्रोत भी।

अल्लामा प्रभु

कभी-कभी सोचता हूँ, भारतीय साहित्य की हमारी जानकारी कितनी अधूरी है। जितना हम पश्चिम के साहित्य को जानते हैं, उसकी तुलना में हम कितना कम जानते हैं उस विपुल साहित्य को जो हमारी अपनी ही भाषा की सीमाओं पर फैला हुआ है। हमारी अर्जित आधुनिक चेतना की यह सबसे बड़ी फाँक है, जिसके भीतर झाँककर देखने की कोशिश बहुत कम की गई है। इसका सबसे तीखा अनुभव अभी मुझे कुछ दिनों पहले हुआ, जब मैं अल्लामा प्रभु को पढ़ रहा था। हो सकता है, बहुतों को यह नाम थोड़ा चौंकानेवाला लगे। साहित्य का एक विद्यार्थी होने के नाते मैंने यह नाम सुना जरूर था, पर उसके कृतित्व से अपरिचित था। तथ्यों के ब्यौरे में न जाकर यहाँ सिर्फ इतना बता दूँ कि अल्लामा प्रभु कन्नड़ के सन्त कवि थे और वहाँ 'वीर शैव आन्दोलन' के नाम से जिस परम्परा को जाना जाता है, उसके अन्यतम रचनाकार थे। मैं यहाँ यह स्पष्ट कर दूँ कि इस नाम में जो 'अल्लामा' शब्द लगा है, वह कन्नड़ का ठेठ अपना शब्द है, जिसका अर्थ है—ढोल बजानेवाला। अल्लामा प्रभु के पिता अपने समय के जाने-माने नृत्य-गुरु थे और यदि उन्होंने अपने युवा पुत्र के ढोल बजाने की प्रतिभा को देखते हुए उसे 'अल्लामा' विशेषण दिया हो तो यह बिल्कुल स्वाभाविक ही था। तथ्य चाहे जो भी हो, जनता में वे इसी नाम से प्रसिद्ध हुए।

अल्लामा प्रभु के साथ कन्नड़ की भक्ति कविता की उस प्रसिद्ध त्रयी का निर्माण होता है, जिसके दो अन्य कवि थे—वसवन्ना और अक्का महादेवी। पर यहाँ मैं सिर्फ अल्लामा प्रभु की ही चर्चा करना चाहूँगा। उनके जीवन के बारे में तथ्यपरक जानकारी बहुत कम मिलती है और सबसे बड़ा आश्चर्य यह कि अपने 'वचनों' में यह कवि अपने बारे में लगभग एक चट्टान की तरह चुप है। किंवदन्तियाँ सिर्फ इतना बताती हैं कि युवावस्था में इस प्रतिभाशाली ढोलवादक का सम्पर्क एक ऐसी युवती से हुआ, जो बाद में उसकी पत्नी बनी। दाम्पत्य जीवन शायद लम्बा नहीं चला। पत्नी की आकस्मिक मृत्यु के बाद पुराने कलेवर के भीतर से जैसे एक नए अल्लामा प्रभु का जन्म हुआ। घर-बार छोड़कर लम्बे समय तक वे दूर-दराज के क्षेत्रों में लगभग एक विक्षिप्त की तरह भटकते रहे। जनश्रुति बताती है कि इसी घुमक्कड़ी में उनकी भेंट अपने गुरु से हुई, जो एक भूमिगत गुहा में साधना कर रहे थे। यह उनके लिए परमसत्ता के साक्षात्कार की तरह था और शायद यही कारण है कि उनकी सारी कविताएँ उसी 'गुहेश्वर' को सम्बोधित

हैं। भूमि के भीतर से प्रकट होनेवाले गुरु के रूपक में एक अद्भुत व्यंजना है जो बरबस ध्यान आकृष्ट करती है।

हिन्दी के पाठकों के लिए, यह जानना दिलचस्प हो सकता है कि किंवदन्तियों के अनुसार अल्लामा प्रभु की भेंट उत्तर भारत के प्रसिद्ध योगी गोरखनाथ से हुई थी—हालाँकि दोनों के बीच लगभग दो सौ वर्षों का अन्तर है। कुछ इतिहासकारों का कहना है कि अल्लामा से मिलनेवाले गोरख कोई और हैं जो दक्षिण के ही थे। पर भाषिक वास्तविकता यह है कि 'गोरख' ठेठ हिन्दी प्रदेश का शब्द है और समय के लम्बे अन्तराल के बावजूद यदि गोरखनाथ और अल्लामा प्रभु के मिलन की घटना जनमानस में बैठी हुई है तो इसे यों ही खारिज नहीं किया जा सकता। सचाई यह है कि 'गोरख' शब्द हजारों मील की पैदल यात्रा करने के बाद कभी बारहवीं-तेरहवीं सदी में उत्तर से दक्षिण की ओर गया होगा। पूरे मध्यकाल में कवियों के स्थानों, नामों और तिथियों के बीच एक विलक्षण संक्रमण दिखाई पड़ता है—लगभग उन पक्षियों की तरह जो स्थान की किसी सीमा को स्वीकार नहीं करते। इस विलक्षण तथ्य की अलग से पड़ताल की जानी चाहिए।

अब कुछ शब्द अल्लामा प्रभु की कविता के बारे में। ऊपर जिन बातों का उल्लेख किया गया है, उनके बिना भी काम चल जाता तो मैं उस ब्यौरे में न जाता। पर लगा कि शायद वे बातें जरूरी हैं। क्या यह आकस्मिक है कि दक्षिण के भक्त कवि को पढ़ते हुए मुझे उत्तर के अनेक कवि बार-बार याद आए—जैसे कबीर, दादू, नानक और यहाँ तक कि कई बार शेख फरीद भी। शायद ये कवि अपनी पूरी मानसिक बनावट में अल्लामा प्रभु के सबसे निकट पड़नेवाले कवि हैं। पर कबीर का मिज़ाज़ अल्लामा प्रभु के साथ सबसे अधिक मिलता है—एक तरह से उन्हें कन्नड़ का कबीर कहा जा सकता है। वहाँ भी वैसा ही फक्कड़पन है, वैसा ही बेलागपन और अपनी बात को कहने का अद्भुत नैतिक साहस। पर जो बात कबीर से अल्लामा को अलग करती है, वह है उनके वचनों के भीतर की गहरी गीतात्मक कोमलता। मैं कन्नड़ नहीं जानता। जाहिर है कि इस महान कवि तक पहुँचने का मेरे पास एक ही उपाय था—अनुवाद। जब इन अनुवादों का अनुवाद करने बैठा तो एक बिल्कुल नई दुनिया खुलती हुई दिखाई पड़ी। एक छोटी-सी मधुमक्खी वहाँ किस तरह विराट लगने लगती है, इसे इन पंक्तियों में देखा जा सकता है—

कमल के कोष में
पैदा हुई मधुमक्खी
वह बाहर निकली
और उसने निगल लिया आसमान को
उसके परों के हिलने से
तीनों लोक उल्टे टंग गए
हवा में।

पर अल्लामा प्रभु का जो रूप आज सबसे अधिक प्रासंगिक लगता है—बल्कि सबसे अधिक क्रान्तिकारी भी, वह है उनका देह-दर्शन। इस काया या घट के भीतर ही सब कुछ है, यह बात तो कबीर के यहाँ भी बार-बार कही गई है। पर अल्लामा इस आध्यात्मिक अनुभव को जिस तरह प्रकट करते हैं, वह हमारे भीतर जैसे एक अजब-सी हलचल पैदा करता हुआ हमारे अपने अनुभव-लोक का हिस्सा बन जाता है और फिर उसके भीतर से जैसे हमारा अपना समय बोलने लगता है—

जबकि देह
स्वयं एक भव्य मन्दिर है
जरूरत क्या है किसी दूसरे मन्दिर की ?
... ...
ओ गुहेश्वर
यदि तुम पत्थर हो
तो फिर मैं क्या हूँ ?

डब्लू.बी. येट्स ने ऐसी ही कविता के लिए कहीं कहा था कि महान कविता में कुछ ऐसे चित्र होते हैं, जिसमें आनेवाला समय अपना अर्थ भर लेता है। कालजयी कविता इसी तरह हर युग में समकालीन कविता होती है और बेशक कबीर की तरह अल्लामा प्रभु भी किसी न किसी स्तर पर हमारे समकालीन लगने लगते हैं। पर अल्लामा प्रभु की कविता का एक और ठाठ है जहाँ उनकी साहसिक कल्पना एक अजीब ढंग से तोड़-फोड़ करती-सी जान पड़ती है और एक हल्के विनोद और चुहल के साथ पूर्वापर सम्बन्धों के समूचे 'आर्डर' को जैसे छिन्न-भिन्न करती है—

अतीत के कवि
मेरी रखैल के बेटे हैं
भविष्य के कवि
मेरी करुणा के बच्चे
आकाश के कवि
मेरे पालने में झूल रहे हैं
ब्रह्म और विष्णु मेरे सगे-सम्बन्धी हैं
और तुम मेरे श्वसुर हो ओ गुहेश्वर
और मैं तुम्हारा दामाद।

इस नैतिक साहस और निर्द्वन्द्व कल्पनाशीलता की भूमि पर अल्लामा प्रभु कबीर के अलावा दूसरे ऐसे चुनौती भरे कवि हैं, जो पूरी मध्यकालीन भारतीय कविता में, सारे सम्भावित प्रहारों के बीच निष्कवच खड़े हैं।

विद्रोही सन्त कवि वसवन्ना

क्लासिक को कैसे पढ़ा जाए, खासतौर से तब जब सबकुछ नितान्त समकालीन हो गया हो, यह एक बड़ा सवाल है, जिससे नया पाठक लगभग निरपेक्ष होता जा रहा है। हिन्दी के सन्दर्भ में यह सवाल और बड़ा हो जाता है, क्योंकि हिन्दी आज अकेली ऐसी भारतीय भाषा है, जिसमें वैसी भाषिक निरन्तरता नहीं है, जैसी उड़िया में है या कन्नड़, मराठी या अपनी जुड़वाँ भाषा उर्दू में। आधुनिक युग से पहले का सारा साहित्य जिस भाषा (या भाषाओं, में) है, वह है तो हिन्दी का ही एक रूप, पर हम सब जानते हैं कि उसका भाषिक ढाँचा हिन्दी से भिन्न है। इसलिए नए पाठक को सूर या तुलसी तक पहुँचने में एक पुल से होकर गुजरना पड़ता है—ऐसा पुल जिसके वजूद को वह जानता तक नहीं। इसलिए एक नए कन्नड़ या मराठी कवि को जब मैं वसवन्ना या तुकाराम पर बात करते सुनता हूँ तो सुखद आश्चर्य होता है। लगता है जैसे वह किसी समकालीन के बारे में बात कर रहा हो। किसी हद तक कबीर के साथ हमने एक ऐसा 'समकालीन रिश्ता' खोजने का प्रयास जरूर किया है, पर वह कितना अपने समय के प्रचलित विमर्श के दबाव के कारण है और कितना रचना के साथ सच्चे जुड़ाव के कारण, यह अलग से पड़ताल का विषय है।

पिछले दिनों कन्नड़ के भक्त कवि वसवन्ना को पढ़ रहा था—जाहिर है अनुवाद में। अनुवाद में पढ़ना घाटे में रहने की स्थिति को स्वीकार करके चलना है। मेरा विश्वास है कि कविता का अच्छा से अच्छा अनुवाद भी पाठक तक अधिक से अधिक उतना ही पहुँचाता है, जितने में सिर्फ पास हुआ जा सकता है। वसवन्ना कन्नड़ के समकालीन साहित्यिक विमर्श में एक जीवन्त उपस्थिति की तरह हैं। यह आकस्मिक नहीं है कि उनके 'वचनों' के अंग्रेजी अनुवाद कुछ ऐसे कवियों ने किए हैं, जो समकालीन रचनाशीलता के पुरस्कर्त्ता रहे हैं। हिन्दी में जो उनके अनुवाद हुए हैं, वे सिर्फ कामचलाऊ हैं। पर कैसी विडम्बना है कि यदि हिन्दी का ठेठ पाठक वसवन्ना या अल्लामा प्रभु की कविता के आश्चर्य-लोक तक पहुँचना चाहे तो उसको इन्हीं कामचलाऊ अनुवादों से होकर गुजरना पड़ेगा।

वसवन्ना ब्राह्मणकुल में पैदा हुए थे। पर वे जीवन-भर अपनी जातिगत सीमाओं से लड़ते रहे। इस तरह वसवन्ना की क्रान्तिकारिता कबीर से ज्यादा जोखिम भरी थी। यह बाजार के चौराहे पर नहीं, मानो अपने ही घर के आँगन में लुकाठी लेकर खड़ा होना था। जिस समाज में उच्च कुल में जन्म लेना सौभाग्य की बात मानी जाती हो, उसी समाज के उच्चतम वर्ण के एक कवि का अपने आराध्य से यह कहना कितना हिला

देनेवाला है कि—

हे भगवान
सहन न कराओ मुझे
उच्च कुल में पैदा होने का यह अनवरत
कशाघात !

कहते हैं कि इस कशाघात की पहली पीड़ा वसवन्ना ने उस समय अनुभव की थी, जब उनका उपनयन-संस्कार हुआ। उस समय उनकी उम्र महज आठ साल की थी, पर आन्तरिक तेज ऐसा कि एक प्रौढ़ क्रान्तिकारी की तरह पिता से यह कह सकते थे कि वे उपनयन-संस्कार का इसलिए विरोध करते हैं कि वे दूसरे जन्म (द्विजत्व) की परिकल्पना को एक ढोंग समझते हैं।

वसवन्ना के चरित्र की तेजस्विता में एक मोहक आकर्षण था, जिसने अल्लामा प्रभु और अक्का महादेवी जैसी महान कवियों को अपनी ओर खींचा था। वसवन्ना ने जिस 'अनुभव-मंडप' नाम के संस्थान की स्थापना की थी, उसका आयतन बहुत विशाल था, और उसमें उन सबके लिए जगह थी जो जाति के बन्धन को अस्वीकार करते थे। उनका व्यक्तित्व इस मानी में भी मध्यकाल के अन्य सभी भक्त कवियों से भिन्न था कि वे भक्त थे जरूर पर उनका कर्मक्षेत्र केवल भक्ति तक सीमित नहीं था। वे शिवभक्त थे और कुछ लोगों के अनुसार वीर शैव आन्दोलन के पुरस्कर्त्ता भी। पर उनके व्यक्तित्व में एक सुखद विरोधाभास दिखाई पड़ता है—अध्यात्म के साथ राजनीति का एक विरल समायोजन। कहते हैं कि चालुक्य सम्राट विज्जल ने उनकी प्रतिभा से प्रसन्न होकर, उन्हें अपने राज्य का मन्त्री नियुक्त कर लिया था। एक भक्त के लिए यह चुनौती भरा काम था। पर अनेक विषम परिस्थितियों के बावजूद वसवन्ना ने न सिर्फ राजकाज का सुचारु रूप से संचालन किया, बल्कि यही वह काल है, जब उन्होंने अपनी सर्वश्रेष्ठ कविताएँ भी लिखीं। कहा जाता है कि एक हजार 'वचनों' की उन्होंने रचना की थी। अपने संस्थान को 'अनुभव-मंडप' का नाम देनेवाले इस कवि का काव्य-संसार सचमुच एक विशाल अनुभव-मंडप की तरह था। अनुभव को काव्य-सृजन में महत्त्व देना भी वसवन्ना की एक विशेषता मानी जाती है। शायद यह उस काल की विद्रोही भारतीय सृजन-चेतना की एक विशेषता थी। कबीर के यहाँ जिस 'स्व-संवेदण' ज्ञान की बात कही जाती है, वह अनुभव के ही आसपास की चीज है।

वसवन्ना के विरोधी भी कम न थे। यह विरोध उग्रतम रूप में सामने तब आया, जब उन्होंने एक ब्राह्मण-पुत्री और एक अछूत के बेटे की शादी का औचित्य प्रमाणित करने की कोशिश की। रूढ़िवादियों के द्वारा किए गए इस विरोध ने लगभग एक आन्दोलन का रूप ले लिया। सम्राट विज्जल के विरोधियों ने उसकी हत्या कर दी और जाति-मर्यादा का उल्लंघन करने के अपराध में ब्राह्मण-पुत्री और अछूत के बेटे को हाथी के पैरों से कुचलवा दिया। वसवन्ना के मन पर इस पूरी घटना का बहुत गहरा प्रभाव

पड़ा। शायद इसी पीड़ा की मनःस्थिति में उन्होंने अपनी एक कविता में अपने आराध्य से कहा था—

हाय ! हाय शिव
आपने मुझे जन्म क्यों दिया ?
क्या आप मेरी जगह उगा नहीं सकते थे
कोई वृक्ष या झाड़ी ?

एक अन्य कविता में एक गहरे साहित्य-आक्रोश के भीतर से ये पंक्तियाँ निकली थीं उनके मुँह से—

व्यास एक मछली पकड़नेवाले के पुत्र थे
मार्कण्डेय जाति-च्युत थे जन्म से ही
चिन्ता मत करो जाति की
अगस्त्य वास्तव में चिड़ीमार थे
और दुर्वासा गाँठते थे जूता।

ऐसी पंक्तियों के लिए जिस विराट नैतिक साहस की जरूरत थी, वह वसवन्ना में भरपूर थी। कुछ लोगों को उनकी कविता में दलित-चेतना का पूर्वाभास भी दिखाई पड़ता है—खासतौर से वहाँ, जहाँ वे ताल ठोंककर कहते हैं कि 'मैं कक्य्या चर्मकार का बेटा हूँ और चेन्नप्पना मेरा पितामह था।'

वस्तुतः वसवन्ना गहरे अर्थ में एक मानववादी कवि थे और इस मानववाद की अभिव्यक्ति उदात्त धार्मिक चेतना के रूप में हुई थी। भक्ति उनके निकट इस धार्मिक चेतना का सबसे सर्जनात्मक रूप थी, जहाँ सारे भेद समाप्त हो जाते थे। उनकी एक प्रसिद्ध कविता में उनकी इस मान्यता का संवेदनात्मक परिपाक इस रूप में व्यक्त हुआ था—

मैं नहीं जानता
दिन या सप्ताह क्या है
कौन-सी राशि शुभ है
कौन-सी अशुभ—मैं नहीं जानता।
मेरे लिए रात और दिन
महज एक विभाजन है
और यह कि भक्त की जाति एक होती है
अभक्त की दूसरी।

समूची कन्नड़ संस्कृति पर अमिट छाप छोड़नेवाले इस महाकवि को सिर्फ 36 साल की आयु मिली थी—लगभग उतनी ही जितनी पुश्किन या भारतेन्दु को। कभी-कभी सोचता हूँ, 36 साल की संख्या का यह कैसा छत्तीस का रिश्ता है, महान प्रतिभाओं के साथ ?

कुमारन आशान

'अपने नियमों को बदलो, नहीं तो तुम्हारे नियम तुम्हें बदल डालेंगे'—मलयालम कवि कुमारन आशान (1873-1924) की इस प्रसिद्ध पंक्ति से मेरा पहला साक्षात्कार सन् 1980 में हुआ था। केरल विधानसभा के समक्ष खड़ी कवि की भव्य प्रतिमा के नीचे यह पंक्ति खुदी हुई थी, जिसका अनुवाद मुझे अंग्रेजी में बताया गया। प्रतिमा इस तरह खड़ी थी, जैसे वह विधानसभा को सम्बोधित कर रही हो और मेरे लिए यह सुखद आश्चर्य था कि सम्बोधित करनेवाली यह प्रतिमा किसी राजनेता या समाज-सुधारक की नहीं, एक कवि की थी। जिस पंक्ति का शुरू में उल्लेख किया गया है, वह अब मलयालम भाषी समाज की एक लोकोक्ति बन गई है। जिसे कविता की मुक्ति कहा जाता है, वह इसके सिवा और क्या हो सकती है कि किसी एक कंठ से निकली हुई पंक्ति लोककंठ की पंक्ति बन जाए। ऐसी भाग्यशाली पंक्तियाँ हर भाषा के कालजयी काव्य में होती हैं और कई बार इस तरह होती हैं कि लोकमन पूरे सम्मान के साथ उसके सर्जक को उस पंक्ति की ओट में छिपाए रखता है। कहते हैं, केरल में जब कोई नेता मंच पर होता है तो कुमारन आशान की उपर्युक्त पंक्ति के बिना उसका काम चलता नहीं। मुझे बताया गया कि इस एक पंक्ति की जितनी व्याख्याएँ मलयालम में हुई हैं, उन्हें इकट्ठा किया जाए तो एक पूरी किताब बन सकती है।

ऊपर की पंक्ति में जो एक क्रान्तिकारी तेवर है, उसका उत्स कहीं उस समाज में था, जिसमें कुमारन आशान पैदा हुए थे। केरल का ईषवा समुदाय उस समय अस्पृश्य माना जाता था और सारे विकास के बावजूद किसी हद तक आज भी माना जाता है। कुमारन आशान इसी समुदाय में पैदा हुए थे। उनके आध्यात्मिक प्रेरणास्त्रोत थे ईषवा समाज में ही जन्मे श्री नारायण गुरु, जिन्हें आशान ने जीवनपर्यन्त अपना गुरु माना। असल में कवि आशान के निर्माण में गुरु का योगदान बहुत महत्त्वपूर्ण था। अपने पिछड़े समुदाय के विकास और पूरे केरल में शिक्षा के अभाव की पूर्ति के लिए नारायण गुरु के साथ मिलकर आशान ने जो काम किया, उसके लिए सिर्फ ईषवा समुदाय ही नहीं, पूरा केरल उनका ऋणी है। केरल जो शिक्षा के क्षेत्र में आज भारत का अग्रणी प्रदेश बन सका है, उसमें इस रोमानी कवि के श्रम और निष्ठा का भी बहुत बड़ा हाथ है।

भारत के स्वच्छन्दतावादी कवियों में आशान का व्यक्तित्व इस अर्थ में विलक्षण था कि वे सिर्फ कवि नहीं थे। पूरे केरल में उनकी ख्याति जितनी एक कवि के रूप

में थी, उतनी ही, एक सक्षम संगठनकर्ता और सामाजिक कार्यकर्ता के रूप में भी। मैं नहीं जानता कि इस स्तर पर आशान की तुलना भारत के किस दूसरे स्वच्छन्दतावादी कवि से की जा सकती है। एक प्रचलित धारणा यह है कि कला-सृजन के मार्ग में संगठन अक्सर आड़े आता है। पर आशान का सारा सृजन-कर्म इस आशंका को निरस्त करता है। इससे एक दूसरी आशंका भी निरस्त होती है कि सोद्देश्य लेखन बुनियादी रूप से कला-विरोधी होता है। आशान मानते थे कि सामाजिक जीवन में और बेशक साहित्यिक परम्परा में भी, कुछ मूल्यवान चीजों को बचा रखने की खातिर कुछ सड़ी मान्यताओं और संस्थाओं का विरोध जरूरी है। यह काम वे अपने शब्द की सारी ताकत के साथ जीवन-भर करते रहे। कला और सामाजिक सरोकार का ऐसा विलक्षण सन्तुलन बहुत कम दिखाई पड़ता है और रोमांटिक कवियों में तो और भी कम।

आशान के व्यक्तित्व की एक विलक्षणता यह भी है कि उन्होंने अंग्रेजी शिक्षा के बजाय अपने अध्ययन के लिए संस्कृत को चुना और वह भी परम्परागत पद्धति से। शायद इसके पीछे नारायण गुरु की भी कुछ प्रेरणा रही हो। पर विचित्र बात यह है कि संस्कृत के अध्येता होने के बावजूद उन्होंने अपनी कविता में संस्कृत छन्दों के बजाय द्रविड़ परम्परा से आए हुए छन्दों को अधिक वरीयता दी। वैसे बाद में स्वाध्याय से उन्होंने अंग्रेजी भी सीख ली थी और शेली, कीट्स, बायरन आदि की कविता से भी प्रत्यक्ष परिचय प्राप्त कर लिया था। पर उन्होंने अपनी आधुनिकता को पुष्ट करने के लिए परम्परा की गहरी जड़ों से भी काफी खुराक ली थी और इस तरह उनकी आधुनिकता एक खास अर्थ में ठेठ भारतीय आधुनिकता थी।

दक्षिण के आधुनिक कवियों में संस्कृत अध्ययन की एक परम्परा रही है और हम जानते हैं कि प्रसिद्ध तमिल कवि सुब्रह्मण्यम भारती भी संस्कृत-अध्ययन के लिए उन्नीसवीं शताब्दी के अन्त में काशी आए थे। पर आशान को बंगाल का नवजागरण शायद ज़्यादा आकृष्ट कर रहा था। इसलिए उन्होंने काशी के बजाय कलकत्ते को चुना। बावजूद इसके कि कलकत्ते में संस्कृत-अध्ययन की वैसी पुष्ट परम्परा नहीं थी जैसी काशी में थी। यहाँ वे अपनी शिक्षा तो पूरी नहीं कर सके, पर कलकत्ते ने जो उन्हें दिया वह शिक्षा से कुछ अधिक था। जैसे उन्नीसवीं सदी के शुरू के दशकों में गालिब कलकत्ते गए थे और अपनी यात्रा के उद्देश्य में सफल न होने के बावजूद वहाँ क्षिप्र गति से होनेवाले परिवर्तनों के भीतर से एक नई सौन्दर्य-चेतना लेकर दिल्ली लौटे थे। उन्नीसवीं सदी के अंत तक बंगाल बहुत बदल चुका था और युवा कवि आशान की सौन्दर्य-चेतना तथा उनकी पूरी सोच को उसने दूर तक प्रभावित किया। गालिब के प्रवास की तरह आशान के कलकत्ता-प्रवास के बारे में भी बहुत जानकारी नहीं मिलती। पर कहीं उन्होंने लिखा है कि 'यदि वे कुछ समय और वहाँ रह गए होते तो शायद किसी बंगाली लड़की से शादी करके वहीं बस जाते।' पर ऐसा हुआ नहीं और उन्होंने अन्ततः 'बंगाली लड़की' के बजाय, मलयालम भाषा को चुना जो उनके कवि को लगातार आमन्त्रित कर रही थी। भाषा और प्रेम के बीच यह चुनाव बेहद कठिन रहा होगा और खासा पीड़ादायक

भी। आशान केरल तथा अपनी मातृभाषा को कितना प्यार करते थे, यह घटना इसका विरल उदाहरण है। यह अकारण नहीं है कि आज वे केरल की सांस्कृतिक अस्मिता के अनन्य प्रतीक बन गए हैं।

'झरे हुए फूल' जैसी आरम्भिक रोमांटिक कविता से लेकर 'चांडाल भिक्षुकी' जैसी कालजयी कविता तक उनका सृजन-कर्म फैला हुआ है। केरल का कृतज्ञ पाठक उन्हें आज किस तरह याद करता है, इसका उदाहरण मैंने काईक्कारा नामक गाँव में देखा, जो त्रिवेन्द्रम से कोई 24 किलोमीटर की दूरी पर है। इस समुद्रतटीय गाँव में उनके जन्मदिन के अवसर पर लगभग दस हजार लोग उनके स्मारक के चारों ओर एकत्र थे। अपने किसी कवि के जन्मदिन-समारोह में सामान्य जन की ऐसी साझेदारी हिन्दी प्रदेश में अकल्पनीय है। इधर नारीवाद और दलित लेखन की चर्चा जब से शुरू हुई है तो आलोचकों का ध्यान आशान की दो कृतियों की ओर विशेष रूप से गया है—'चिन्ताविष्टा सीता' और 'चांडाल भिक्षुकी'। पहली में सीता द्वारा राम की भर्त्सना और दूसरी में बुद्ध के एक ब्राह्मण शिष्य और मातंगी नामक दलित कन्या के रूढ़िभंजक सम्बन्ध का वर्णन किया गया है। 'वर्णन किया गया है', यह कहना नाकाफी है। वस्तुतः यहाँ आशान की क्रान्तिकारी चेतना अपने पूरे कलात्मक उत्कर्ष के साथ व्यक्त हुई है। ऐसी कविताओं के आधार पर आज आशान को दलित चेतना के प्रथम अग्रधावक कवि की प्रतिष्ठा मिली हुई है। क्या इसे शुद्ध रूप से संयोग माना जाए कि आज के दलित कवियों से बहुत पहले आशान ने बुद्ध के व्यक्तित्व और बौद्धदर्शन के साथ एक ऐसा रचनात्मक सम्बन्ध स्थापित कर लिया था, जो नवजागरण के कवियों में और कहीं नहीं मिलता। जाति-पाँत और ब्राह्मण वर्चस्व पर प्रहार करते हुए इस कवि ने, 'चांडाल भिक्षुकी' में राजा के समक्ष, बुद्ध के मुख से ये शब्द कहलवाए थे—

मुझे बताओ
क्या ब्राह्मण किसी लता के डंठल
या किसी बादल से जन्मा है ?
... ...
क्या जाति पाई जाती है
किसी अस्थि
मज्जा
या रुधिर में ?
क्या बन्ध्या है किसी दलित स्त्री की देह
किसी ब्राह्मण के रेतस के प्रति ?

ये कबीर के सवालों की तरह असुविधाजनक सवाल थे और बेशक आज भी हैं। कुमारन आशान ऐसे ही परेशान करनेवाले सवालों के कवि हैं, जिनके उत्तर उच्चभ्रू समाज के पास आज भी नदारद हैं।

दलित कविता का तेलुगू चेहरा

कुछ दिन पहले हैदराबाद से भेजा हुआ एक तेलुगू मित्र का पैकेट मुझे मिला। खोलने पर मैंने पाया—वह तेलुगू के दलित रचनाकारों की कृतियों का हिन्दी में अनूदित एक संकलन है, जिसमें ढेर सारी कविताओं के साथ कुछ कहानियाँ और निबन्ध भी सम्मिलित हैं। सबसे पहले मेरा ध्यान कविताओं की ओर गया। इससे पहले भी मैंने कुछ तेलुगू दलित कविताएँ सुनी या पढ़ी थीं और लगा था कि इन कविताओं को और ध्यान से तथा निकट से पढ़ना-सुनना चाहिए। दलित लेखन स्वाधीनता के बाद की शायद सबसे चर्चित सांस्कृतिक परिघटना है। अब वह किसी एक भाषा या प्रदेश तक सीमित नहीं है, बल्कि धीरे-धीरे एक अखिल भारतीय वास्तविकता बनता जा रहा है। यह आकस्मिक नहीं है कि पिछले कुछ समय से हिन्दी में भी इस आन्दोलन की सक्रियता बढ़ी है और कुछ ऐसी कृतियाँ भी सामने आई हैं, जिनकी अच्छी-खासी चर्चा हुई है। इस आन्दोलन की एक विशेषता यह है कि इसकी बनावट कोरी साहित्यिक नहीं है—बल्कि इसके पीछे बुनियादी परिवर्तन की मूलभूत आकांक्षा है और एक दृढ़ विचारधारा, जो भारतीय समाज की असंगतियों के भीतर से पैदा हुई है।

पिछले दिनों त्रिनिदाद के प्रसिद्ध अंग्रेजी उपन्यासकार विद्यासागर नायपाल की पुस्तक—'इंडिया अ मिलियन म्यूटनीज नाउ' को पढ़ते हुए मैंने पाया कि भारत से बाहर भी इस आन्दोलन के प्रति जागरूकता बढ़ी है—लगभग उसी तरह जैसे कभी नीग्रोवादी आन्दोलन के दौर में अफ्रीकी अश्वेत लेखन के प्रति अन्तर्राष्ट्रीय समुदाय की दिलचस्पी बढ़ी थी। नायपाल ने अफ्रीकी लेखन के बजाय दलित लेखन को अमरीका में रहनेवाले अश्वेत लेखकों के रचनाकर्म के अधिक निकट पाया है। उनका तर्क है कि दोनों अपने-अपने समाज की विसंगतियों से पैदा हुए हैं—इसलिए दोनों में एक समानता है। पर उन्होंने दलित आन्दोलन को एक तरह की 'म्यूटनी' या गदर कहा है, जिस पर बहस की पूरी गुंजाइश है। बहस चाहे जिन मुद्दों पर भी की जाए, इस सचाई को स्वीकार करने से बचा नहीं जा सकता कि 'दलित लेखन है और अपनी अकूत सम्भावनाओं के साथ हमारे सामने मौजूद है।'

तेलुगू कविताओं को (अनुवाद में ही सही) पढ़ते हुए मैंने महसूस किया कि इस तरह की कृतियों को किसी सहानुभूति की नहीं, बल्कि गहरी सह-अनुभूति की जरूरत है। इस तरह देखने पर वहाँ बहुत कुछ ऐसा मिल सकता है, जो विचारणीय लगे और

मर्मस्पर्शी भी। यह पूरा लेखन एक तरह से विचलित और बेचैन करनेवाला है, जो अभिरुचि के बने-बनाए ढाँचे को थोड़ा छिन्न-भिन्न करता है। यह छिन्न-भिन्न करने की कोशिश उसकी प्रकृति में निहित है। परिवर्तन की गहरी आकांक्षा के साथ जब भी कोई साहित्यिक आन्दोलन उभरता है तो वह कुछ चीजों को बचाने की खातिर कुछ ठहरी हुई चीजों के भीतर थोड़ी तोड़-फोड़ भी करता है। दलित लेखन यही कर रहा है और कई बार लग सकता है कि खासे गुस्से के साथ कर रहा है। गुस्से के पीछे यदि कोई सही दिशा और ठोस धरातल हो तो फिर वह गुस्सा नए सर्जनात्मक भावबोध में बदल जाता है। मराठी दलित कविता ने इसके प्रमाण प्रस्तुत किए हैं और उसने यह काम एक नई कला-चेतना और जीवन के कटुतम अनुभवों के भीतर से पैदा होनेवाले एक नए सौन्दर्य-दर्शन के साथ सम्पन्न किया है। तेलुगू-संकलन को पढ़ते हुए मुझे लगा कि यहाँ कविता में दलित आन्दोलन का एक बिल्कुल नया चेहरा उभर रहा है, जो ठेठ तेलुगू चेहरा है।

इससे यह निष्कर्ष निकाला जा सकता है कि दलित आन्दोलन चाहे एक हो, पर हर अखिल भारतीय आन्दोलन की तरह उसके अनेक भाषिक चेहरे हैं। भारत जैसे विशाल देश के लिए यह विविधता न सिर्फ स्वाभाविक है, बल्कि अपेक्षित भी।

जहाँ तक मैं जानता हूँ, तेलुगू दलित कविता की जड़ें बहुत पुरानी हैं—इसलिए बहुत दूर तक तेलुगू मिट्टी में धँसी हुई भी। गुर्रम जाशुआ उसके प्रथम पुरस्कर्त्ता थे और शायद अब तक के सबसे बड़े कवि भी। पर उनके बारे में फिर कभी—क्योंकि वे एक ऐसे बड़े कवि हैं, जिन्हें एक छोटी-सी टिप्पणी में निपटाया नहीं जा सकता। जाशुआ के बाद दलित कविता की एक सशक्त पीढ़ी उभरकर आई, जिनकी संवेदना की बनावट अलग है और अपनी पीड़ा के बखान का ढंग भी। मंकेन पूवू की ये पंक्तियाँ उसका कुछ आभास दे सकती हैं—

मैं कँटीली झाड़ियों में फँसकर
तड़पनेवाली गौरैया हूँ
किसी भी तरह हिलूँ
काँटे चुभेंगे मुझे ही।

तेलुगू में दलित-लेखन के साथ-साथ नारीवादी लेखन भी बड़े पैमाने पर हो रहा है—खासतौर से कविता के क्षेत्र में। दोनों का साथ-साथ सक्रिय होना इस धारणा की पुष्टि करता है कि दोनों में जो अस्मिता की खोज का संघर्ष चल रहा है, उसमें कुछ ऐसा जरूर है, जो कहीं न कहीं मिलता है। पर स्त्री-लेखन और दलित स्त्री-लेखन के बीच भी एक बुनियादी अन्तर है, जिसे लक्ष्य किया जाना चाहिए। दलित कवयित्री चलमा पल्ली स्वरूपा रानी की कविता में यह जो तिलमिला देनेवाली पीड़ा दिखाई पड़ती है, वह सवर्ण स्त्री की पीड़ा से एकदम अलग है—

घर में पुरुष-अहंकार

एक गाल पर थप्पड़ मारता है
तो गली में वर्ण-आधिपत्य
दूसरे गाल पर

घर और गली की दोहरी चक्की में पिसती इस स्त्री को कहाँ रखा जाए—स्त्री-लेखन या दलित लेखन में ! जाहिर है कि नारीवादी लेखन के प्रचलित साँचे में वह अँटती नहीं। इसलिए कहा जा सकता है कि वह दलित के भीतर की एक और दलित है यानी दोहरी दलित। यह विडम्बना ही कविता के इस छोटे-से टुकड़े को इतना धारदार बनाती है।

इस संकलन में कई ऐसी कविताएँ हैं जो कहीं गहरे में विचलित और बेचैन करती हैं। एक छोटी-सी कविता को मैं कभी नहीं भूल पाऊँगा, जिसमें समुद्र के किनारे रहनेवाली एक गरीब स्त्री से, सहायता-राशि देने से पहले एक राहत-कार्यकर्त्ता पूछता है—'कुछ खेती-बाड़ी है ?' 'नहीं, समुद्र है,' कहती है वह निहायत भोलेपन से। 'समुद्र' शब्द में कितनी गहरी और कितनी दूरगामी व्यंजना है, यह बताने की जरूरत नहीं।

पर इस संकलन की जिस कविता ने मुझे सबसे अधिक बेचैन किया, उसकी कुछ पंक्तियाँ इस प्रकार हैं—

इस देह के साथ
इस देश में जीना भयानक है
इन चांडाल देहों के लिए
एक चांडाल देश चाहिए
ताकि कम से कम सिर के बालों को तो
बचाया जा सके

क्या इस पर टिप्पणी करना जरूरी है ? ये पूरे स्नायुतन्त्र को झकझोर देनेवाली पंक्तियाँ हैं जो अपनी कहानी आप कहती हैं।

दलित कविता के पितामह : गुर्रम जाशुआ

गुर्रम जाशुआ (1895-1971)—यह एक कवि का नाम है और ठेठ भारतीय कवि का। आप कभी हैदराबाद जाएँ और हुसेन सागर पर बने पुल से गुजरें तो जल में खड़ी बुद्ध की विशाल प्रतिमा के दूसरी ओर पुल के किनारे आपको आंध्र के साहित्यकारों, कलाकारों और समाज-सुधारकों की प्रतिमाएँ दिखेंगी। इन्हीं में एक गुर्रम जाशुआ की प्रतिमा है। जाशुआ एक आधुनिक कवि और शायद भारत के पहले दलित-चेतना के आविष्कर्त्ता कवि थे। वे ईसाई अस्पृश्य थे और अस्पृश्यता के दंश को बहुत निकट से न सिर्फ जानते थे—बल्कि उसके प्रत्यक्ष भोक्ता थे। कहते हैं शुरू बचपन में ही उनके साथ एक ऐसी घटना घटी जिसकी खरोंच इतनी गहरी थी कि वह जीवन-भर उसके भीतर रिसती रही। हुआ यूँ कि तटीय आन्ध्र प्रदेश के विनुकुंडा गाँव में एक दिन ढोल बजाकर यह सूचना दी गई कि आज शाम को एक नाटक का मंचन होगा। सूचना का अंतिम, लेकिन अनिवार्य अंश यह था कि इसमें अछूतों को आने की अनुमति नहीं होगी। विडम्बना यह थी कि जो आदमी ढोल बजाकर सूचना दे रहा था, वह खुद अछूत था। बालक जाशुआ नाटक देखने फिर भी गए और जैसा कि होना था, उस बालक को धक्का देकर बाहर निकाल दिया गया। बचपन का यह निष्कासन जैसे अपने ही समाज में जीवन-भर के लिए निष्कासन था। कवि जाशुआ का जन्म इसी निष्कासन के दंश के भीतर से हुआ और समाज के हाशिए पर खड़ा यह कवि अपने ही समाज से एक 'बाहर कर दिए गए भीतरी व्यक्ति' की तरह अनवरत संवाद करता रहा। इस संवाद में आक्रोश था, पर घृणा नहीं और कवि जाशुआ की यही सबसे बड़ी ताकत थी, जिसके भीतर से उपजी करुणा ने उनके कृतित्व को कालजयिता प्रदान की।

यह आकस्मिक नहीं है कि बाद के अन्य अनेक दलित रचनाकारों की तरह जाशुआ ने भी 'ना कथा' अर्थात 'मेरी कहानी' नाम से अपनी पद्यबद्ध आत्मकथा लिखी थी—तीन भागों में। इस आत्मकथा का पहला भाग सन् 1951 में प्रकाशित हुआ था—यानी दलितवाद के जन्म से काफी पहले। वर्तमान समय में आत्मकथा सर्जनात्मक अभिव्यक्ति की सबसे सशक्त और शायद सबसे प्रामाणिक विधा है, इस मत के सर्जक जाशुआ ही थे। वे वर्णव्यवस्था और उसके भीतर से पैदा होनेवाली सामाजिक विकृतियों के सख्त आलोचक थे और कला के मोर्चे पर उसके विरुद्ध निरन्तर संघर्ष में जुटे थे। अपने उद्देश्यों के प्रति वे एक ऐसे समर्पित रचनाकार थे, जिनके निकट कला की शुद्धता-

अशुद्धता का सवाल अपने आप निरस्त हो जाता है।

जाशुआ के रचना-कर्म के तीन प्रमुख प्रेरणास्रोत थे—बुद्ध, ईसा तथा गांधी। इन तीनों की अन्तर्धारा कहीं न कहीं मिलती है। इसलिए कहना चाहिए कि वे मूलतः ऐसे रास्तों की तलाश के कवि थे, जो मनुष्य को अपनी जड़ताओं से मुक्त करने की दिशा में खुलते हैं। पर एक ऐसे समाज में, जो अपने अन्तर्विरोधों के कारण अनेक खंडों में बँटा हुआ हो, ऐसे रास्ते की खोज का काम आसान नहीं होता। वर्ण-व्यवस्था और ब्राह्मणवाद, इन दोनों का विरोध करते हुए जाशुआ ने पाया कि उस मानसिकता से ग्रस्त एक पूरा समुदाय उनके विरुद्ध खड़ा है। अपने ब्राह्मण-विरोधी वक्तव्यों के कारण जाशुआ इतनी अधिक चर्चा में थे कि उनका व्यक्तित्व धीरे-धीरे लोगों के बीच एक 'लिजेंड' में बदलने लगा। उनकी वैचारिक दृढ़ता और वाक्पटुता को लेकर अनेक कहानियाँ चल पड़ी थीं, जो उसी 'लिजेंड' का हिस्सा थीं। उनके बारे में ऐसी ही एक लोकश्रुति बार-बार दोहराई जाती है। कहते हैं, एक बार वे ट्रेन में सफर कर रहे थे और सामने की बर्थ पर कुछ ब्राह्मण-यात्री बैठे थे। बातों-बातों में साहित्य-चर्चा छिड़ गई। ब्राह्मण-यात्रियों ने जाशुआ के सामने साहित्य से सम्बन्धित कोई जटिल प्रश्न रखा, जिसका उन्होंने तुरन्त सटीक उत्तर दिया। इस उत्तर को सुनकर ब्राह्मणों ने टिप्पणी की—'यह व्यक्ति जरूर ब्राह्मण-पुत्र होगा, वरना इतना सटीक उत्तर कैसे देता।' कुछ देर बाद जाशुआ ने ब्राह्मण-यात्रियों से एक प्रश्न किया, जिसका उत्तर वे न दे पाए। इसी बीच स्टेशन आ गया और ट्रेन से उतरते हुए जाशुआ ने टिप्पणी की—"लगता है, आप लोग शूद्र-पुत्र हैं, वरना मेरे सवाल का जवाब जरूर देते।" जाशुआ के जीवन और कृतित्व को लेकर ऐसी कई कहानियाँ तेलुगू समाज में प्रचलित हैं, जो सच हों या झूठ, पर इस बात का प्रबल प्रमाण है कि जाशुआ अपने समय के लोक-चित्त में कितने गहरे उतर गए थे।

इस क्रान्तिचेता कवि के प्रेरणास्रोत चाहे जो भी रहे हों, पर वह जहाँ खड़ा होकर बोल रहा था, वह जीवन की ऐसी ऊबड़खाबड़ जमीन थी, जिस पर उसके साथ इस देश की आधी से ज्यादा आबादी खड़ी थी। जाशुआ की असल प्रेरणा-भूमि वही थी। वे जीवन को उसकी सारी विविधता के साथ प्यार करते थे—जिसमें पेड़-पौधे, कीड़े-मकोड़े, सूर्य, चन्द्रमा और इन सबके बीच अपने दुखों से लड़ता हुआ आदमी—सब शामिल थे। वे प्रकृति से मनुष्य को अलग करके नहीं देखते थे, बल्कि इस पूरी सत्ता को एक संश्लिष्ट इकाई के रूप में देखते थे। अपनी एक कविता में अपनी रुचि और अपनी प्रेरणा के मूल स्रोतों का संकेत उन्होंने इस रूप में किया था—*"मैं बहुवर्णी चिड़ियों के जीवन का अध्येता हूँ, मुझे अच्छा लगता है पाल-पोसकर बड़ा करना नेवलों को, मैं कुत्तों से सीखना चाहता हूँ निष्ठा का पाठ।"*

जाशुआ की दो प्रबन्ध-रचनाएँ अत्यन्त प्रसिद्ध हैं—'फिरदौसी' तथा 'गब्बिलम।' जब उनके अन्य समकालीन कवि अपने काव्य की कथावस्तु के लिए बार-बार खँगाले गए पुराणों को फिर से खँगाल रहे थे, उस समय इस कवि ने एक ओर फिरदौसी को

अपने काव्य-नायक के रूप में चुना, दूसरी ओर गब्बिलम यानी 'चमगादड़' को। 'गब्बिलम' जाशुआ की एक विलक्षण रचना है, जो कालिदास के 'मेघदूत' की पैरोडी की शक्ल में लिखी गई है। आकार में यह बहुत लम्बी कविता है (जिसका अनुवाद अंग्रेजी में सुलभ है) जिसमें संदेशवाही 'मेघ' की जगह 'चमगादड़' को रख दिया गया है। मेघ की जगह चमगादड़—यह महाकवि के रूपक को मानो सिर के बल खड़ा कर देने की कोशिश की है—बहुत कुछ निराला के 'कुकुरमुत्ता' की तरह जो गुलाब के गुलाबीपन की सारी रंगीनियाँ अपने तर्कों से बिखेर देता है। मेघ विरही यक्ष का सन्देश लेकर जाता है, चमगादड़, अपने चारों ओर फैले दुख से पीड़ित कवि का सन्देश लेकर। 'गब्बिलम' का भूगोल 'मेघदूत' से एकदम अलग है। वह आन्ध्र के तटीय क्षेत्रों से होता हुआ चिल्का झील के रास्ते उड़ीसा में प्रवेश करता है और नालन्दा और पाटलिपुत्र की यात्रा करता हुआ काशी जाता है। पर यह यात्रा का महज एक पड़ाव है, लगभग कालिदास की उज्जयिनी की तरह। चमगादड़ जरा दम लेने के बाद आगे की यात्रा पर निकलता है और कुरुक्षेत्र-हस्तिनापुर होता हुआ राजधानी दिल्ली में प्रवेश करता है। यहाँ पहुँचकर जैसे 'चमगादड़' के रचयिता की चिन्ताएँ बदल जाती हैं। अब उसका सामाजिक दुख एक राष्ट्र-चेतना कवि की बृहत्तर चिन्ता में रूपान्तरित हो जाता है और वह प्रश्न करता है—

क्या कभी शान्ति सम्भव होगी ?
क्या आदमी इसी तरह बँटा रहेगा जातियों और धर्मों में ?
क्या हिन्दू और मुसलमान कभी साथ-साथ लड़ेंगे साझे लक्ष्य के लिए ?
क्या सहअस्तित्व सम्भव होगा दक्षिण के हाथियों और उत्तर के हाथियों का ?

दक्षिण और उत्तर के हाथियों के सहअस्तित्व की चिन्ता सन् 1941 की है, जब 'गब्बिलम' लिखा गया था। पर शायद आज उसका अर्थ अधिक प्रासंगिक लगता है और अधिक परेशान करनेवाला भी। कवि जाशुआ जानते थे कि उनके समाज की सबसे दुखती हुई रग कहाँ है—इसलिए वे 'चमगादड़' से कहते हैं और साथ ही एक हिदायत भी देते हैं—

जब तुम उल्टे टँगे होगे किसी मन्दिर में
तुम्हारा मुँह बहुत पास होगा शिव के कानों के
उनमें चुपके से बुदबुदा देना मेरी यातना की कहानी।
बस इतना-सा ध्यान रहे
वहाँ कोई पुजारी न हो।

पुजारी अर्थात धार्मिक संस्थान की ड्योढ़ी तक पहुँचकर सच कितना लाचार हो जाता है और कितना गड्डमड्ड, जाशुआ इसे एक गवाह की तरह नहीं, भोक्ता की तरह जानते थे। इसी सचाई ने उनकी सरल-सी दिखनेवाली पंक्तियों को इतना अर्थगर्भ बना दिया है और इतना दूरगामी भी।

नई कविता के मंच पर भिखारी ठाकुर

'कहत भिखारी भिखार होई गइलीं, दौलत बहुत कमा के'—'भिखारी ठाकुर ग्रन्थावली' को उलटते हुए एक दिन अचानक इस पंक्ति पर दृष्टि पड़ी और मैं ठिठक गया। लोककवि भिखारी ठाकुर की इस भोजपुरी पंक्ति का यदि हिन्दी रूपान्तर करना जरूरी ही हो तो कहा जा सकता है—मैंने इतना धन कमाया कि दरिद्र हो गया। यह उनकी प्रसिद्ध नृत्य-नाटिका 'बिदेसिया' के नायक का कथन है, जो धन कमाने कलकत्ता गया है। प्रचुर धनार्जन और उसके भरपूर उपयोग के बाद जैसे उसको आत्मसाक्षात्कार होता है और उसके मुँह से यह पंक्ति बेसाख्ता फूट पड़ती है। मुझे लगा, जैसे यह धन तथा सुख-सुविधा के पीछे पागल उत्तर आधुनिक समाज पर एक सख्त और तिलमिला देनेवाली टिप्पणी है। भिखारी ठाकुर ऐसे ही सीधे-सादे मगर दूरगामी अर्थ-संकेतों के सर्जक थे। भोजपुरी समाज में उनकी लोकप्रियता का यही रहस्य है और इसी के चलते कभी राहुल सांकृत्यायन ने कहा था कि 'भिखारी ठाकुर भोजपुरी के अनगढ़ हीरा हैं।'

पर अपनी पिछली कुछ यात्राओं में मैंने पाया कि इस अनगढ़ हीरे की चमक की पहचान उसके अपने समाज में थोड़ी धुँधली पड़ने लगी है। मुझे याद है कि मेरे बचपन के दिनों में और उसके काफी बाद तक, भिखारी ठाकुर के गीत पूरे भोजपुरी वायुमंडल में गूँजते रहते थे और यदि कहीं अपनी पूरी मंडली के साथ वे स्वयं किसी बारात या उत्सव में आ गए तो फिर भीड़ पर नियन्त्रण के लिए पुलिस की व्यवस्था करनी पड़ती थी। वे सच्चे अर्थों में लोक कलाकार थे जो मौखिक परम्परा के भीतर से उभरकर आए थे। पर उनके नाटक और गीत हमें लिखित रूप में उपलब्ध हैं। लिखित और उच्चरित की सहज घुलावट भाषा में कैसी ताकत पैदा करती है, भिखारी के नाटक इसके सर्वोत्तम उदाहरण हैं। वे एक लोक-सजग कलाकार थे, इसलिए कोरा मनोरंजन उनका उद्‌देश्य नहीं था। उनकी हर कृति किसी न किसी सामाजिक विकृति या कुरीति पर चोट करती है और ऐसा करते हुए उनका सबसे धारदार हथियार होता है—व्यंग्य। इस अनगढ़ कलाकार के नाटकों की तुलना ब्रेश्ट के नाटकों से करना, दोनों के साथ ज्यादती होगी पर दोनों में एक आश्चर्यजनक समानता है कि दोनों संदेश देते हैं और फिर भी अपनी कृति को पूरी ऊर्जा के साथ कलाकृति बनाए रखते हैं।

पर जैसा कि मैंने कहा, भोजपुरी समाज इस समय इस संदेशवाहक कलाकार को भूलने के दौर से गुजर रहा है। जब-तब गोष्ठियों में उनकी चर्चा होती है, कुछ

विश्वविद्यालयों में शोधकार्य भी हो रहे हैं, पर सचाई यह है कि एक जीता-जागता साहित्य महज अकादमिक दिलचस्पी का विषय बनकर रह गया है। एक और मूलभूत परिवर्तन यह हुआ है कि वह पूरा साहित्य अपने लोक-परिवेश से कटकर शहरों की मेजों या मंचों पर आ गया है और गाँव लगभग पूरी तरह उसकी अनुगूँजों से खाली हो गए हैं।

एक दुर्भाग्यपूर्ण स्थिति मैंने यह देखी कि भोजपुरी समाज इस समय लोक-संगीत के स्तर पर एक सांस्कृतिक विघटन के दौर से गुजर रहा है। यदि ब्याह-शादी के दिनों में आप किसी गाँव या कस्बे में चले जाएँ तो रुचिभ्रष्ट और अश्लील गीतों से पूरा माहौल गूँजता जान पड़ेगा। यह तथाकथित 'पॉप' संगीत का विकृत भोजपुरी संस्करण है, जिसका आक्रमण एक पूरा भाषिक समुदाय चुपचाप बर्दाश्त कर रहा है। भिखारी ठाकुर और कुछ अन्य छोटे-मोटे लोक कलाकारों के गीतों से खाली हुए परिवेश को इसी तरह के गीतों से भरने का जैसे एक षड्यन्त्र चल रहा है। यह गाँव की संस्कृति पर बाजार का हमला है और सबसे दुःखद बात यह है कि इसमें वहाँ का एक अच्छा-खासा नवधनाढ्य तबका रस भी ले रहा है।

मुझे लगता है कि एक ऐसे माहौल में भिखारी ठाकुर के गीतों और नाटकों की सार्थकता और बढ़ जाती है और उनकी सहजग्राह्य और सन्देश-अभिमुख कृतियों का प्रचार-प्रसार एक स्वस्थ विकल्प की सृष्टि कर सकता है। एक अच्छी बात यह है कि उनकी बनावट में अपने समय की 'पॉप' कला के सकारात्मक तत्त्वों का विलक्षण विनियोजन किया गया है। सिर्फ जरूरत इस बात की होगी कि परम्परागत धुनों के साथ-साथ कोशिश यह भी की जाए कि उन गीतों में जो लयगत लचीलापन है, उसकी सांगीतिक सम्भावनाओं का नए सन्दर्भ में उद्‌घाटन किया जाए।

पर सचाई यह है कि भिखारी ठाकुर के गीत सिर्फ आनुषंगिक हैं। वे अपनी पूरी अर्थवत्ता अपने नाट्य-प्रसंगों के बीच ही अर्जित करते हैं। जिन्होंने इस कलाकार को मंच पर देखा होगा, वे कल्पना कर सकते हैं कि उसकी उपस्थिति मात्र से पूरा मंच किस तरह बोलने लगता था। मैंने इस दृश्य को अनेक रंगों में और अनेक अवसरों पर देखा था। मैं यहाँ सिर्फ एक प्रसंग का उल्लेख करना चाहूँगा। अगर भूलता नहीं तो यह 1963 की बात है। तब डॉ. विजय मोहन सिंह आरा (बिहार) के महाराजा कालेज में प्राध्यापक थे। उनकी पहल पर कुछ अन्य मित्रों ने उनके साथ मिलकर एक विचार-गोष्ठी का आयोजन किया था। यह बताना अप्रासंगिक न होगा कि बिहार के छोटे शहरों में जैसी साहित्यिक जागरूकता पाई जाती है, वैसी शायद अन्य हिन्दी प्रदशों में कहीं नहीं। आरा इन छोटे शहरों में भी बौद्धिक सक्रियता के लिहाज से सबसे आगे रहा है और किन्हीं अर्थों में आज भी है।

जिस समय की चर्चा कर रहा हूँ, उस समय भिखारी ठाकुर मंच से विरत हो चुके थे और उनकी कलाकार-मंडली भी बिखर चुकी थी। वे अपना शेष समय अपने गाँव में बिता रहे थे—अपने लोगों के बीच और अपनी सारी शोहरत को लगभग भुलाकर।

उनका गाँव आरा जिले में ही पड़ता था—जहाँ संगोष्ठी आयोजित थी, उससे कोई 10 किलोमीटर की दूरी पर। विचार का विषय ठीक-ठीक क्या था, मुझे याद नहीं। पर थी वह नई कविता के बारे में ही—जो उन दिनों चर्चा में थी। मेरे साथ मंच पर, स्थानीय साहित्यकारों के अलावा राजकमल चौधरी भी मौजूद थे। मैंने गौर किया, जब भी कोई वक्ता बोलता था, राजकमल अपनी नोटबुक में कुछ लिखने लगते थे। बाद में पता चला, लिख वे कुछ नहीं रहे थे, सिर्फ वक्ताओं के व्यंग्य-चित्र बना रहे थे। यह गोष्ठी की ऊब से बचने का उनका अपना तरीका था।

मैंने देखा, सामने जो श्रोतामंडली बैठी थी, उसमें कुछ ऊँघ रहे थे और कुछ लगातार बातें किए जा रहे थे। तभी मेरी दृष्टि एक पगड़ीधारी वृद्ध व्यक्ति पर पड़ी जो शामियाने के एक सिरे पर एक खम्भे से पीठ टिकाए बैठा था। मुझे पहचानते देर न लगी—वे भिखारी ठाकुर थे, जो बड़े ध्यान से भाषण को सुने जा रहे थे। मैंने संयोजक से निवेदन किया कि उन्हें मंच पर बुलाया जाए। पहले तो वे तैयार न हुए, फिर बहुत अनुनय-विनय के बाद उन्हें मंच पर लाया गया। नई कविता के मंच पर भिखारी ठाकुर—यह दृश्य अकल्पनीय था, पर मेरे सामने घटित हो रहा था। भाषणों के कार्यक्रम को वहीं रोककर मैंने माइक भिखारी ठाकुर की तरफ बढ़ा दिया और आग्रह किया कि वे कुछ कहें। माइक हाथ में लेते ही उनका वार्द्धक्य न जाने कहाँ गायब हो गया। पहले उन्होंने रामायण की एक चौपाई पढ़ी—वही मंगलाचरण वाली—और उसके बाद बताना शुरू किया कि उन्होंने किस तरह अपनी पैतृक छुरा-कैंची (वे जाति के नाई थे) को छोड़कर नाचने-गाने की दुनिया में प्रवेश किया। इस सन्दर्भ में उन्होंने अपने एक गीत की एक पंक्ति का जिक्र किया—'छुरा छूटल नाच के जरि से।' इसका हिन्दी रूपान्तर कुछ इस तरह किया जा सकता है कि मैंने नाचना शुरू किया और मेरे हाथ से छुरा गिर पड़ा। वे देर तक इसी पंक्ति पर टिके रहे और अपनी खास शैली में उसकी व्याख्या करते रहे। उनकी बातों की रोशनी में, इस पंक्ति के भीतर मुझे एक और बड़ा अर्थ कौंध गया, जो नृत्य की रचना और छुरे के हाथ से गिर जाने के रूपक में निहित था।

एक लोक कलाकार की यह सीधी-सादी पंक्ति मुझे आज भी चमत्कृत करती है और कला की मूल प्रकृति को समझने की कुंजी की तरह लगती है। यह बताना अनावश्यक है कि भिखारी ठाकुर के उस संक्षिप्त-से वक्तव्य के बाद हम भूल ही गए कि गोष्ठी नई कविता पर हो रही थी। पर मेरा खयाल है, उस गोष्ठी का इससे बेहतर समापन नहीं हो सकता था—जो कि एक तरह से नई कविता के नएपन के पक्ष में दिए गए सारे तर्कों का सबसे सटीक उत्तर भी था।

रामनरेश त्रिपाठी की जरूरत

जो लिखने जा रहा हूँ, वह एक लोप की कहानी है। कोई तीन-चार दशक पहले तक भोजपुरी क्षेत्र के गाँवों में सामूहिक गायन के लिए एक शब्द चलता था 'गवनई'। गवनई यानी गाना-बजाना—पर अकेले नहीं, एक झुंड में बैठकर। एक व्यक्ति शुरू करता था, जिसे 'उठाना' कहते थे, दूसरा उसे थाम लेता था और फिर तीसरा यानी पूरा समूह उसमें शामिल हो जाता था। बीच में मशाल जलती थी, जिसका स्थान बाद में लालटेन ने ले लिया था। लालटेन का इस्तेमाल सिर्फ उसी हालत में होता था, जब रामायण की चौपाइयाँ गाई जाती थीं, वरना भरसक उसे गायन-स्थली से दूर ही रखा जाता था—क्योंकि उससे निकलनेवाला हल्का-सा धुआँ हवा में घुलकर आवाज में खलल पैदा करता था। इस 'गवनई' के कई रूप थे—चौपाइयों का गायन उनमें से केवल एक था। परम्परागत-चैता और फाग के अलावा गायन की एक विलक्षण शैली होती थी जिसे 'महीन' गाना कहते थे। यह समूह गायन की थकान के बाद की एक गायन शैली थी, जो मानो समूह गायन के भीतर से ही फूटकर निकलती थी। इसका गायक उसी समूह का एक सदस्य होता था और यह सम्मान सिर्फ उस व्यक्ति को मिलता था, जिसके सुर में अधिक मिठास होती थी और एक स्वतःस्फूर्त अनुशासन भी। यह समूह गायन में व्यक्तिगत प्रतिभा के सम्मान की तरह होता था—समूह के द्वारा वैयक्तिकता का सम्मान।

मेरा इलाका चूँकि नदी के किनारे था, इसलिए वहाँ समूह गायन की एक और शैली विकसित हो गई थी, जिसका सम्बन्ध जल से था। इस गायन पद्धति को 'झिंझिरी' कहते थे और यह केवल नाव पर गाई जाती थी। बरसात के दिनों में जब नदी चढ़ाव पर होती थी तो मल्लाह को साग्रह बुलाया जाता था। वह अपनी नाव लेकर आता था और कुछ उत्साही युवा किनारे इकट्ठे हो जाते थे—मानो उफनती हुई नदी और नाव के स्वागत में। फिर नाव को खूब सजाया जाता था रंग-बिरंगी झालरों से। फिर नाव के बीच में चौकियाँ लगाकर एक मंच बनाया जाता था। उसी पर बैठकर 'झिंझिरी' गाई जाती थी। इस गायन की लय पानी की छप-छप और नाव के चलने की गति से अनुशासित होती थी। कभी-कभी पड़ोस के गाँव की गायन-मंडली भी अपनी सजी हुई नाव लेकर बीच धारा में चली आती थी और फिर दोनों नावों के बीच एक अघोषित प्रतियोगिता का दौर शुरू हो जाता था जिसका निर्णायक कोई नहीं होता था, नदी और

नाव के अलावा। यह प्रतियोगिता अक्सर रात-भर चलती थी और सुबह दोनों पक्ष अपनी-अपनी जीत का जश्न मनाते थे—जबकि सचाई यह है कि हारता कोई नहीं था।

अब 'झिंझिरी' नहीं होती क्योंकि बाँध बन जाने के कारण बाढ़ नहीं आती। बाढ़ नहीं तो 'झिंझिरी' भी नहीं क्योंकि अब जल-देवता को प्रसन्न करने की जरूरत भी नहीं। सुरक्षा मिली पर लोगों को उसकी कीमत सदियों से अर्जित संगीत की एक विशिष्ट लोक-शैली को देकर चुकानी पड़ी। सौदा महँगा नहीं कहा जाएगा। पर मनुष्य द्वारा आविष्कृत एक कलारूप का खो जाना और हमेशा के लिए खो जाना एक ऐसी गहरी क्षति है, जिसकी कोई भरपाई नहीं। कभी-कभी सोचता हूँ, क्या प्रकृति और कलारूपों के सर्जन का कोई अनिवार्य सम्बन्ध है ? क्या ऐसा नहीं लगता कि औद्योगिक क्रान्ति के बाद से अब तक के कलारूपों का यदि कोई इतिहास लिखा जाए (ऐसी कोशिशें थोड़ी-बहुत की भी गई हैं) तो पाया जाएगा कि अर्जित कलारूपों का विलयन अधिक हुआ है और उसकी तुलना में नए कलारूपों का सर्जन शायद कम ? इस मान्यता के सत्यापन के लिए मेरे पास तथ्यों के आँकड़े नहीं हैं। पर इतना तो हम सब जानते हैं कि महाकाव्य नामक महत्त्वपूर्ण काव्यरूप के विघटन के बाद गद्य में महाकाव्यात्मक उपन्यास नाम की एक नई गल्पश्रेणी का उदय तो जरूर हो गया पर कविता में उससे खाली हुई जगह को भरने के लिए जो काव्य-रूप सामने आया, वह लम्बी कविताओं के नाम से जाना गया। कहने की जरूरत नहीं कि लम्बी कविताएँ सब हो सकती हैं, महाकाव्य का स्थानापन्न नहीं हो सकतीं।

पर मैं यहाँ संगीत के लोकरूपों की चर्चा कर रहा था, महाकाव्य की नहीं। समूह गायन की पुरानी शैलियों के विघटन या अलोकप्रिय होने के बाद जो गायन की नई पद्धतियाँ विकसित हुई हैं, उनका एक रूप है कीर्तन। कीर्तन नई चीज नहीं है। उसके पीछे एक लम्बा इतिहास है। पर पिछले कुछ वर्षों में उसका रूपान्तर हुआ है। कीर्तन की प्रचलित धुनें पूरी तरह छोड़ दी गई हैं, और उनकी जगह ले ली है फिल्मी धुनों ने। इसमें शुद्धता-अशुद्धता की कोई बात नहीं—यदि लोककंठ को लगता है कि उसकी आस्था को सम्प्रेषित करने का सबसे सुगम माध्यम फिल्मी धुनें हैं तो इसमें हर्ज क्या है ? पर हुआ यह है कि कीर्तन की धुन में जो पहले आरोह-अवरोह होता था, उसका स्थान फिल्मी धुनों की एकरसता ने ले लिया है। पहले कीर्तन कभी-कभार होते थे, अब वह आए दिन होने लगे हैं। इस समय देश का जो राजनीतिक रंग है, वह भी कीर्तन को बढ़ावा देने में सहायक हुआ है। जहाँ मन्दिर निर्माण ही राष्ट्र के प्रमुख सत्तासीन दल का सबसे बड़ा लक्ष्य बन गया हो वहाँ के गाँवों के सामान्य जन का विश्वास यदि इस बात में जाकर टिक जाए कि कीर्तन करो और सारा दुख छू-मन्तर, तो इसमें आश्चर्य क्या है ? कुछ अच्छी लोकधुनों और लोकशैलियों के लोप से सामान्यजन के आत्मविश्वास का यह विखंडन ज्यादा बड़ी चिन्ता का विषय है। वैसे भी कीर्तन विशुद्ध नामजप है और उसे लोकप्रिय संगीत की शैली के रूप में कव्वाली जैसी प्रतिष्ठा कभी नहीं मिली। मिल भी नहीं सकती क्योंकि उसका प्रयोजन ही कला से इतर है।

लोक-संगीत के विविध रूपों के विलयन की चर्चा के इस क्रम में मुझे अचानक लाटिविया की राजधानी रीगा शहर का ध्यान आया। उस देश का सबसे बड़ा नायक कोई राजनेता नहीं, लोकगीतों का एक संग्रहकर्त्ता है, जिसने लोक-जीवन से खत्म होती हुई त्रिपदियों (लोकगीत का एक प्रकार-विशेष) का संचयन किया था। लाटिविया और विशेषतः रीगा शहर के निवासी उस संग्रहकर्त्ता को एक राष्ट्रनायक के रूप में याद करते हैं और इसका प्रमाण यह है कि उसके नाम पर शहर के केन्द्र में एक भव्य स्मारक का निर्माण किया है, जहाँ उसके द्वारा संग्रहीत एक-एक त्रिपदी को उसी की हस्तलिपि में सुरक्षित रखा गया है। मैं सोचने लगा, हमने रामनरेश त्रिपाठी के लिए क्या किया है?

नई पीढ़ी लगभग इस बात से अनभिज्ञ है कि कोई रामनरेश त्रिपाठी हो गया था, जिसने हिन्दी में ग्राम-गीतों का पहला महत्त्वपूर्ण संग्रह तैयार किया था। वह काम आज भी अपने ढंग का अद्वितीय काम है। कभी राहुल सांकृत्यायन ने यह आह्वान किया था कि लोकगीत मर रहे हैं, उन्हें बचाओ। जाहिर है, भारत जैसे विशाल देश में एक संग्रहकर्त्ता नहीं, ऐसे असंख्य लोगों की जरूरत होगी।

जहाँ तक लोकसंगीत की क्षीणमान शैलियों के संरक्षण का सवाल है, इसके लिए अनेक यान्त्रिक विधियाँ आज मौजूद हैं। जो बच सके, उसे आनेवाले समय के लिए बचा लेना चाहिए। उसके लिए हिन्दी क्षेत्र में कहीं एक विशाल लोकसंग्रहालय होना चाहिए और यह भी कि उसे दिल्ली से दूर होना चाहिए। सामान्य जनों की सांस्कृतिक सम्पत्ति के अनुकूल आबोहवा शायद किसी छोटे शहर में ही मिल सकती है।

सवाल है कि इसमें पहल कौन करे। वैसे ही देर बहुत हो चुकी है और विस्मरण के जिस दौर से हम गुजर रहे हैं, उसमें हो सकता है हर जाता हुआ दिन एक और लोक-विद्या के विलयन का दिन हो। 'झिंझिरी' लौट के नहीं आ सकती क्योंकि कोई ऐसा यन्त्र नहीं, जो अतीत में जाकर उसे पकड़ ले। पर जो है, उसके लिए एक राष्ट्रीय नीति की जरूरत है और ऐसी कोई नीति सरकार को एक तरफ रखकर बनाई जा सके तो क्या कहने !

हिन्दी दिवस या भारतीय भाषा दिवस

जब भी हिन्दी दिवस निकट आता है तो मेरे मन को एक सवाल परेशान करने लगता है कि क्यों सिर्फ हिन्दी दिवस ? मुझे याद है कि कुछ समय पूर्व इस अवसर पर आयोजित एक औपचारिक सभा में यह सवाल एक अहिन्दीभाषी ने पूछा था और बृहत्तर भारतीय भाषाओं के परिवार के एक सदस्य के रूप में पूछा था। उसका एक कामचलाऊ-सा उत्तर तो मैंने दे दिया। पर उसके सवाल के पीछे जो एक पीड़ा थी, वह मुझे छू गई। संविधान ने हिन्दी को यह विशेष दर्जा दिया है, यह हम सबको मालूम है। पर जब हिन्दी को यह कानूनी हैसियत नहीं प्राप्त थी, तब भी हिन्दी एक सहज मान्य सम्पर्क भाषा के रूप में एक बड़ी भूमिका निभाती थी। मुझे रवीन्द्रनाथ ठाकुर का एक कथन याद आता है। किसी बंगीय प्रश्नकर्त्ता के यह पूछने पर कि जब आप हिन्दी का समर्थन करते हैं तो क्या आपको ऐसा नहीं लगता कि इससे अपनी भाषा की क्षति होती है। टैगोर का दो-टूक उत्तर था कि नहीं, मुझे ऐसा नहीं लगता। उन्होंने एक दृष्टान्त देकर यह बात समझाई थी कि जैसे देश-प्रेम और परिवार-प्रेम के बीच कोई विरोध नहीं है, उसी तरह हिन्दी के प्रचार-प्रसार और बांग्ला भाषा के विकास के बीच भी मैं कोई विरोध नहीं देखता। यह स्वाधीनता प्राप्ति और संविधान के निर्माण से बहुत पहले की बात है। मैं सोचता हूँ कि क्या आज भी बांग्ला का कोई लेखक वैसा ही उत्तर देता जैसा टैगोर ने दिया था। इसका स्पष्ट उत्तर है—नहीं। अभी कुछ दिनों पहले कोलकाता के एक महत्त्वपूर्ण बांग्ला लेखक ने हिन्दी को लेकर जो बयान दिया था, उसकी अखबारों में काफी चर्चा हुई थी। मैं उक्त लेखक को निकट से जानता हूँ और इसलिए यह भी जानता हूँ कि हिन्दी के अनेक लेखकों से—जिनमें सौभाग्य से इन पंक्तियों का लेखक भी शामिल है, उनके व्यक्तिगत सम्बन्ध हैं। इसलिए जब पहली बार उनके द्वारा दिए गए हिन्दी विरोधी बयान के बारे में पता चला तो मुझे विश्वास नहीं हुआ। विश्वास अब भी नहीं हो रहा है। पर समाचार-पत्रों के माध्यम से जो तथ्य सामने आए वे मेरे विश्वास को खंडित करते हैं।

सवाल यह है कि यदि ऐसा हुआ या हो रहा है तो उसके कारण क्या हैं ? क्या यह कहकर हम छुट्टी पा सकते हैं कि हिन्दी के विरोध में जो बयान दिए जाते हैं और प्रबुद्ध लेखकों के द्वारा दिए जाते हैं, वे केवल स्वभाषा-मोह या प्रादेशिक संकीर्णता के नाते दिए जाते हैं। मैं इस तर्क का कायल नहीं, मुझे कई बार लगता है यह विश्वास

के संकट का मामला है और यह संकट पिछले दो-ढाई दशकों में और बढ़ा है। मुझे यह भी लगता है कि जिन चीजों ने इस संकट को बढ़ाने में योगदान दिया है, उनमें से एक है यह हिन्दी दिवस। इस सन्दर्भ में जो आयोजन होते हैं, उनमें कई बार जाने के अवसर मिले हैं। प्रायः हर बार जो प्रभाव लेकर लौटा हूँ, उसमें आश्वस्ति कम और ऊब या खीझ अधिक होती है। मैंने पाया है कि ये आयोजन शुद्ध रूप से रस्मी होकर रह गए हैं। ऐसे अवसरों पर जो होता है उसकी सूची गिनाना व्यर्थ है। वहाँ हिन्दी के ज्ञान या उसमें काम करने की प्रवृत्ति को लेकर न तो कोई निष्ठा दिखाई पड़ती है न ही कोई व्यवस्थित प्रयास। एक प्रतिष्ठित सरकारी प्रतिष्ठान में तो मैंने यह भी देखा कि हिन्दी-दिवस के मंच से एक मंचीय कवि ने हिन्दी-प्रेम की ऐसी वीररस पूर्ण कविता पढ़ी कि लगा जैसे हम युद्ध के मैदान में खड़े हों। उस आयोजन के सहभागियों में अनेक अहिन्दीभाषी भी बैठे थे और उन पर उसकी क्या प्रतिक्रिया हुई, यह जानने का तो कोई उपाय नहीं था। पर उनके चेहरों पर पूरे आयोजन के प्रति जो एक हल्की-सी विरक्ति और संशय का भाव उभर आया था, उसे सहज ही लक्ष्य किया जा सकता है।

मैं हिन्दी का लेखक हूँ और हिन्दी मेरे लिए कोई संविधान-प्रदत्त चीज नहीं, बल्कि वह मेरे रक्त-मांस-मज्जा में शामिल है। शायद इसीलिए जब हिन्दी पर कोई चोट पड़ती है तो मुझे भी चोट लगती है। पर यदि हिन्दी के कारण किसी को चोट लगती है, तब मुझे और ज्यादा चोट लगती है। हिन्दी क्षेत्र में त्रिभाषा फार्मूला जिन कारणों से असफल हुआ, उसकी जानकारी प्रायः सबको है। पर इस अवसर पर अपने आपको यह याद दिलाने की जरूरत है कि उसकी विफलता में हमारा हिस्सा औरों की तुलना में कुछ ज्यादा ही है। यहाँ एक छोटी-सी व्यक्तिगत घटना का उल्लेख करना चाहता हूँ। कज्ज़ाकिस्तान से लौटते समय प्रसिद्ध भाषाविद् प्रो. बी.एच. कृष्णमूर्ति विमान में मेरे साथ थे। बातचीत के क्रम में अचानक उन्होंने पूछा—'केदारजी, हिन्दी में ऐसे अनुवादक कितने हैं जिनकी मातृभाषा हिन्दी हो और जिन्होंने तमिल या तेलुगू से बिना किसी मध्यस्थ भाषा की सहायता के अनुवाद किया हो ?' मैं गिनने लगा तो गिनती कनिष्ठिका से आगे नहीं बढ़ी। पर जब वे बताने लगे तो उन भाषाओं के अनेक अनुवादकों के नाम सामने आए, जिन्होंने सहज भाषा प्रेम के चलते या कई बार किसी आर्थिक कारण से भी, अपनी मातृभाषा से हिन्दी में अनुवाद किए थे या अब भी कर रहे हैं। उनका कहना था कि हिन्दी और अन्य भारतीय भाषाओं के बीच का सम्बन्ध लगभग एकतरफा है और ऐसा सम्बन्ध न तो सहज होता है, न टिकाऊ। यदि यह मान भी लें कि उनके कथन में थोड़ी अतिशयोक्ति है तो भी यह सवाल तो हमारे सामने रह ही जाता है कि विगत लगभग बावन-तिरपन बरसों के प्रयास के बावजूद हम भारतीय भाषाओं के बीच एक समरस सम्बन्ध का निर्माण क्यों नहीं कर पाए ? आप हिन्दीतर भाषाओं को तो छोड़ ही दीजिए, स्वयं उन भाषाओं या बोलियों के साथ, जो हिन्दी के बृहत्तर परिवार में मानी जाती हैं, हम वैसा समरस सम्बन्ध कहाँ बना पाए हैं, जैसा मध्यकाल में भक्त कवियों ने विभिन्न बोलियों के बीच बना लिया था। पिछले कुछ वर्षों में उस हलके में

भी एक नई हलचल दिखाई पड़ती है—समानता का दर्जा हासिल करने की एक सहज जनतान्त्रिक आकांक्षा, जिसे सहानुभूति से देखने का माद्दा हमें अपने भीतर पैदा करना होगा।

मुझे लगता है कि अगली सदी के इस प्रवेश-द्वार पर हमें थोड़ा रुककर, अपने उन सारे प्रयासों और गतिविधियों (जिनमें हिन्दी-दिवस भी शामिल है) की पुनर्परीक्षा करनी चाहिए जो हिन्दी के विकास-कार्यों से जुड़ी हैं। शायद नेहरू युग के उस आदर्श-सूत्र की भी पुनर्व्याख्या होनी चाहिए कि 'भारतीय साहित्य एक है जो अनेक भाषाओं में लिखा जाता है।' अब कदाचित् इस पर बल देने की आवश्यकता है कि भारतीय साहित्य एक होते हुए भी अनेक हैं और उसकी यह रंगारंग अनेकता उसकी भाषिक विफलता में दिखाई पड़ती है, जिसके बीच पाई जानेवाली विशिष्टताएँ या विलक्षणताएँ उतनी ही महत्त्वपूर्ण हैं, जितना उनके बीच पाए जानेवाले समानता के तत्त्व। शायद इस नए दृष्टिकोण के विकास से पहचान का संकट कम होगा और किसी हद तक वह विश्वास का संकट भी, जिसकी पहले चर्चा की गई थी।

भारतीय भाषाओं के संघर्ष का एक समान मुद्दा है—अंग्रेजी से टक्कर। पिछले कुछ समय से ऐसा लगने लगा है कि उस संघर्ष की गति कुछ धीमी हुई। हो सकता है, यह विश्वबाजार के बढ़ते हुए प्रभाव का परिणाम हो, जिसमें अंग्रेजी का सिक्का चलता है। पर यह कटु सत्य है कि हिन्दी चाहे जितनी व्यापक भाषा हो, आर्थिक वर्चस्व की यह लड़ाई वह अकेले नहीं लड़ सकती। इसके लिए भारतीय भाषाओं का एक साझा मोर्चा बनाना होगा। साहित्य अकादेमी और दूसरे कई सांस्कृतिक मंचों पर विभिन्न भाषाओं की सम्मानपूर्ण उपस्थिति की एक परम्परा पहले से बनी हुई है। कितना अच्छा हो कि हम हिन्दी-दिवस का विस्तार करके उसमें अन्य संविधान-सम्मत भारतीय भाषाओं को भी शामिल कर लें और इसके लिए यदि आवश्यक हो तो उसका 'भारतीय भाषा-दिवस' के रूप में नामान्तर कर दिया जाए। इस तरह यह केवल भाषाओं के लिए ही नहीं, बल्कि पूरे भारतीय साहित्य के लिए एक राष्ट्रीय त्यौहार का दिवस बन सकेगा। इसकी एक फलश्रुति यह होगी कि अभी भारतीय साहित्य की जो एक बिखरी-बिखरी-सी अस्पष्ट अवधारणा है, उसे लोगों के बीच एक ठोस आकार मिलेगा और उसे सामूहिक रूप से 'सेलिब्रेट' करने का एक राष्ट्रीय अवसर भी।

एक पाँव पर खड़ा जनतन्त्र

पिछले कुछ दिनों से उत्तर प्रदेश की चुनाव-चर्चा से अखबार भरे हैं। बहुत सारी दूसरी खबरें इस प्रतीक्षा में प्रेस के दरवाजे पर खड़ी हैं कि चुनाव जैसे-तैसे पूरा हो तो उन्हें प्रवेश की अनुमति मिले। जाहिर है, तब तक वे इतनी पुरानी हो चुकी होंगी कि प्रवेश मिलने का सवाल ही नहीं उठता। यह तात्कालिकता का तर्क है और समाचार-पत्र इसी तर्क से चलते हैं। जो छूट जाता है वह छूट ही जाता है—इतिहास में छूट गई उन असंख्य छोटी-मोटी सचाइयों की तरह जो हमेशा उसकी परिधि के बाहर छोड़ दी जाती हैं। कई बार मुझे लगता है कि चुनाव की चयन-प्रक्रिया भी बहुत कुछ इसी तरह ही होती है। जो सचमुच इतिहास (या फिर उसे जो भी नाम दीजिए) के निर्माता होते हैं, वे इस प्रक्रिया से हमेशा बाहर छूट जाते हैं। पर कैसी विडम्बना है कि जो बाहर छूट जाते हैं, भीतरवालों को बार-बार उन्हीं के पास जाना पड़ता है—इस छद्म अनुनय के साथ कि लो, यह हम हैं—तुम्हारे सेवक, हमें फिर से चुनो। और इस तरह अन्दर प्रवेश और बाहर छूट जाने की यह दोहरी प्रक्रिया अपने ढर्रे पर चलती रहती है। उत्तर प्रदेश में एक बार फिर इसकी आवृत्ति होने जा रही है जिसे हमने एक सम्मानजनक जनतान्त्रिक नाम दे रखा है—'आम चुनाव।'

सचाई यह है कि विगत 50 वर्षों में इस चुनाव का दायरा निरन्तर सिकुड़ता गया है। आजादी के कुछ आरम्भिक वर्षों में प्रत्याशी और प्रत्याशी में फर्क होता था। इतने वर्षों के जनतान्त्रिक विकास के बाद हम जिस मुकाम पर पहुँचे हैं, वहाँ की सबसे बड़ी सचाई यह है कि खुले विकल्पों के बीच का यह फर्क लगभग समाप्त हो गया है। अस्तु, चुनने की गुंजाइश न्यूनतम बच गई है। इसका एक भयानक परिणाम यह हुआ है कि सामान्य मतदाता इस प्रक्रिया से स्वेच्छया कटता जा रहा है। यह उसका 'चुनाव' है—पूरी घिसी-पिटी निष्प्राण प्रक्रिया के विरुद्ध उसका अपना मतदान। इसके नतीजे खतरनाक हो सकते हैं। समकालीन राजनीति का अपराधीकरण उसका एक उपलक्षण है।

इस बढ़ती हुई विकल्पहीनता के बारे में मैं जब भी सोचता हूँ तो मुझे महाकवि गालिब का एक शेर याद आता है—

है कहाँ तमन्ना का
दूसरा कदम यारब
हमने दश्ते-इमकाँ को
एक नक्शे-पा पाया।

यदि इस शेर की व्याख्या करनी ही हो तो कुछ इस प्रकार की जा सकती है—'ऐ खुदा, वह जगह कहाँ है, जहाँ मैं अपनी तमन्ना का दूसरा पाँव रखूँ। मैं तो इस नतीजे पर पहुँचा हूँ कि सम्भावनाओं का सारा जंगल (विस्तार) कुल-जमा इतना भर है कि वहाँ सिर्फ एक पाँव रखा जा सकता है। यानी दूसरा पाँव हवा में !' हर बड़ी कविता की तरह इस शेर की अनुगूँजें दूर तक जाती हैं और एक साथ कई दिशाओं में। पर इस समय मेरे निकट वह सिकुड़ते हुए भारतीय जनतन्त्र पर सबसे सटीक और शायद सबसे तल्ख टिप्पणी है। कभी-कभी चकित होता हूँ कि आधुनिक नवोन्मेष की अधखुली खिड़की से ही गालिब ने हमारे समय को कैसे देख लिया था।

मैं मूलतः उत्तर प्रदेश का निवासी हूँ—धुर पूरब का। जो खबरें मिलती हैं, उनसे लगता है कि उस क्षेत्र में चुनाव की सरगर्मी कुछ ज्यादा ही है। वहाँ की मतदाता-सूची में मेरा भी नाम है। यानी मैं अपने प्यारे देश का दोहरा नागरिक हूँ और जानता हूँ, इस सौभाग्य में मैं अकेला नहीं हूँगा। पर मेरी विडम्बना यहीं से शुरू होती है। वहाँ से पत्र आ रहे हैं कि मैं आऊँ और अपने (?) प्रत्याशी के लिए मतदान करूँ। पर मेरा प्रत्याशी कहाँ है ? जब सारे चेहरे एक-जैसे लगते हों तो फिर चुनाव का सवाल ही कहाँ पैदा होता है ? पर उसे पैदा होना चाहिए—जनतन्त्र का तकाजा यही है। फिलहाल मेरा फैसला यह है कि गाँव नहीं जाऊँगा और इस तरह मतदान में हिस्सा लेने के अपने अधिकार से अपने को वंचित रखूँगा। यही मेरा 'चुनाव' है—एक गहरी पीड़ा के साथ लिया गया निर्णय।

कोई एक मास पूर्व एक दिन के लिए अपने क्षेत्र गया था। चुनाव-चर्चा शुरू हो चुकी थी और सम्भावित प्रत्याशियों के नाम हवा में गूँज रहे थे। पर जो सबसे विलक्षण बात मेरी जानकारी में आई वह यह कि मेरे गाँव की उस छोटी-सी नदी के प्रस्तावित पुल का कोई हफ्ते भर पहले तीसरी बार शिलान्यास हुआ ? इससे पहले सत्ताधारी दल के जो दो प्रत्याशी दो बार चुने गए थे, उन्होंने भी ठीक उसी जगह शिलान्यास किया था। तीसरी बार वह फिर हुआ और उसी मन्त्रोच्चार और तामझाम के साथ। पर जब मैंने लोगों से बातचीत की तो पता चला कि इस तीसरे प्रकरण तक आते-आते वे इतने पक चुके हैं कि शिलान्यास की घटना को शुद्ध नाटक समझते हैं—एक प्रहसन, जो अब हँसने लायक भी नहीं रहा। पर सबसे चिन्ताजनक बात यह है कि महज पुल का शिलान्यास ही नहीं, चुनाव की सारी प्रक्रिया ही एक प्रहसन की तरह लगने लगी है। मैंने इस सन्दर्भ में एक बुजुर्ग से बात की, जो खासी दिलचस्प थी। बातचीत गाँव की ठेठ बोली में हुई, जो कुछ इस प्रकार थी—

'कैसी तबीयत है आपकी ?'

'ठीक ही है ! बस चलने-फिरने में तकलीफ होती है।'

'इस बार वोट देने जाएँगे ?'

'जाऊँगा—हालाँकि कोई उत्साह नहीं है।'

'किसको वोट देंगे ?'

'यह नहीं सोचा है।'

'कब सोचेंगे ?'

'सोचना-वोचना क्या है। बस पर्ची बक्से में डाल देनी है।'

'पर पर्ची पर ठप्पा भी तो लगाना होता है। कहाँ लगाएँगे ?'

'वह सब हो जाता है।'

'कैसे हो जाता है ?'

'अरे, वहाँ अपने लोग भी तो होते हैं ! वे सब कर देते हैं।'

'फिर आपकी जरूरत क्या है ? वह तो वैसे भी हो जाएगा !'

'हो जाएगा—पर पचास साल से यह तमाशा देख रहा हूँ। सोचता हूँ, आँखें बन्द होने से पहले एक बार और देख लूँ !'

यह छोटी-सी बातचीत एक आईना है, जिसमें हम इस देश के सामान्य मतदाता का असली चेहरा देख सकते हैं। वह अब चुनता नहीं—बस चुनाव हो जाता है ! ऐसे ही चल रहा है हमारा महान जनतन्त्र, जो लम्बे समय से मानो एक पाँव पर खड़ा है—क्योंकि सम्भावनाओं के इस जंगल में दूसरा पाँव रखने की जगह ही नहीं है—एक विकल्पहीन स्थिति जो कि हमारा यह समय है।

ओंकारनाथ ठाकुर की आवाज़

उत्तर प्रदेश और बिहार की सीमा पर एक छोटा-सा शहर है—गोपालगंज। पिछले कुछ वर्षों में अपराध की घटनाओं के लिए यह शहर थोड़ा-बहुत चर्चा में रहा है। पर बिहार के सांस्कृतिक मानचित्र में इसका कोई स्थान है, ऐसा नहीं कहा जा सकता। मैं विगत अनेक वर्षों से इस शहर में आता-जाता रहा हूँ और हर यात्रा में एक शख़्स से जरूर मिलता रहा हूँ, जिसे वहाँ के लोग 'नान्हू बाबू' के नाम से जानते हैं। पर सचाई यह है कि वे सिर्फ नान्हू बाबू को जानते हैं, उस शान्त कलाकार को नहीं, जो उनके भीतर है। लगभग पिछले 50 वर्षों से उनके जीवन का एक ही लक्ष्य है—प्रसिद्ध गायक पंडित ओंकारनाथ ठाकुर की स्मृति को जिन्दा रखना। उन्हें लगता है कि वर्तमान पीढ़ी ओंकारनाथ ठाकुर को भूलती जा रही है। भूलने के जिस विराट प्रवाह के दौर से हम गुजर रहे हैं, वह बहुत-सी चीजों को बहाए लिए जा रहा है, जिसमें सिर्फ खर-पात ही नहीं, बड़ी-बड़ी चट्टानें और विशाल वटवृक्ष भी हैं। ओंकारनाथ ठाकुर संगीत की दुनिया के उन्हीं वटवृक्षों में से एक थे। उस छोटे से शहर के एक कोने में नान्हू बाबू इसी विस्मृति-प्रवाह के विरुद्ध एक छोटा-सा संगीत विद्यालय चला रहे हैं—कई वर्षों से। यह संगीत-विद्यालय एक तरह से ओंकारनाथ ठाकुर का राग-स्मारक है।

इस संगीत विद्यालय के अपने कुछ नियम हैं। यहाँ छात्रों से कोई फीस नहीं ली जाती, न अध्यापक कोई वेतन लेते हैं। सरकार या किसी भी व्यक्ति से आर्थिक सहायता लेना इस संस्था के आदर्श के विरुद्ध है। फिर भी विद्यालय चल रहा है और जो चीज इसे अनेक वर्षों से गतिशील बनाए हुए है। वह सिर्फ एक तत्त्व है—संगीत। इस तरह देखें तो यह छोटा-सा संगीत-विद्यालय वर्तमान बिहार के पूरे सन्दर्भ में एक विरोधाभास की तरह लग सकता है। एक ओर आए दिन होनेवाले सामूहिक हत्याकांड और दूसरी ओर कला के शुद्ध अन्तःसत्व पर पलनेवाला संगीत-विद्यालय—यह बिहार की बुनियादी बनावट के दो छोर हैं। असल में यही बिहार है, जो अपनी सारी असंगतियों के बीच इन छोरों पर निरन्तर मौजूद है।

नान्हू बाबू, अपने संगीत-गुरु ओंकारनाथ ठाकुर के उन असंख्य शिष्यों में से एक हैं, जो इस पूरे देश में फैले हुए हैं। वे उन थोड़े से लोगों में हैं, जिन्हें गुरु का भरपूर स्नेह प्राप्त था। उनके सामने बस ओंकारनाथजी का नाम लीजिए—बल्कि गालिब के शब्दों में कहें तो 'इक जरा छेड़िए, फिर देखिए क्या होता है।' वे हिन्दू विश्वविद्यालय

में संगीत-महाविद्यालय के छात्र थे और पंडित ओंकारनाथ ठाकुर उसके आचार्य थे और शायद प्रिंसिपल भी। संगीतशास्त्र की प्रसिद्ध विदुषी डॉ. प्रेमलता शर्मा उनकी समकालीन थीं, और मशहूर गायक बलवन्तराव भट्ट मित्रों में थे। वे हिन्दू विश्वविद्यालय के शायद सर्वोत्तम दिन थे जब कला और साहित्य के अनेक शीर्ष पुरुष वहाँ एक साथ मौजूद थे—ओंकारनाथ ठाकुर, हजारीप्रसाद द्विवेदी, वासुदेवशरण अग्रवाल और हाँ, अपने पूरे कलाभवन के साथ रामकृष्णदासजी भी। इन सबको जोड़नेवाली बहुत-सी चीजें थीं, पर उनमें सबसे मजबूत और सबसे गहरी थी वह आवाज, जो ओंकारनाथ ठाकुर के कंठ से फूटती थी और अँधेरे को चीरती हुई उस विराट परिसर में देर तक गूँजती रहती थी। याद नहीं कि कितनी बार मैंने अपने हॉस्टल की खिड़की से हवा में गूँजती उस आवाज को सुना था। पर उनकी गाई वह एक पंक्ति—"कइसे दिन कटिहें, जतन बताये जइहो...।" रिकार्ड पर टिकी सुई की तरह मेरे भीतर कहीं आज भी बज रही है, जिसे मैंने एक बार देर रात गए अपने उसी होस्टल की खिड़की से सुना था और अवाक् सुनता रह गया था।

ओंकारनाथ ठाकुर पूर्ण कलाकार थे और पूर्णता किसी खाने में नहीं अँटती। अस्तु, उनके व्यक्तित्व में ऐसा कुछ था जो हर खाने को तोड़-ताड़कर बाहर निकल जाता था। वे गाते थे तो हर बार जैसे राग को एक नया विस्तार देते थे—मानो काल के भीतर किसी अछूते अवकाश को खोज रहे हैं। पर जब वे गा नहीं रहे होते थे, तब भी मानव-मर्म की खोज की यह प्रक्रिया जीवन के दूसरे धरातलों पर चलती रहती थी। वे अपने चारों ओर सुनाई पड़नेवाले लोकप्रिय संगीत से आँख-कान मूँदकर चलनेवाले कलाकार नहीं थे। इसका सबसे बड़ा प्रमाण है उनका वह साहसिक प्रयोग जो सन् 1951 में उन्होंने बनारस में होनेवाले संगीत-सम्मेलन के मंच पर किया था। यह पहला और शायद अन्तिम सांगीतिक आयोजन था जिसमें शास्त्रीय संगीत के दिग्गज कलाकारों के साथ कुछ सिने गायकों को भी एक ही मंच पर बुलाया गया था। इसमें उस समय की उभरती हुई आवाज लता मंगेशकर भी थीं। एक युवा सिने गायिका को शास्त्रीय संगीत के प्रतिष्ठित मंच पर बुलाकर सम्मान देने का जिगरा किसी ओंकारनाथ ठाकुर में ही हो सकता था। मुझे याद है कि इसके लिए कुछ हलकों में उनकी आलोचना भी हुई थी।

कहते हैं, ओंकारनाथ ठाकुर ने बहुत से प्रयोग किए थे। उन्हीं प्रयोगों में से एक था सर जगदीशचन्द्र बोस के साथ मिलकर वनस्पतियों पर संगीत के प्रभाव का अध्ययन। इसके नतीजे क्या निकले थे, मैं नहीं जानता। नतीजे कुछ भी हों, मुझे तो एक कलाकार के भीतर की वह बेचैनी आकर्षित करती है, जिसके चलते वह अपनी कला के सुपरिचित दायरे से बाहर जाकर अपने सृजन की नियति की तलाश उन चीजों के भीतर करता है, जिसे विज्ञान जड़ मानता है। ओंकारनाथ ठाकुर के यहाँ इस बेचैनी के कई रूप हैं। उनका विश्वास था कि संगीत अनेक रोगों से छुटकारा दिला सकता है। इसी को आजमाने वे इटली के तानाशाह मुसोलिनी के पास गए थे और कहा जाता

है कि उन्होंने अपने गायन के प्रभाव से उन्हें उन्निद्र रोग से मुक्ति भी दिलाई थी। अपने समय में ही वे एक किंवदन्ती-पुरुष बन गए थे और ऐसी अनेक कहानीनुमा घटनाएँ उनके साथ जुड़ गई थीं। अपनी मान्यताओं में वे इतने दृढ़ थे कि नेहरू के मना करने के बावजूद स्टालिन से मिलने मास्को गए थे। अपनी कला के द्वारा अन्तर्राष्ट्रीय ख्याति अर्जित करनेवाले बहुत से कलाकार हो गए हैं। पर ओंकारनाथ ठाकुर की ख्याति अपनी कला को लिए-दिए कला की सीमाओं का अतिक्रमण भी करती थी। इसी के चलते उन्होंने द्वितीय विश्वयुद्ध की समाप्ति के बाद विश्वशान्ति संगठन (वर्ल्ड पीस कान्फरेंस) से भी अपने को जोड़ा था और उसके उपाध्यक्ष का पद भी स्वीकार किया था। वे गहरे अर्थ में एक मानववादी कलाकार थे और कला स्वयं अपना उद्देश्य है, इस मत का, अपने आचरण से खंडन करने में मानो उन्हें एक विलक्षण सुख मिलता था।

अपनी पिछली यात्रा में जब मैं नान्हू बाबू से मिला था तो वे अपने संगीत-विद्यालय की ओर लपके जा रहे थे। एक बार फिर मैंने उनके सामने उनके गुरु का जिक्र किया। मैंने जानना चाहा कि ओंकारनाथ ठाकुर का सबसे प्रिय राग कौन-सा था ? बोले—मालकौंस। कुछ कम प्रचलित रागों को भी उन्होंने पूरी गरिमा के साथ गाया था—जैसे नीलाम्बरी और चम्पक राग। पर अपने अन्तिम दौर में खयाल गायकी के साथ-साथ वे भजन को अधिक महत्त्व देने लगे थे और उनका सबसे प्रिय भजन था 'जीजी मति जा' तथा 'मैया, मैं नहिं माखन खायो।' उनके संगीत सर्जन का गुर क्या था, यह पूछने पर नान्हू बाबू ने टिप्पणी की—स्वर की प्रकृति की पहचान। युद्ध पूर्व जो गायक जीवन के उद्दाम संगीत का सर्जक था, वह युद्धोत्तर दौर में यानी भारत के आजाद होने के बाद के दिनों में भजन के गहरे निर्वेद और अवसाद में कैसे उतर आया, इसे जानना हो तो निराला के अन्तिम दिनों की कविताएँ देखी जानी चाहिए। दोनों के अवसाद में एक विलक्षण समानता है।

पर हिन्दी-जगत को, जिस बात के लिए ओंकारनाथ ठाकुर का कृतज्ञ होना चाहिए, वह था उनके द्वारा एक संगीत रूपक के रूप में 'कामायनी' का मंचन। यह एक महत्त्वाकांक्षी प्रयास था और नाट्यकला की दृष्टि से चुनौती भरा भी।

मूलतः गुजरातीभाषी पंडित ओंकारनाथ ठाकुर ने इस चुनौती का सामना करने का साहस दिखाया था और तब से आज तक उस महान शुरुआत को आगे बढ़ाने की कोशिश किसी ने नहीं की। यह हिन्दी पर—बल्कि पूरे भारतीय साहित्य पर—ओंकारनाथ ठाकुर का एक ऋण है, जिसे उतारने का एक ही उपाय है कि उस शुरुआत को आगे बढ़ाया जाए और साथ ही नई सदी के बदले हुए माहौल में उनकी आवाज के जादू को फिर से पहचाना जाए। उस छोटे-से शहर की उस छोटी-सी दुनिया में नान्हू बाबू यही कर रहे हैं।

सूर्यप्रताप : एक विस्मृत युवा कवि

वह लगभग एक विस्मृत कवि है, जिसके बारे में लिखने जा रहा हूँ। प्रचलित भाषा में उसे युवा कवि कहा जा सकता है, पर जब उसका निधन हुआ तो वह महज एक किशोर था। नाम सूर्यप्रताप—आगे सिंह जुड़ता था, पर वह पसन्द करता था कि लोग उसे सिर्फ सूर्यप्रताप कहें। पैदा हुआ देवरिया जिले (उत्तर प्रदेश) के लपकनी गाँव में। आरम्भिक शिक्षा देवरिया में हुई थी—फिर इंटरमीडिएट करने के लिए बनारस आ गया था, उदय प्रताप कॉलेज में। यहाँ वह मेरा सहपाठी बना—आत्मीय और प्रतिस्पर्द्धी—दोनों साथ-साथ। वय में वह मुझसे तीन या चार साल बड़ा था—भाषिक प्रौढ़ता और संवेदना की तीव्रता में कई गुना बड़ा। हम दोनों सीख रहे थे—पर धीरे-धीरे मैंने जाना कि एक छोटी-मोटी सिद्धि उसने पहले ही अर्जित कर ली है। पर दुर्भाग्यवश हमारा सहपाठी होना लम्बा नहीं चला। अचानक वह बीमार हुआ—गम्भीर रूप से बीमार—और बाद में पता चला उसे टी.बी. है। तब तक एंटीबायटिक दवाएँ भारत में आ चुकी थीं। इलाज उसका पहले दिल्ली में हुआ और फिर पटना में। मेरे लिए वह आज भी रहस्य है कि इतने प्रयासों के बावजूद उसे बचाया क्यों नहीं जा सका ? यह रहस्य अब रहस्य ही बना रहेगा क्योंकि बीच के सारे तथ्य अब दुर्लभ हैं।

इस कवि की मृत्यु सन् 1957 में हुई थी, जिससे एक साल पहले, बनारस के कुछ साहित्यकारों के प्रयास से उसका एक संग्रह छपा था—पहला और अन्तिम—जिसका नाम था—'आस्था'। मृत्यु से जूझते हुए कवि के संकलन के लिए यह एक गहरे अर्थ में प्रासंगिक और सटीक नाम था। पर जैसा नोटिस इस संग्रह का लिया जाना चाहिए था, नहीं लिया गया। मुझे याद आता है कि अशोक वाजपेयी ने सागर से 'समवेत' का जो पहला अंक निकाला था, उसे दो स्मृतिशेष युवा कवियों को समर्पित किया गया था, जिनमें से एक सूर्यप्रताप थे। सम्भवतः उनकी कुछ काव्य-पंक्तियाँ भी उद्धृत की गई थीं, जिनमें प्रेमिका की तस्वीर के सामने मृत्यु से जूझते हुए कवि की विडम्बनापूर्ण स्थिति का जिक्र था। अभी कुछ दिन पहले, कन्हैयालाल नन्दन द्वारा सम्पादित और साहित्य अकादेमी द्वारा प्रकाशित वृहत् गीत-संचयन में सूर्यप्रताप का एक भूला हुआ गीत देखा—ठीक उन्हीं दिनों का लिखा हुआ, जब हम साथ-साथ पढ़ते थे—तो सुखद आश्चर्य हुआ और लगा कि इतने बरस बाद भी यह कवि अपनी भाषा की स्मृति में कहीं अब भी बचा हुआ है। एक भुलक्कड़ कही जानेवाली भाषा में एक दिवंगत किशोर का लगभग

पचास बरस बाद भी बचा रह जाना एक गहरी आश्वस्ति प्रदान करता है और इस बात की पुष्टि भी करता है कि भाषा किसी अदृश्य फिल्टर से छानकर उस चीज को जरूर बचा लेती है, जो बचाने लायक होती है।

पिछले पचास वर्षों के साहित्य के इतिहास पर यदि निगाह दौड़ाई जाए और उसमें से अकाल दिवंगत कवियों की कोई सूची बनाई जाए तो उसमें कुछ विलक्षण प्रतिभाओं के नाम आएँगे—चन्द्र कुँवर बर्त्वाल, सतीश चौबे, सूर्यप्रताप और शरद बिल्लौरे। नाम और भी हो सकते हैं। पर इस समय मुझे यही सूझ रहे हैं। क्या ऐसे कवियों का अलग से कोई संकलन तैयार किया जा सकता है ? यह खयाल अचानक आया और मैं इस अलग संकलन के औचित्य को लेकर पूरी तरह आश्वस्त नहीं हूँ। पर यह एक ऐसा प्रस्ताव है जिस पर विचार होना चाहिए, ऐसा मुझे लगता है।

सूर्यप्रताप ने दिल्ली के मिशन क्लिनिक से, चिकित्सा के दौरान अनेक पत्र मुझे लिखे थे, जो पुराने पत्रों के बंडल में शायद अब भी कहीं पड़े होंगे। वे सुलिपि के धनी थे—ऐसी खुश्खत लिखावट मैंने कम देखी है। पर उन सुन्दर-सुडौल अक्षरों में एक ऐसे कवि की पीड़ा को पढ़ना जो कच्ची उम्र में मृत्यु से लड़ रहा हो—एक दहला देनेवाला अनुभव था। इस कवि की लगभग सारी कविताएँ मृत्यु की गहरी छाया में लिखी गई हैं। पर आश्चर्य होता है कि आसन्न मृत्यु की यन्त्रणा के बीच भी यह कवि इस सारी नश्वरता के बीच जो सुन्दर है, उसे कहीं गहरे प्यार करता है। मृत्यु जिजीविषा का यह विलक्षण द्वन्द्व सूर्यप्रताप की कई कविताओं में देखा जा सकता है—खासतौर से अस्पताल के बेड से लिखी हुई कविताओं में। एक ऐसी ही कविता की पंक्ति मुझे याद आती है—'कब तक अपने को खाकर अपनी प्यास पिऊँ।' इस कवि को जो छोटी-सी जिन्दगी मिली थी वह वैसे ही जी गई थी—अपने को खाकर और अपनी ही प्यास को पीकर। एक त्रिपदी में—जो अस्पताल में लिखी गई थी, सूर्यप्रताप ने मानो चुनौती के स्वर में कहा था—

मैं जो कुछ भी लिखता हूँ, व्यर्थ नहीं है
हूँ जहाँ खड़ा, तुम अगर वहाँ आ जाओ
फिर कह न सकोगे इसमें अर्थ नहीं है।

यह त्रिपदी का साँचा सूर्यप्रताप को बहुत प्रिय था। मैं ठीक-ठीक नहीं कह सकता कि यह त्रिपदी-शैली मूलतः आई कहाँ से। मेरा ध्यान लोकगीतों की ओर जाता है और मुझे लगता है, इसका कोई आदि-रूप वहाँ जरूर मौजूद होगा।

मुझे याद आता है कि लाटिविया की राजधानी रीगा में हमें बताया गया था कि वहाँ के एक संग्रहकर्त्ता ने अपने देश में घूम-घूमकर हजारों त्रिपदियों का एक विशाल संकलन तैयार किया था और वे सारी त्रिपदियाँ बोलियों से ढूँढ़कर लाई गई थीं।

इससे साबित होता है कि त्रिपदी विधा का एक अन्तर्राष्ट्रीय आयाम भी है। पर सूर्यप्रताप ने हिन्दी में जो त्रिपदी का साँचा गढ़ा था, वह उसकी अपनी निर्मिति थी।

गीत या अपेक्षाकृत लम्बी कविताओं में वह थोड़ा सहज लगता था, पर ज्यों ही त्रिपदी में लौटता था तो लगता था जैसे घर में लौट आया है। त्रिपदी का यह त्रिकोणात्मक आकार काफी हद तक उसकी संवेदना की नाप के अनुरूप था।

शायद यही कारण है कि उसने अपने अन्तिम दिनों की ज्यादातर कविताएँ इसी शैली में लिखी थीं।

एक अजब बात यह है कि इन कविताओं में मृत्यु के स्वीकार के बाद की एक ऐसी मनोदशा की अभिव्यक्ति मिलती है, जिसमें एक गहरा लगाव, एक हल्का-सा व्यंग्य और कई बार खुद पर ही हँसने की एक तिलमिला देनेवाली ताकत दिखाई पड़ती है।

अच्छा यही होगा कि इस व्याख्या-विस्तार को मैं यहीं समेटूँ और सीधे कुछ चुनी हुई त्रिपदियों से आपका साक्षात्कार कराऊँ, जो इस कवि का सबसे प्रामाणिक परिचय होगा—

रोशनी, फूल, मिट्टी, पत्थर और पानी
इन सबको मैंने गहरे प्यार किया है
इन सबने भुगती है मेरी नादानी

पहले कुछ ऐसा सोचे था—नेता हूँ
लेकिन न रहा कुछ चारा—सबने छोड़ा
अब प्रेम-वेम पर कविता लिख लेता हूँ।

मालूम न पड़ती जीवन में कुछ खामी
सब कुछ था—होते रोटी के दो टुकड़े
अपने भी होते ठाट उमरखय्यामी।

ये मृत्यु के मुँह पर हँसनेवाली कविताएँ हैं, जिनके रचयिता ने आज से कोई 47 वर्ष पहले 24 वर्ष की कच्ची उम्र में एक अस्पताल में दम तोड़ दिया था।

कवि देवेन्द्र कुमार उर्फ बंगालीजी

सब लोग प्यार से उन्हें बंगालीजी कहते थे। पर वे बंगाली न थे। ठेठ उत्तरप्रदेशीय थे—वह भी धुर पूरबवाले।

कसया में पैदा हुए थे और वहीं पले-बढ़े—लगभग कुशीनारा के तट पर। दुनिया में वे एक छोटे-से बोधिसत्व थे—अपने शब्दों में छिपे प्रकाश की दिशा में क्रमशः बढ़ते हुए। पर जन्मना वे शूद्र थे और इस भौतिक सचाई को, हँसते समय उभर आनेवाले अपने अगले दो दाँतों की ओट के पीछे कहीं चुपचाप दबाए रखते थे। ऐसा करते हुए जो पीड़ा पैदा होती थी, उसे उनके चेहरे पर साफ देखा जा सकता था। मूलतः वे एक कवि थे—एक ऐसे कवि, जिनकी अनेक कृतियों के बावजूद बहुत कम चर्चा हुई।

वे हमेशा चुप रहते थे। कुछ पूछो तो जरा-सा हँसते थे और अस्फुट-सा कुछ कहकर फिर चुप हो जाते थे। इसी चुप रहने की साधना में उनके कई दाँत असमय टूट गए थे। पर एक अद्भुत बात यह थी कि जब वे मंच पर कविता पढ़ते थे तो पूरे देवेन्द्र कुमार होते थे। उस समय गहरी यातना की एक हल्की-सी खलिश उनकी आवाज में एक अजब-सा जादू पैदा करती थी। वे शायद बचपन से सीधे वृद्धावस्था में आ गए थे और बीच का मैदान एकदम सपाट था। मुझे याद है कि उन्हीं दिनों जब वे युवा थे, मुझे उनके साथ एक महाविद्यालय में आयोजित गोष्ठी में जाने का अवसर मिला था। जब उन्हें काव्यपाठ के लिए बुलाया गया तो उनका परिचय देते हुए संयोजक ने कहा—'अब मैं युवा कवि देवेन्द्र कुमार को काव्यपाठ के लिए आमन्त्रित करता हूँ।' जब वे माइक के पास पहुँचे तो नीचे से छात्रों की आवाज आई—'अरे, यह तो बुड्ढा है।' असल में, उनके चेहरे की स्थायी उदासी ही कुछ ऐसी होती थी कि वह उनकी आयु को कई गुना बढ़ा देती थी।

वे रेल में काम करते थे। उच्च शिक्षा पाने के बावजूद एक छोटे-से क्लर्क थे—एक मामूली बाबू जो कोई भी हो सकता है। वहाँ भी जो उनका उचित दाम था वह उन्हें कभी नहीं मिला जबकि उनके कई सहयोगी योग्यता में उनसे कमतर होने के बावजूद कहाँ से कहाँ पहुँच गए थे। पर उन्हें इसका कोई मलाल नहीं था। इससे मुझे कई बार कोफ्त होती थी—ऐसी भी क्या संतई कि चुपचाप सब सहे जा रहे हैं। मैं कभी कहता तो उसी तरह हँस देते और वह एक ऐसी हँसी होती थी जिसके सामने आदमी निहत्था हो जाता था।

चूँकि वे रेल-कार्यालय में काम करते थे, इसलिए उनके शहर में उन्हें रेल का कवि कहा जाता था। यह रेल का कवि क्या होता है, मैं कभी नहीं समझ सका। श्रेणी-विभाजन वैसे भी हमेशा भ्रामक होता है। मुझे बराबर लगता था कि रेल का कवि कहने से जो हदबन्दी होती थी, उसमें उनका कवि-व्यक्तित्व कतई फिट नहीं होता था। पर वे थे कि इसे जनता की दी हुई उपाधि की तरह हर बार स्वीकार कर लेते थे और मंच से उतरते ही उसे कपड़ों से धूल की तरह झाड़कर अलग कर देते थे। वे विनम्र थे पर इस सचाई को समझने में मुझे बरसों लग गए कि उनकी विनम्रता एक कवच की तरह थी, जिसके नीचे उनका खरा स्वाभिमान पलता था।

यह शायद साठ के दशक के मध्य की बात होगी। कुछ समय तक वे एक विचित्र मनोरोग से ग्रस्त थे जिसे कुछ लोग उनका मानसिक तनाव कहते थे और कुछ विक्षिप्तता। सड़क पर चलते हुए, कार्यालय में प्रवेश करते हुए या किसी मित्र से मिलते हुए उन्हें हमेशा लगता था, कोई उनका पीछा कर रहा है। पर यह उनका पागलपन नहीं था। असल में, अपने शहर के जिस समाज में रह रहे थे, उसमें वर्ण-आधिपत्य का बोलबाला था। उनका प्रत्यक्ष टकराव किसी से नहीं था, उल्टे उन्हें सबसे गहरी सहानुभूति मिलती थी। पर मुझे लगता है कि यह सम्भ्रान्त नेत्रों से टपकती हुई सहानुभूति ही थी, जो उन्हें सबसे अधिक बेचैन करती थी। एक अन्त्यज कुल में पैदा होनेवाले अति संवेदनशील कवि को यदि सड़क पर चलते हुए लगता हो कि कोई उसका पीछा कर रहा है, तो इसे उसकी विक्षिप्तता कहकर टाला नहीं जा सकता है। कई बार तथाकथित 'बड़ों' से मिलनेवाली सहानुभूति भी एक स्वाभिमानी मन को इस तरह लगती है, जैसे कोई पीछा कर रहा है। पर, सौभाग्यवश यह स्थिति ज्यादा दिनों तक नहीं रही। उनके सर्जक मन ने जल्दी ही उस अवसादग्रस्त मनोदशा से निकलने के लिए एक रास्ता खोज लिया, जो उनकी आनेवाली कविताओं की ओर खुलता था।

यह उनके रचनाशील जीवन का एक नया दौर था जो कदाचित् उनका सबसे उर्वर दौर भी था। इसी दौर में उन्होंने वे कविताएँ लिखीं जो भोपाल से 'पहचान' सीरीज में उनके प्रथम संकलन के रूप में छपी थीं। फिर लम्बे अन्तराल के बाद उनका दूसरा प्रौढ़तर संग्रह 'बहस जारी है' नाम से आया। मुझे लगता है, इस संग्रह की जितनी चर्चा होनी चाहिए थी, नहीं हुई। वे एक अपेक्षाकृत छोटे शहर में रहते थे और वहाँ भी न तो किसी गुट में थे, न संगठन में। फिर उनकी जो सामाजिक स्थिति थी, वह उनकी खाल के साथ चिपकी हुई उनके साथ थी ही। प्रत्यक्ष रूप से इन बातों की कोई भूमिका नहीं थी। पर सचमुच जिस समाज में हम रहते हैं उसमें इनकी कोई भूमिका नहीं होती, क्या दावे के साथ ऐसा हम कह सकते हैं ?

उनकी कविता की मूल प्रवृत्ति गीतात्मक थी। मेरा मानना है कि वे निराला के बाद हिन्दी में शायद सबसे अधिक सम्भावनाशील और सबसे अधिक मौलिक गीतकार थे। उनका एक गीत-संकलन 1993 में दिल्ली से प्रकाशित हुआ था। इस संग्रह के गीतों में भाषा का एक सहज देशज ठाठ है, जो सबसे पहले ध्यान आकृष्ट करता है। लयों

की विविधता और बिम्बों की ताजगी इसकी अन्य विशेषताएँ हैं। यहाँ कई ऐसी पंक्तियाँ मिलेंगी या फिर बिम्ब-गुच्छ जो स्मृति में देर तक टिके रह जाते हैं। आप पाएँगे कि गीत अपनी गति से चल रहा है और अचानक बीच में कोई तिलमिला देनेवाली टिप्पणी आ गई और आपको हिलाती हुई चली गई। संकलन के आरम्भ में गीत के जिस टुकड़े को रखा गया है, वह एक तरह से कवि का मूल वक्तव्य है—

हड्डियों का पुल, शिराओं की नदी है
इस सदी से भी अलग कोई सदी है
आज की कविता
अँधेरे की व्यथा है।

अब इतनी लम्बी चर्चा के बाद यह याद दिलाना जरूरी नहीं है कि देवेन्द्र कुमार दलित थे। उनकी कविताओं की इस दृष्टि से व्याख्या अब तक नहीं हुई है। पर यहाँ 'हड्डियों का पुल' क्या कह रहा है, इस सदी से अलग जो एक और सदी है, वह किनकी सदी है और यह कि यदि आज की कविता अँधेरे की व्यथा है, तो फिर वह किसकी व्यथा है—इन प्रश्नों से टकराए बिना इस कवि की ठीक-ठीक व्याख्या नहीं की जा सकती है। जो कवि साहस के साथ कह रहा हो—

एक चिड़िया बोलती है ठूँठ से
सभी चेहरे लग रहे हैं झूठ से।

तो यह काव्यात्मक साहस काव्यालोचन के सुपरिचित मानों से अलग एक अधिक संवेदनशील और सामाजिक धारवाले औजार की माँग करता है।

जैसी चुपचाप जिन्दगी जी देवेन्द्र कुमार ने लगभग वैसी ही चुपचाप मृत्यु वरण की उन्होंने। जीवन में, सारे दुखों के बीच भी, उन्हें किसी से कोई शिकवा नहीं था और अन्तिम बार जब मैं उनसे मिला तो लगा जैसे मृत्यु से भी उन्हें कोई शिकवा नहीं है। क्योंकि वे जानते थे कि 'पैरों को चाट गए जूते, जिन्दा हैं तो अपने बूते।' अपने बूते और अपनी शर्त पर जीवन जीनेवाले इस अघोषित दलित कवि में कहीं कुछ था, जो उसे बुद्ध की विरासत से जोड़ता था। उनकी कविता में बुद्ध लगभग दुनिया में ईश्वर की तरह अनुपस्थित हैं। पर जो लोग बुद्ध-भूमि के उस भूगोल से परिचित हैं, वे उनकी कविता के भूरे उदास रंगों में उनसे संकेत ढूँढ़ सकते हैं। यह शुद्ध संयोग था—पर क्या केवल संयोग था कि उनके आत्मीय जनों ने उनकी अन्त्येष्टि के लिए अन्ततः कुशीनारा का तट चुना, राप्ती का किनारा नहीं, जिसके निकट उन्होंने अन्तिम साँस ली थी।

कवि अजन्ता के बारे में

कवि अजन्ता से मिलने के प्रसंग दो बार घटित हुए पर उनसे सचमुच मिलना सिर्फ एक बार ही हुआ। आज से कोई पन्द्रह-सोलह वर्ष पहले की बात है—वे भोपाल के किसी काव्य-पाठ कार्यक्रम में आमन्त्रित थे, जिसमें मुझे भी शामिल होना था। कार्यक्रम के बाद एक पूरी शाम मैंने उनके साथ बिताई थी। वे लेखन में ही नहीं, जीवन में भी मितभाषिता के कायल थे। कम बोलते थे, पर बिना बोले भी पूरी बातचीत में कभी नहीं लगने देते थे कि वे चुप हैं। यह अज्ञेय से सर्वथा भिन्न था। मुझे याद है कि बोलते समय वे ज्यादातर वाक्य अधूरे छोड़ देते थे—कुछ इस तरह मानो उनका काम हो चुका, अब आगे का काम श्रोता का है। बातचीत का यह ढर्रा शुरू में थोड़ा विचित्र लगा, पर बाद में मैंने जाना कि यही उनका सहज रूप है। अब इतने दिनों बाद याद करने की कोशिश करता हूँ तो उस पूरी बातचीत से उनकी जो तस्वीर मेरे भीतर बनी थी, वह एक ऐसे कवि की थी जिसके भीतर अपने प्रति गहरा असन्तोष है। पर शायद इस असन्तोष में ही उनकी मितभाषी कला का रहस्य छिपा था।

कितना अजीब है कि लगभग उनहत्तर वर्ष (1929-1998) का भरा-पूरा जीवन जीनेवाले तेलुगू के इस विलक्षण कवि का केवल एक ही संग्रह प्रकाशित हुआ था और वह भी मरने से केवल एक वर्ष पहले। एक समर्थ कवि का यह आत्म-संयम चकित करनेवाला है और बेशक कई सवालों को जन्म देनेवाला भी। इस वस्तुस्थिति को किस तरह परिभाषित किया जाए ? यहाँ यह बताना अप्रासंगिक न होगा कि अजन्ता के कई समकालीन कवि ऐसे हैं जिनके संग्रह धड़ाधड़ छपते रहे हैं और अपनी भाषा से बाहर भी उन्हें थोड़ा-बहुत जाना जाता है। अजन्ता जाने-अनजाने पास्तरनाक की उस प्रसिद्ध पंक्ति को जैसे मानकर चलते थे कि 'प्रसिद्ध होना एक अश्लील बात है।' उन्होंने आजीवन अपने को अपने शब्दों की ओट में रखा। उनका असली नाम पेनुमत्स विश्वनाथ शास्त्री था। पर अजन्ता की गुफाओं के चित्रों का कुछ ऐसा प्रभाव पड़ा कि उन्होंने अपना नाम ही अजन्ता रख लिया। वे मानते थे कि कवि को अजन्ता के चित्रों की तरह मूर्त होना चाहिए। पेशे से वे पत्रकार थे और इस धंधे में भी उन्हें एक जगह टिककर रहने का सुयोग कभी नहीं मिला। मद्रास से प्रकाशित होनेवाली 'आनन्दवाणी' पत्रिका से उन्होंने अपने पत्रकार-जीवन की शुरुआत की थी और बाद में हैदराबाद से प्रकाशित होनेवाले पत्र 'आन्ध्रप्रभा' से जुड़ गए थे। इस बीच उनका काव्य-लेखन चलता

रहा पर बहुत धीमी गति से, गहरे आत्म-अनुशासन के साथ पदक्षेप करते हुए। एक विलक्षण सर्जक होने के साथ-साथ वे मौलिक काव्य-चिन्तक भी थे। उनका खयाल था कि आज का समय यथार्थ से इतना आक्रान्त है कि हमें सपनों की बहुत जरूरत है। पर, इस स्वप्न-द्रष्टा कवि का एक पाँव निरन्तर यथार्थ की ऊबड़खाबड़ भूमि पर कहीं टिका रहता था। उनकी दृढ़ मान्यता थी कि कविता की दुनिया न्यूटन के गुरुत्वाकर्षण सिद्धान्त का अतिक्रमण करती है और इसीलिए वह कविता होती है।

जैसा कि पहले कहा गया है, अजन्ता एक मितभाषी कवि थे। उनके आलोचक बताते हैं कि उन्होंने जीवन में कुल 33 कविताएँ लिखीं, जिनमें से 29 उनके एकमात्र काव्य-संकलन 'स्वप्नलिपि' में संकलित थीं और शेष चार कविताएँ जीवन के अन्तिम पाँच वर्षों में लिखी गई थीं। उनहत्तर वर्ष के जीवन में कुल 33 कविताएँ यानी औसतन दो वर्ष में एक कविता। यह कलात्मक संयम का एक विरल उदाहरण है, जिसका जोड़ शायद अन्यत्र न मिले। पर उससे भी आश्चर्यजनक यह है कि इतनी कम कविताओं के आधार पर उन्हें प्रबुद्ध पाठक-समुदाय का जो सम्मान और प्यार मिला, वह उनके अनेक बहुचर्चित समकालीनों के लिए ईर्ष्या का विषय है। दिलचस्प यह है कि अजन्ता के इन प्रशंसकों में कुछ दलित रचनाकार भी शामिल हैं। यह वैसा ही है जैसे शमशेर की प्रशंसा कोई दलित लेखक करे। अपनी कलात्मक गठन में अजन्ता की कविता शमशेर की कविता के काफी निकट पड़ती है हालाँकि दोनों का काव्य-स्वभाव एकदम भिन्न है।

पिछली बार जब मैं हैदराबाद गया था तो अजन्ता जीवित थे और बीमार थे। वे अपने छोटे-से घर के कोने में लगभग अलक्षित पड़े थे। जिस मित्र के साथ मुझे उनसे मिलने जाना था वे प्रसिद्ध दलित कवि जाशुआ की स्मृति में बने ट्रस्ट के सचिव थे, पर साथ ही अजन्ता की कविता के भयानक प्रेमी थे। पर किन्हीं कारणों से उस दिन अजन्ता से मिलना सम्भव न हो सका। इसके कुछ ही दिनों बाद उनके निधन की सूचना अखबार में पढ़ने को मिली। जाहिर है कि अब अजन्ता से नहीं, सिर्फ उनकी कविताओं से मिला जा सकता है, जिसमें वे अपनी सारी ऊर्जा के साथ मौजूद हैं। श्री श्री के बाद, उनके प्रभाव से सर्वथा मुक्त रहते हुए, अजन्ता तेलुगू के अकेले ऐसे कवि थे, जिन्होंने अपना सर्वथा मौलिक मुहावरा विकसित किया था। हिन्दी में उनकी कविताओं के अनुवाद बहुत कम हुए हैं। पर यह निर्विवाद रूप से कहा जा सकता है कि उनका लेखन चाहे जितना स्वल्प हो, पर उसे घटाकर समकालीन भारतीय कविता की तस्वीर पूरी नहीं होती। नीचे उनकी कुछ छोटी कविताएँ और काव्यांश दिए जा रहे हैं, जिनका हिन्दी-अनुवाद हैदराबाद के चर्चित दलित लेखक डॉ. वी. कृष्णा ने किया था। मैंने इन अनुवादों को जहाँ-तहाँ बस छू भर दिया है—

सुषुप्ति

कहीं कोई नहीं–सब घर पहुँच गए हैं
छात्रों ने किताबें बन्द कर दी हैं
बंजारों ने गाना।
कहीं कोई नहीं–सब घर पहुँच गए हैं
हत्यारों ने चाकू रख दिए हैं कोने में
सत्ताधीशों ने धो डाले हैं खून सने हाथ
कहीं कोई नहीं–सब घर पहुँच गए हैं।
... .
आईना–अर्थात दीवार पर टाँगा हुआ चेहरा नहीं
वह तुम्हारा अन्तरंग है।
आईने के प्रतिबिम्ब के पीछे
हमेशा एक जादूगर रहता है
रहता है एक साहसी अश्वारोही
एक विदूषक रहता है सारे रहस्यों को
छिन्न-भिन्न करता हुआ
आईना तुम्हारे अन्तर का
अन्तर है।
आईनों के प्रतिबिम्बों को जीतना असम्भव है
इसलिए मैंने एक दिन प्रवेश किया आईने में
वहाँ अब मेरा प्रतिबिम्ब नहीं
मैं रहता हूँ।

सम्भवतः यह मृत्यु से कुछ पहले की कविता है। मृत्यु के बाद आखिर अपनी कविताओं से बेहतर कौन-सी जगह होती है एक कवि के लिए ?

बुद्ध की नदी मर रही है

कुशीनगर जाना हमेशा अच्छा लगता है। कोई बीस-पच्चीस साल पहले तो मैंने तय कर लिया था कि जब कामधाम से मुक्त हो जाऊँगा तो वहीं जाकर बसूँगा। पर मुक्ति कहाँ मिलती है। सिर्फ आयु के एक निश्चित बिन्दु पर आदमी नौकरी से छुटकारा पा जाता है और समझता है कि वह मुक्त हो गया। सो, कुशीनगर जाकर बसने का विचार तो जहाँ था, वहीं रह गया। पर अब भी कुशीनगर जाता हूँ या जाने के बहाने खोजता रहता हूँ। जब पहली बार साठ के दशक के शुरू में वहाँ गया था तो कुछ एक विहार, एक महाविद्यालय और थोड़ी-सी ढाबानुमा दुकानों को छोड़कर वह पूरा इलाका लगभग उजाड़ था। अब वैसा नहीं है। पिछली बार गया तो मैंने पाया कि वहाँ बहुत से नए होटल और विहार बन गए हैं और सामान्य यात्रियों के लिए कुछ अतिथिशालाएँ भी। यानी बुद्ध की उस विशाल प्रतिमा के चारों ओर व्यावसायिक इकाइयों का एक अच्छा-खासा जाल-सा फैल गया है। सुना है, विदेशी पर्यटकों की सुविधा के लिए, वहाँ जो एक छोटी-सी हवाई पट्टी थी, उसे एक अन्तर्राष्ट्रीय स्तर के हवाई अड्डे के रूप में विकसित किया जा रहा है। अब स्वयं कुशीनगर भी तहसील स्तर से ऊपर उठकर बाकायदे जिला बन गया है, जहाँ सिर्फ सड़क-मार्ग से पहुँचा जा सकता है।

कहते हैं 'कुशीनगर' नाम 'कुशीनारा' नामक नदी के नाम पर रखा गया था। पर विडम्बना यह है कि कुशीनगर को तो सब जानते हैं, पर जिसके किनारे वह नगर कभी बसा था, उस 'कुशीनारा' नदी को अब कोई याद नहीं करता। दूर-दराज देशों के असंख्य पर्यटक प्रायः रोज ही आते हैं, पर कोई भूले-भटके भी उस नदी की ओर नहीं जाता, जो अब भी है, और बुद्ध की स्मृति को अपनी छाती में छिपाए हुए धीमे-धीमे बह रही है या कम से कम साँस ले रही है।

एक प्रश्न मुझे अक्सर परेशान करता है कि इतने सारे नगरों और अंचलों को छोड़कर अपने निर्वाण के लिए बुद्ध ने कुशीनगर को क्यों चुना ? क्या इसलिए कि वहाँ 'कुशीनारा' नदी थी या इसलिए कि सारे गणतान्त्रिक तामझाम के बावजूद उस अंचल में दुख सबसे ज्यादा था। इसका ठीक-ठीक कारण तो कहीं नहीं मिलता। पर बुद्ध का यह निर्णय बेहद दिलचस्प लगता है कि किंचित अस्वस्थ होने के बावजूद, जब वे लिच्छवियों को छोड़कर आगे बढ़े तो वस्तुतः वे पार्श्व में बहती हुई गंगा को भी पीछे छोड़ रहे थे और थोड़ा आगे बढ़ने पर जिन दो महत्त्वपूर्ण नदियों को उन्होंने पीछे छोड़ा

वे थीं, नारायणी (सदानीरा) और सरयू। क्या यह शुद्ध रूप से आकस्मिक था या इसके पीछे उनका कोई ठोक-बजाकर लिया गया, सुचिन्तित निर्णय था, यह सिर्फ अनुमान का विषय है। जो भी हो, सचाई यह है बुद्ध ने जिस भूमि को अपनी निर्वाण-स्थली के रूप में चुना, वह कुशीनारा का तट था। उस समय वह नदी कितनी बड़ी या कितनी विस्तृत थी, इसके बारे में ठीक-ठीक कुछ नहीं कहा जा सकता। पर आज वह एक पतली-सी धारा मात्र है, लगभग कबीर की अल्पख्यात नदी आमी की तरह। अन्तिम समाधि के लिए बुद्ध का गंगा को छोड़कर कुशीनारा के तट पर आना और कबीर द्वारा काशी और वहीं बहती हुई गंगा को छोड़कर मगहर की आमी के तट पर जाना, इन दोनों के बीच एक अद्‌भुत समानता दिखाई पड़ती है और यह मुझे आकस्मिक नहीं लगता। कबीर ने तो इस सन्दर्भ में अपने मत की स्पष्ट घोषणा भी की थी। पर बुद्ध के मत के बारे में ऐसा कोई उल्लेख बौद्ध साहित्य में शायद ही कहीं मिलता है। बुद्ध के ईश्वर सम्बन्धी मौन की तरह कुशीनारा के चयन के बारे में भी बुद्ध का मौन अनेक अनुद्‌घाटित अर्थों से भरा है।

इतिहास बताता है कि बुद्ध का अन्तिम संस्कार इसी नदी के तट पर हुआ था, जहाँ अब एक स्तूप खड़ा है—सारे स्तूपों में शायद सबसे अनगढ़ और सबसे छोटा स्तूप। मैं नहीं जानता कब और कैसे यह स्तूप 'रामामार' के नाम से पुकारा जाने लगा। बेशक यह नाम बाद का होगा और इसका भाषिक स्वरूप बताता है कि यह उस क्षेत्र की जनता के द्वारा दिया गया होगा। आज से कोई चालीस वर्ष पहले उस पर एक विशाल बरगद का वृक्ष था, जिस पर मचान बनाकर एक चीनी भिक्षु रहता था। जनता के बीच वह 'चीनी बाबा' के नाम से प्रसिद्ध था। कहते हैं कि स्तूप की रक्षा के लिए, पंडित नेहरू के आदेश पर उस वट-वृक्ष को काट गिराया गया था, जिसका उस चीनी भिक्षु ने अन्त तक प्रतिरोध किया था—क्योंकि उसने अपने जीवन के पूरे साठ वर्ष उस पेड़ पर गुजारे थे। उसका तर्क था कि वह उसका 'घर' है और कानून किसी का घर उजाड़ने की अनुमति किसी को नहीं देता। कहते तो यह भी हैं कि उस समय चीन के राजदूत के माध्यम से उसे समझाने-बुझाने की कोशिश भी की गई थी फिर भी वह अपना 'घर' छोड़ने को राजी नहीं था। पर 'पेड़ किसी का घर नहीं हो सकता'—सरकार के इस तर्क के सामने उसकी एक न चली और अन्ततः एक दिन, उस छोटी-सी कोठरी में, जो उसे स्तूप के निकट ही रहने के लिए दी गई थी, उसने प्राण त्याग दिए—लगभग उसी तट पर जहाँ कभी बुद्ध ने अन्तिम साँस ली थी। उसके बाद से वह खाली कोठरी आज भी उसी तरह खाली पड़ी है जैसे बुद्ध के बिना सारा कुशीनगर खाली पड़ा है।

अभी कुछ महीने पहले जब कुशीनगर से गुजर रहा था तो उस स्तूप को भी देखने की इच्छा हुई, पर इस बार एक और इच्छा हुई कि क्यों न कुशीनारा नदी को भी देख लिया जाए, जो वहाँ से बस कुछ गज की दूरी पर बह रही थी। 'बह रही थी'—यह सिर्फ मैं मुहावरे के रूप में कह रहा हूँ। क्योंकि वहाँ दूर-दूर तक किसी नदी के होने के कोई लक्षण नहीं थे। बाद में एक बकरी चरानेवाली लड़की से पूछने पर पता चला कि नदी

नाम की एक चीज वहाँ उठी हुई घासों के पीछे कहीं है। मैं घासों को चीरता हुआ आगे बढ़ा और जो देखा और जिस रूप में देखा, उसे नदी कहने में आज भी तकलीफ हो रही है। पर इस बात से ज्यादा तकलीफ हो रही है यह सोचकर कि इसकी ओर इससे पहले किसी का ध्यान क्यों नहीं गया। कुशीनारा का होना या न होना केवल पर्यावरण का सवाल नहीं है और कमोबेश यह बात सारी नदियों पर लागू होती है। हमें गंगा को बचाने की चिन्ता है और वाजिब चिन्ता है। पर क्या कुशीनारा की चिन्ता सिर्फ इसलिए नहीं की जा सकती कि बस्ती के सबसे कमजोर आदमी की आवाज की तरह उसके बहने की आवाज भी किसी को सुनाई नहीं पड़ती ?

एक सत्ताइस साल लम्बा इन्तज़ार

'अप्रैल क्रूरतम महीना है'—ऐसा कभी लिखा था टी.एस. इलिअट ने और मैं हर बार चकित होता था कि आखिर ऐसा क्यों ? भारतीय मानस में इस मास की बिल्कुल अलग स्मृतियाँ हैं। यह फसलों के घर आने का मौसम है, आमों के गदराने और धीरे-धीरे पकने का मौसम और एक ऐसा मौसम जब खेतों में सिर्फ बची हुई खुत्थियों की चमक रह जाती है, जो आँखों को दूर से गड़ती है। बुद्ध ने इसी मौसम में जन्म लिया था और कितना अजब है कि उनके निर्वाण का मौसम भी लगभग यही था। हिन्दी जाति के लोक-जीवन में यह शादी-ब्याह का मौसम है यानी एक ऐसा समय जब एक ही साथ गाती और रोती हुई स्त्रियाँ मानव-सभ्यता में स्थानान्तरण की अपरिहार्य वास्तविकता पर मुहर लगाती हैं। गाँव का मन इसी मौसम में सबसे अधिक खाली होता है, सबसे अधिक उल्लसित और बेचैन भी।

कमोबेश यह पूरे हिन्दी-मानस की तस्वीर है, जिसमें अप्रैल-मई का समय लगभग एक जैसा ही रंग भरता है। पर मेरे क्षेत्र की जनता के मानस की एक और तस्वीर भी है, जिसमें एक निर्माणाधीन पुल के बने-अधबने पाये पिछले सत्ताइस वर्षों से उसी तरह खड़े हैं। पूरे साल-भर यह मानस उस अधूरे पुल की राष्ट्रीय विसंगति के दंश को कहीं दबाए रखता है और ज्यों ही यह मौसम आता है, उस दबे हुए दंश की तल्खी थोड़ी तेज हो जाती है। फिर लोगों के होंठों पर पिछले साल का भूला हुआ सवाल फिर से लौट आता है—पुल कब पूरा होगा ? और पुल है कि पिछले सत्ताइस सालों यानी लगभग तीन दशकों से उसी तरह बन रहा है और अब भी अधूरा है। इस अवधि में देश में सैकड़ों पुल बने होंगे और बेशक उद्घाटित भी हुए होंगे। दिल्ली में तो हर तीसरे महीने एक सूखा पुल (फ्लाई ओवर) बनकर तैयार हो जाता है और एक दिन हम सहसा पाते हैं कि हम अड़ोस-पड़ोस की छतों के समानान्तर दौड़ रहे हैं। यह एक विस्मयकारी अनुभव है और मेरे जैसे पिछड़े इलाके के एक नागरिक के लिए थोड़ा परेशान करनेवाला अनुभव भी।

दुनिया का पहला पुल कब बना (कब आविष्कृत हुआ, यह कहना ज्यादा सही होगा) इसका कोई पुरातात्विक प्रमाण नहीं मिलता। पर वह जब भी बना होगा मानव-सभ्यता के इतिहास में एक लम्बी छलाँग की तरह रहा होगा। छलाँग वह आज भी है क्योंकि वह देखते-देखते हमें इस पार से उस पार पहुँचा देता है और हमें पता

भी नहीं चलता कि इस बीच हमारी स्मृति ने कितनी डुबकियाँ लगाई हैं। मेरे गाँव में एक छोटा-सा नाला है (मेरे बचपन में वहाँ एक भरी-पूरी नदी थी) जो ठीक मेरे घर के सामने बहता है। पर मैं जिस नए पुल की बात कर रहा हूँ वह इस नाले पर नहीं, यहाँ से कोई आठ या दस किलोमीटर दूर सरयू नदी पर बन रहा है। गाँव के लोग उस नाले पर कभी-कभी बाँसों को जोड़कर एक कच्चा पुल बना देते हैं, जिसे स्थानीय बोली में 'चह' कहा जाता है। इस कच्चे पुल का एक थोड़ा विकसित रूप आज भी मौजूद है, पर उसे अब 'चह' नहीं कहा जाता। शायद गाँव का अपेक्षाकृत आधुनिक मन इसमें आड़े आता है। अनेक पुराने शब्द इस फाँक के चलते धीरे-धीरे मरते जा रहे हैं। इस कच्चे-लचकीले पुल का एक बेहतर संस्करण पीपे का पुल है जो सिर्फ बड़ी नदी पर बनाया जाता है और जिस पर छोटी गाड़ियाँ भी चल लेती हैं। पर ज्यों ही बरसात की पहली धमक सुनाई पड़ती है, पीपे खोल दिए जाते हैं और पुल उजड़ जाता है। फिर लगभग छह-सात महीने वही पुरातन साधन-काठ की नाव और उसके लिए घाट पर रेत की तरह लम्बा और सपाट इन्तजार। जब लोग नए बनते हुए पुल की बात करते हैं तो उनके चेहरे पर इसी इन्तजार की ऊब से बचने की एक हल्की-सी उम्मीद होती है और जब उम्मीद का रबर सत्ताइस साल लम्बा खिंच चुका हो तो उसमें कितनी जान बची होगी, इसकी कल्पना सहज ही की जा सकती है।

हमारे इलाके में पिछले अनेक वर्षों से पारगमन का सारा कारोबार उसी पीपे के पुल के सहारे चल रहा है जो हर बार बनता है और हर बार तोड़ दिया जाता है। गर्मियाँ शुरू होते ही लोगों को यह डर सताने लगता है कि किसी दिन वे सरयू नदी के घाट पर पहुँचेंगे और पाएँगे कि पुल नहीं है। जब आज से सत्ताइस साल पहले उस पीपे के पुल बनाने का निर्णय सरकार ने लिया था तो लोगों को लगा था इस पार-उस पार के द्वन्द्व से हमेशा के लिए छुटकारा मिल जाएगा। पर अनेक पायों के बन जाने और पुल का एक बड़ा-सा ढाँचा तैयार हो जाने के बावजूद वह द्वन्द्व ज्यों का त्यों बना हुआ है।

सरकारी आँकड़े बताते हैं कि हमारे देश ने विकास की अनेक मंजिलें तय की हैं और कहनेवाले तो यह भी कहते हैं कि कुछ क्षेत्रों में तो कीर्तिमान भी स्थापित किए गए हैं। पर मेरा खयाल है कि उत्तर प्रदेश और बिहार को जोड़नेवाले इस निर्माणाधीन पुल का सत्ताइस साल लम्बा इतिहास भी अपने आपमें एक कीर्तिमान ही होगा। विलम्ब के लिए कौन दोषी है ? क्यों हर साल बनते-बनते पुल किसी बिन्दु पर जाकर अटक जाता है ? जनता यह जानना चाहती है और जानने का उसे हक है, यह सब स्वीकार करते हैं। पर सूचना क्रान्ति के इस युग में भी लोगों तक पहुँचनेवाला सूचना का तार कहीं टूटा हुआ है। कई बार मुझे लगता है कि हमारे देश में 'विकास' शब्द इतना घिस चुका है कि अपनी अर्थवत्ता लगभग खो चुका है। मेरे निकट, इस विकास को नापने के जो बहुत से पैमाने हैं, उनमें से सबसे विश्वसनीय पैमाना वह बनता हुआ पुल है, जो सत्ताइस सालों से बन रहा है। यह सबकुछ तब है जब नदी (सरयू) ने अपनी ओर

से पूरा सहयोग दिया है। वैसे भी वह विकास के हित में अपनी धार की तीक्ष्णता कब की खो चुकी है। सम्भवतः इस विकास नामक जिंस की सबसे अधिक कीमत हमारी नदियों ने ही चुकाई है।

प्रायः हर गर्मी में एक बार गाँव जरूर जाता हूँ। इस बार गया तो किसी ने बताया कि निर्माणाधीन पुल इस हद तक तैयार हो गया है कि बस दोनों ओर तटों से जुड़ना बाकी है। किसी ने तो यह भी कहा कि अगले अक्टूबर-नवम्बर तक उसका उद्घाटन भी हो जाएगा। पर मेरे क्षेत्र के लोग ऐसी बातें सुनने के आदी हो चुके हैं। वे ऐसी सुखद सूचनाओं को एक अफवाह की तरह सुनते हैं और मुस्कुराकर रह जाते हैं। यह मुस्कान अक्सर एक सामान्य भारतीय जन की, पूरे राष्ट्रीय विकास पर एक हिला देनेवाली टिप्पणी होती है। मेरे जनपद के सामान्य लोगों के बीच अब वह निर्माणाधीन पुल सैमुअल बेकेट के मशहूर नाटक 'गोदो का इंतजार' के नायक (गोदो) जैसा हो गया है, जिसकी निरन्तर प्रतीक्षा हो रही है, पर जो अन्त तक नहीं आता। क्या इस बार गोदो आएगा ? क्या बनता हुआ पुल इस साल सचमुच बनकर तैयार हो जाएगा। यदि बन भी गया तो उसके उद्घाटन के लिए किसी महामहिम की कितनी प्रतीक्षा करनी पड़ेगी ? हिसाब लगाओ तो प्रतीक्षा का एक पूरा पहाड़ खड़ा हो जाएगा और पुल का विराट ढाँचा उत्तर प्रदेश और बिहार के दो पाटों के बीच उसी तरह झूलता रहेगा। कभी-कभी सोचता हूँ कि अपने पूरा न होने के सारे मिथकों को तोड़ता हुआ पुल कहीं पूरा हो ही गया तो लोगों के जीवन में कौन-सा बुनियादी परिवर्तन घटित हो जाएगा ? 'कुछ न कुछ होगा जरूर'—लोगों की आँखें कहती हैं और मैं उन पर अविश्वास करना नहीं चाहता।

एक छोटी-सी यात्रा के तीन पड़ाव

पिछले महीने उत्तर बिहार के कई शहरों में जाने का अवसर मिला। पहला पड़ाव पटना था, जहाँ पुस्तक-मेले के एक आयोजन में भाग लेना था। मेले का आयोजन 'राष्ट्रीय पुस्तक न्यास' ने किया था—बिहार सरकार के सहयोग से। बिहार सुखद अन्तर्विरोधों का प्रदेश है। पुस्तक-मेले के लिए जो अपार भीड़ उमड़ पड़ी थी, उसको देखकर मैं देर तक सोचता रहा कि एक ओर बिहार का बहुप्रचारित पिछड़ापन, दूसरी ओर पुस्तक तक पहुँचने के लिए यह उमड़ती हुई भीड़—आखिर इन दोनों के बीच रिश्ता क्या है ? क्या किसी खुफिया-स्रोत से लोगों के कानों तक यह खबर पहुँचा दी गई है कि पुस्तक खतरे में है ? दरअसल पुस्तक खतरे में है,—यह एक 'अपडर' है (ऐसा डर जिसका कोई ठोस आधार नहीं) जिसे इलेक्ट्रानिक मीडिया के उदय के बाद जोर-शोर से प्रचारित किया गया है। पुस्तक-लोप की इस बहुप्रचारित आशंका के विरुद्ध बहुत से तर्क दिए जा सकते हैं। पर पटना-पुस्तक मेले के लिए उमड़ती हुई भीड़ मेरे निकट इसके विरुद्ध सबसे बड़ा तर्क थी। पर इस तर्क की एक धार ऐसी भी थी जो बिहार के पिछड़ेपन की अवधारणा पर भी चोट करती थी। मेले की व्यावसायिक फलश्रुति क्या थी, यह मैं नहीं जानता। पर सस्ते मनोरंजन की बढ़ती हुई लोकप्रियता के इस युग में बिहार के पाठक-समुदाय के अदम्य पुस्तक-राग का यह इजहार मेरे और मेरे जैसे असंख्य पुस्तक-प्रेमियों के लिए एक गहरा आश्वासन है। मुझे लगा कि मेले के इस सीमित स्वरूप का भी विस्तार होना चाहिए और उन रास्तों की तलाश की जानी चाहिए जिनसे होकर उस अन्तिम पाठक तक पहुँचा जा सके, जो अपनी अभीष्ट पुस्तक से सैकड़ों किलोमीटर दूर कहीं पड़ा है।

कुछ दिनों बाद दिल्ली में विश्व पुस्तक-मेला लगनेवाला है। उसकी एक अलग सार्थकता हो सकती है। पर भारत जैसे देश के लिए ऐसे स्थानीय मेले जो छोटे शहरों और कस्बों में लगाए जाएँ, अधिक लाभप्रद हो सकते हैं। इससे पुस्तक-संस्कृति का विस्तार होगा, जिसकी ऊष्मा के कुछ कण सामान्य जन तक भी पहुँचेंगे। फिर विश्व-पुस्तक मेले में अंग्रेजी का जो वर्चस्व होता है, उसके दबाव को भी इस तरह कम किया जा सकेगा।

पर बात उत्तर-बिहार की यात्रा की हो रही थी, पटना-पुस्तक मेला जिसका महज एक पड़ाव था। दूसरा पड़ाव मोतीहारी नामक शहर था, जो तराई क्षेत्र में आता है। जाने का उद्देश्य तो व्यक्तिगत था, पर लगे हाथ जो कुछ देखने-जानने को मिला, उसे

मैं इस यात्रा की उपलब्धि मानता हूँ। संयोगवश मोतीहारी के सबसे बड़े पुलिस अधिकारी एक ऐसे व्यक्ति निकले, जिन्हें मैं पहले से एक कवि के रूप में जानता था—'अभिधा' के सम्पादक ध्रुवनारायण गुप्त। मिलने पर उन्होंने 'केसरिया' चलने का प्रस्ताव किया। 'केसरिया'—यह नाम मेरे लिए नया था। पर यह जानकर कि वहाँ संसार के सबसे बड़े स्तूप को मिट्टी के एक विशाल टीले के भीतर से खोदकर निकाला गया है, मैंने प्रस्ताव को सहर्ष स्वीकार कर लिया। अगले दिन बेहद खराब मौसम में 'केसरिया' पहुँचा। वहाँ जो देखा वह मिट्टी के ढूह से अभी-अभी निकला पुरानी ईंटों का एक भव्य कलात्मक ढाँचा था, जो दूर से ही ध्यान आकृष्ट करता था। चूँकि यह ढाँचा सदियों तक मिट्टी के एक टीले के नीचे लगभग लुप्त था, इसलिए उसके चारों ओर जनमानस ने कई जनश्रुतियों का जाल-सा बुन लिया था। दरअसल जब उस ढाँचे को कोई नहीं बचा रहा था, तब ये जनश्रुतियाँ ही थीं जो लगातार उस पर पहरा दे रही थीं। जितने स्तूप मैंने देखे हैं, उनमें अब तक सबसे गहरा कलात्मक प्रभाव मेरे मन पर साँची के स्तूप का ही पड़ा था। पर 'केसरिया-स्तूप' में स्थापत्य का जो भव्य और विलक्षण सन्तुलन दिखाई पड़ा, वह अवाक् कर देनेवाला था।

पर एक विचित्र बात यह थी कि स्तूप जहाँ अपनी भव्यता में अकेला खड़ा था, वहीं—ठीक उसकी बगल में एक छोटा-सा शिव-मन्दिर भी बन गया था, जहाँ पूजा करनेवालों की अच्छी-खासी भीड़ थी। यही नहीं, किसी पुरातन शिव-लिंग के मिट्टी के नीचे से अचानक प्रकट हो जाने की कहानियाँ भी हवा में गूँज रही थीं। टीले के भीतर से स्तूप का बाहर आना और मिट्टी के नीचे से शिव-लिंग का प्रकट होना, यह संयोग आकस्मिक नहीं हो सकता। मुझे लगा जैसे वह प्राचीन इतिहास का ब्राह्मण और बौद्ध संस्कृति के बीच विस्मृत टकराव अनुकूल आबोहवा पाकर फिर से उभर रहा है। जब मैं लौट रहा था तो जहाँ एक ओर स्तूप की भव्यता मेरे साथ-साथ चल रही थी, वहीं दूसरी ओर यह सवाल भी मुझे परेशान कर रहा था कि आखिर प्रतीकों की यह लड़ाई हमें ले कहाँ जाएगी ?

यात्रा का तीसरा और अन्तिम पड़ाव छपरा नाम का शहर था, जो आकार में आज भी बहुत बड़ा नहीं है, पर अब कमिश्नरी टाउन हो गया है। यहाँ कई कार्यक्रमों में भाग लेना था, पर सबसे महत्त्वपूर्ण कार्यक्रम वह था जो लोककवि भिखारी ठाकुर के नाम पर आयोजित था। संयोगवश वह दिन उनकी जन्मतिथि का दिन था और वहाँ के कुछ प्रबुद्ध लोगों ने इस कार्यक्रम का आयोजन किया था। मुझे शहर के पूर्वी हिस्से के एक चौराहे पर ले जाया गया, जहाँ भिखारी ठाकुर की विशाल प्रतिमा स्थापित की गई है—अकेले नहीं, उनकी पूरी मंडली के साथ। मैं नहीं जानता, एक लोक कलाकार को यह प्रतिष्ठा देश के किसी अन्य शहर ने दी है या नहीं ? यहाँ भी पिछड़ेपन की अवधारणा को निरस्त करती हुई मुझे बिहार की और छवि दिखाई पड़ी। इस चौराहे पर आयोजित कार्यक्रम की खूबी यह थी कि यहाँ मुझे जातिवाद के सारे तानेबाने बिखरते नजर आए। नाई कुल में पैदा होनेवाले एक लोककवि के प्रति लोगों की यह सहज कृतज्ञता थी, जो

उन्हें कठिन शीत में भी वहाँ तक खींच लाई थी और जिसमें लगभग सभी तबकों का प्रतिनिधित्व था।

शाम को 'विदेसिया' नामक गीत-नाटिका के मंचन का कार्यक्रम रखा गया था। इस अवसर पर अपना कार्यक्रम पेश करने के लिए दो टोलियों को बुलाया गया था। पहली टोली उन कलाकारों की थी, जो दिवंगत लोककवि से कभी प्रत्यक्षतः जुड़े थे और उनके निर्देशन में कभी काम भी किया था। इस प्रस्तुति से भिखारी ठाकुर की निर्देशन-क्षमता की बानगी तो जरूर मिली, पर कुल मिलाकर इस प्रस्तुति को देखना बर्फ में रखी मछली को देखने की तरह था। भिखारी बड़े कलाकार थे और एक बड़े कलाकार की कृति में यह क्षमता होती है कि वह हर समय में अपनी अर्थवत्ता का कोई सर्वथा नया आयाम प्रस्तुत करे और इस तरह उस समय की हो जाए। भिखारी ठाकुर की कृतियों में वह क्षमता है, जिसकी एक छोटी-सी झलक दिल्ली से गई भोजपुरी युवकों की टोली 'पुनर्नवा' के उस मंचन में दिखाई पड़ा, जिसमें मूल के सारतत्त्व की रक्षा करते हुए नाटिका के पाठ को नई मंचीय भंगिमा देने की कोशिश की गई थी। नाट्यकृति ऐसे ही जिन्दा रहती है। 'पुनर्नवा' ने एक पहल की है। पर इक्कीसवीं सदी में भी भिखारी ठाकुर प्रासंगिक बने हुए हैं, यह साबित करने के लिए ऐसे असंख्य प्रयोगशील मंचीय प्रयासों की जरूरत होगी।

जयप्रकाश नगर से लौटकर

जयप्रकाश नगर मैं दो बार गया हूँ। पहले वह सिताब दियरा के सत्ताइस टोलों में से एक टोला था और अब वह जयप्रकाश नगर है। यह उसका नया नाम है। पर धीरे-धीरे इस नाम ने वहाँ के लोगों की स्मृति में अपनी जगह बना ली है। अब आम आदमी भी उसे इसी नाम से जानता है। सामान्यतः पुराना नाम नए नाम से लगा-लिपटा दूर तक और देर तक चलता रहता है। पर कुछ बचे हुए अतिवृद्धों को छोड़कर शायद किसी को याद नहीं कि जो आज जयप्रकाश नगर है, वह कभी लाला टोला होता था। नए नाम की इस व्यापक स्वीकृति का एक कारण और शायद एकमात्र कारण जयप्रकाश नारायण का यह विराट और निःस्पृह व्यक्तित्व है, जिसके साथ उस क्षेत्र की जनता का गहरा जुड़ाव है। लोग उन्हें अपने जनपद के एक ऐसे बुजुर्ग की तरह याद करते हैं जो परिवार का मुखिया था और इस तरह था कि वह कुछ करे या न करे, सिर्फ उसकी उपस्थिति काफी थी।

यहाँ यह स्पष्ट कर दूँ कि जयप्रकाश नारायण के विचारों से प्रभावित या सहमत होने का सौभाग्य मुझे बहुत कम मिला है। पर दो कारणों से उनका व्यक्तित्व मुझे बराबर आकृष्ट करता रहा है। एक तो यह कि उनमें अलोकप्रिय होने का खतरा उठाकर भी अपनी दो-टूक बात कहने का एक अद्‌भुत साहस था—जैसे कश्मीर की स्वायत्तता को लेकर उनका विचार। दूसरा यह और इसे आप चाहे मेरा क्षेत्रीयतावाद ही कह लीजिए—कि वे मेरे जनपद के थे—यानी खास उस मिट्टी के बने हुए थे जो मेरी अपनी मिट्टी है। जिस सिताब दियरा के एक छोटे-से टोले में वे पैदा हुए थे, वह आधुनिक सुविधाओं से वंचित एक ऐसा इलाका है, जो कई सड़कों और विद्यालयों-महाविद्यालयों के बन जाने के बाद भी, शेष दुनिया से काफी हद तक कटा हुआ है। बाढ़ के दिनों में यह इलाका समुद्र बन जाया करता था। पर अब इतना फर्क जरूर आया है कि बाँधों के बन जाने से ज्यादातर गाँवों को बाढ़ की त्रासदी से मुक्ति मिल गई है। दूर तक फैले हुए उस सपाट दियारे को जब भी मैं देखता हूँ तो एक प्रश्न बार-बार मुझे परेशान करता है कि गंगा के जल से छनी हुई उस मिट्टी में ऐसा क्या है कि उसके एक छोर पर जयप्रकाश पैदा हो जाते हैं, दूसरे छोर पर हजारीप्रसाद द्विवेदी। दोनों बाढ़ के बीच पैदा हुए थे और दोनों को और कुछ जोड़ता हो या न जोड़ता हो, पर दोनों के बीच मिट्टी और पानी का एक विलक्षण रिश्ता था। जे.पी. के बारे में द्विवेदीजी की कोई टिप्पणी सुनने का

अवसर मुझे कभी नहीं मिला। पर एक बार एक छोटी-सी बैठक में 'बाणभट्ट की आत्मकथा' पर जे.पी. की टिप्पणी मैंने जरूर सुनी थी, जिसमें एक गहरी आत्मीयता थी और कुछ ऐसी व्यंजना कि क्यों न हो, है तो मेरी ही मिट्टी की उपज।

पहली बार जयप्रकाश नगर जाना मेरा उस समय हुआ था, जब वह लाला टोला कहलाता था—यानी सिताब दियरा का एक टुकड़ा। यह कोई 26 या 27 साल पहले की बात है, जब वहाँ तक पहुँचने के लिए कोई ठीक-ठाक सड़क भी नहीं थी। उन दिनों पडरौना में मैं कॉलेज का प्राचार्य था और दशहरे की छुट्टी में गाँव गया हुआ था। वहाँ पता चला, जे.पी. अपने गाँव आए हुए हैं और बीमार हैं। गाँव के कुछ मित्रों ने सलाह दी कि हमें उन्हें देखने चलना चाहिए। सो, हमने साइकिल उठाई और सिताब दियरा के लिए चल पड़े। यह एक लम्बी और बीहड़ यात्रा थी, जिसमें महज 13 या 14 किलोमीटर की दूरी को पार करने में हमें पूरे 5 घंटे लग गए थे। साइकिलों ने तो सिर्फ कुछ दूर तक ही हमें ढोया। उसके बाद रास्ता ही कुछ ऐसा था कि हमें साइकिलों को ढोना पड़ा।

पशु और आदमी का रिश्ता अति प्राचीन है और बेहद उलझा हुआ भी। अक्सर आदमी आगे-आगे चलता है और पशु पीछे-पीछे। कम से कम पशु को आदमी का मार्ग-निर्देश करते मैंने कभी नहीं देखा। पर उस बीहड़ पदयात्रा में चलते-चलते एक ऐसा बिन्दु आया, जहाँ लगा कि अब रास्ता नहीं है क्योंकि दूर तक बाजरे और ज्वार के खेतों का सघन विस्तार था। कुछ देर हम ठिठके से खड़े रहे। पर गाँव के लोगों में एक अद्भुत सहज ज्ञान होता है, जो कभी हार नहीं मानता। हमारी टोली में जो सबसे अनुभव-वृद्ध व्यक्ति थे उन्होंने एक ढेला उठाया और उस तरफ फेंका, जिधर एक गाय चर रही थी। उनका दावा था कि जिधर गाय जाएगी, उधर कोई न कोई रास्ता जरूर होगा। और यही हुआ। हमने गाय का अनुसरण किया और पाया कि रास्ता खुलता जा रहा है। यह एक विलक्षण अनुभव था, जब एक पशु हमारा मार्ग-निर्देश कर रहा था।

कुछ समय बाद हम जे.पी. के गाँव में थे। गाँव के बाहर जो पहला व्यक्ति मिला, वह एक बूढ़ा दर्जी था। हमने उस दर्जी से जे.पी. के बारे में पूछा—और जो उसने कहा, उसे आज भी भूल नहीं पाया हूँ। उसने कहा, वे हैं और आज सुबह मेरे दरवाजे तक आए थे, मेरा हालचाल पूछने। आगे उसने यह भी जोड़ा कि वे जब भी गाँव आते हैं तो एक बार उन घरों तक जरूर जाते हैं, जिन्हें 'छोटे' लोगों का घर कहा जाता था। हमारे लिए जे.पी. का यह नया परिचय था—शायद बहुतों के लिए हो। यह सम्पूर्ण क्रान्ति के शुरू होने के ठीक पहले के दिनों की बात है। जे.पी. से मिलना उनके खपरैलवाले घर के बरामदे में हुआ। वे एक बड़ी-सी आरामकुर्सी में बैठे थे। देर तक बातें करते रहे—मुझसे और मेरे साथ गाँव के जो लोग थे, उनसे भी। दो बातें खासतौर से याद हैं—जे.पी. की खाँटी भोजपुरी और उनका एक वाक्य कि—'अब भाषण देने से कुछ नहीं होगा।' उस समय मुझे अन्दाज भी नहीं था कि वे कुछ ही समय बाद सम्पूर्ण क्रान्ति का नारा देनेवाले हैं। हम सब जानते हैं कि सम्पूर्ण क्रान्ति का क्या हुआ। उसकी राख

अब इतिहास के म्यूजियम का हिस्सा बन चुकी है।

पर इस बार जो जयप्रकाश नगर जाना हुआ, वह बिल्कुल अलग था। वह बड़ा-सा खपरैलवाला मकान थोड़े-से फेरबदल के साथ अब भी है। सिर्फ आसपास बहुत-से आधुनिक किस्म के भवन बन गए हैं—जैसे पुस्तकालय, अतिथिशाला, म्यूजियम और कुछ छोटी-मोटी और बिल्डिंगें। पुस्तकालय को देखकर लगा कि बरसों से उसका कोई उपयोग नहीं हुआ है। म्यूजियम अस्त-व्यस्त स्थिति में है। चित्रों के नीचे के नामपट गायब हो चुके हैं। इन्हीं चित्रों के बीच मुझे गांधी और टैगोर का एक दुर्लभ फोटो टँगा हुआ मिला, जो इससे पहले मैंने कहीं नहीं देखा था।

कुछ और भी महत्त्वपूर्ण चीजें वहाँ हैं जिन्हें बचाने के लिए आधुनिक साधनों की जरूरत है। कुल मिलाकर वह छोटी दुनिया जो सुन्दर और भव्य, बन तो गई है, पर उसे देखनेवाले कभी-कभार ही आते हैं। जिस दिन हम गए थे, दर्शकों की एक छोटी-सी टोली वहाँ दिखाई पड़ी थी। पर उसके बाद कुछ नहीं। मुझे लगा कि उस स्थान को एक पर्यटक-केन्द्र के रूप में विकसित करने की अपार सम्भावना है।

इस वर्ष जे.पी. की शताब्दी पड़ रही है। शायद सरकार का ध्यान इस ओर जाए। पर कौन-सी सरकार ? कहाँ है वह ? कम से कम जयप्रकाश नगर में तो उसकी परछाईं मुझे दूर-दूर तक दिखाई नहीं पड़ी। जो चीज उस पूरे माहौल को अपनी उपस्थिति से भर देती है, वह जगदीश बाबू का व्यक्तित्व है, जो कभी जे.पी. के अभिन्न थे और सौभाग्य से अब भी वहाँ हैं। अपने आपमें वे एक विशाल स्मृतिकोष हैं, जिसे किसी टेप में दर्ज कर लेना चाहिए।

पर जब मैं जयप्रकाश नगर से लौट रहा था तो मुझे सबसे अधिक याद आ रही थी उस बूढ़े दर्जी की जिससे मैं पहली यात्रा में मिला था। जाहिर है, अब वह नहीं था। पर मैं सोच रहा था—जे.पी. का कौन-सा स्मारक बड़ा है ? वह जो अब बड़े-बड़े भवनों के रूप में खड़ा है या वह जो मैंने उस दिन बूढ़े दर्जी की आँखों में देखा था !

पडरौना के किसानों का धीरज और कामायनी

पडरौना इन दिनों चर्चा में है। इसलिए नहीं कि वहाँ के लोगों के जीवन और उस उपेक्षित अंचल में कोई चमत्कार घटित हो गया। बल्कि इसलिए कि लोगों की जिन्दगी में मिठास भरनेवाले उन गन्ना-उत्पादक किसानों की निहत्थी भीड़ पर गोलियाँ चलाई गईं, जिसमें कम से कम एक युवक की मृत्यु हो गई। मैं वहाँ लम्बे समय तक रह चुका हूँ, इसलिए वहाँ की काली मिट्टी और लोगों के धूल भरे चेहरों को थोड़ा-बहुत जानता हूँ। साठ के दशक के शुरू में जब पहली बार वहाँ पहुँचा था तो बताया गया—यहाँ की दो चीजें मशहूर हैं—गुड़ और धूल। मैंने पाया कि धूल तो ज्यों की त्यों थी, पर चीनी की प्रतिस्पर्द्धा में गुड़ बहुत पिछड़ गया था। आप वहाँ जाएँ तो दूर से ही दो चीजें आपका स्वागत करेंगी—चीनी मिलों की चिमनी से उठता धुआँ और सड़ते शीरे की तीव्र गंध। इनके साथ समझौता करने का माद्दा आपमें हो तो आप वहाँ टिक सकते हैं। और हाँ, मैं तो भूल ही गया—एक तीसरी चीज भी है—मच्छर। पहले दो से तो चलिए आपकी पट भी गई। पर तीसरे से पटना जरा मुश्किल है। अब इतने दिनों बाद आश्चर्य होता है कि इन तीनों के साथ एक चुपचाप रिश्ता बनाकर मैंने किस तरह पूरे चौदह वर्ष काट दिए थे उस छोटे-से शहर में।

पूर्वी उत्तर प्रदेश के उत्तर में बसा यह छोटा-सा शहर इस समय चर्चा में है। मुझे याद नहीं आता कि इससे पहले उस शहर में कोई गोलीकांड हुआ हो। वह बुद्ध का जनपद है। वहाँ से कोई बीस किलोमीटर की दूरी पर बुद्ध की दाह-स्थली है, जहाँ रामामार स्तूप खड़ा है। यह वही इलाका है जहाँ कभी मल्ल गणतन्त्र होता था। मेरा अनुभव है कि बर्दाश्त करने की जैसी क्षमता वहाँ के लोगों—खासतौर से छोटे किसानों में है, वैसी शायद और कहीं न मिले। गन्ने की कीमत पहले भी देर से मिलती थी। छोटे-मोटे प्रदर्शन होते थे और देर-सबेर कोई न कोई हल निकल आता था। पर इस बार पूरे तीन वर्षों से भुगतान रुका हुआ है जिसका जिक्र करते हुए एक मित्र ने वहाँ से लिखा है—'पडरौना जल रहा है।'

सचाई यह है कि उस पूरे जनपद का जो आर्थिक ढाँचा है, उसकी धुरी है गन्ना। गन्ने के खेत में गन्ने के अलावा कुछ नहीं होता—क्योंकि वह इतना समय लेता है कि दूसरी फसल की गुंजाइश ही नहीं होती। गन्ने की खूबी यह है कि वह खाया नहीं जाता, सिर्फ बेचा जाता है। उसका खरीददार भी सिर्फ एक ही होता है—निकटतम चीनी मिल

का वह काउंटर जिसके सामने सैकड़ों बैलगाड़ियों की भीड़ निरन्तर लगी रहती है। कभी इन मिलों की मिल्कियत कुछ बड़े औद्योगिक घरानों के हाथ में होती थी। पर डेढ़-दो दशकों में मिल्कियत का यह परम्परागत ढाँचा बदला है। आज से कोई 25-26 साल पहले परिवर्तन की यह प्रक्रिया शुरू हुई थी। पहले खस्ताहाल मिलों को सरकार ने कब्जे में लिया, फिर सरकार के हाथों से चुपचाप ज्यादातर चीनी मिलें उन तत्त्वों के हाथों चली गईं, जिन्हें आज की भाषा में 'बाहुबली' कहा जाता है। किसानों की त्रासदी की कहानी यहीं से शुरू होती है। मैं उस छोटे-से शहर में काफी अर्से तक एक पोस्ट ग्रेजुएट कॉलेज का प्रिंसिपल रह चुका हूँ। मुझे याद है कि छात्रों के अभिभावकों के मुँह से अक्सर एक शब्द सुनने को मिलता था—'पुर्जी'। यह एक तरह से उस क्षेत्र के आर्थिक ढाँचे का बीज शब्द है। यह वह कीमत है—यानी कीमत के नाम पर एक छोटा-सा कागज का टुकड़ा, जो गन्ने के बदले में किसान को मिलता है और वह अपने भाग्य की कुंडली की तरह उसे सहेजकर रखता है। कई बार ऐसा होता था कि फीस के नाम पर छात्र उस छोटी-सी पुर्जी को लेकर कार्यालय में पहुँचता था और कहता था—पैसे नहीं हैं, इस पुर्जी को रख लीजिए। अब आप कल्पना कीजिए कि ये वही पुर्जियाँ हैं, जिन्हें किसान अपनी गाँठ में बाँधे हुए पिछले तीन वर्षों से दफ्तरों की खाक छान रहा है। जीवन की सारी मिठास को उड़ेलकर जो गन्ना उगाया जाता है, उसके बदले में मिलनेवाली इस पुर्जी की भी एक कहानी है। कई बार उसे भुनाने की कोशिश और उसके न भुनने की निराशा से जब किसान थक और ऊब जाता है तो फिर वह मंडी में जाता है और उसे औने-पौने दाम पर दुकानदार को बेच आता है। सुना है, इधर बरसों से रुके पड़े भुगतान के डर से मंडी के कारोबारियों ने भी पुर्जी लेने से इनकार कर दिया है। यानी वह जादुई पुर्जी अब खोटा सिक्का है, जिसकी न तो बाजार में कोई कीमत है, न किसान के घर में। नतीजा है, किसानों के भीतर का वह विस्फोटक असन्तोष जो अचानक एक ज्वाला की तरह फूट पड़ा है। इसकी फलश्रुति क्या होगी, मैं नहीं जानता। पर इस कड़वी सचाई को तो जानता ही हूँ कि ऐसे तमाम विस्फोटों की फलश्रुति क्या होती है !

पर यहाँ एक छोटी-सी घटना का उल्लेख करना चाहूँगा। जिन दिनों मैं वहाँ प्रिंसिपल था तो एक बार अपने गुरु आचार्य हजारीप्रसाद द्विवेदी को कॉलेज में आमन्त्रित किया था। वे थोड़े अस्वस्थ थे, पर आए और आए तो पूरे तीन दिनों तक मेरे पास रुके रहे। कार्यक्रम के दूसरे दिन सुबह-सुबह बोले, "मैं इस जनपद की मिट्टी को जरा नजदीक से देखना चाहता हूँ।" मैंने गाड़ी मँगवाई और उनके साथ पडरौना के उत्तर की तरफ निकल पड़ा। वह देश के सबसे पिछड़े इलाकों में से एक है। जीप चल रही थी और पंडितजी लगातार उस क्षेत्र की मिट्टी की महिमा का बखान कर रहे थे। उनका विश्वास था कि यह वही रास्ता है, जिससे होकर बुद्ध गया की ओर गए होंगे। फिर सड़क के किनारे अचानक एक विराट वृक्ष दिखाई पड़ा—लगभग एक महावृक्ष। वह बहुत पुराना था, इतना कि एक झंखाड़ की तरह लग रहा था। फिर भी अपनी पूरी आन्तरिक ऊर्जा के साथ खड़ा था और झूम रहा था। उन्होंने गाड़ी रुकवाई और नीचे उतरकर कुछ

रोमांचित से उस झंखाड़ के नीचे खड़े-खड़े बोले—यह अपना पुरखा है। माथा झुकाया और फिर गाड़ी में बैठ गए। कुछ दूर आगे जाने पर पडरौना जनपद का वह हिस्सा शुरू होता था जो सबसे पिछड़ा हुआ और सबसे निर्धन था। मिट्टी के घरों और झोंपड़ियों के सामने जो चेहरे दिखाई पड़ते थे, उनमें एक अद्‌भुत कुतूहल था और एक ऐसी गहरी निरीहता, जिसका सामना करना आसान न था। पंडितजी कुछ विचलित से लगे। कुछ दूर आगे जाने पर अचानक बोले—'चलो, अब लौटते हैं। मैंने हिन्दुस्तान का असली चेहरा देख लिया।' उस कच्ची सड़क से लौटते हुए वे लगातार लगभग चुप रहे जो उनकी प्रकृति के विरुद्ध था। घर पहुँचा तो मेरे छात्रों का एक दल प्रतीक्षा कर रहा था। छात्रों ने पंडितजी से आग्रह किया कि वे उनसे कुछ पढ़ना चाहते हैं। 'क्या पढ़ना चाहते हो'—यह पूछने पर उन्होंने 'कामायनी' का नाम लिया। फिर तो मेरे मना करने के बावजूद, वहीं बरामदे में छात्र जमीन पर बैठ गए और पंडितजी ने पढ़ाना शुरू किया। बोले, 'सिर्फ—एक छंद पढ़ाऊँगा।' छन्द था—

विश्व की दुर्बलता बल बने
पराजय का बढ़ता व्यापार
हँसाता रहे उसे सविलास
शक्ति का क्रीड़ामय संचार।

इसमें भी जोर उनका पहली पंक्ति पर था। उनका कहना था कि यह 'कामायनी' की केन्द्रीय पंक्ति है और देर तक उसकी व्याख्या करते रहे। मैं समझ नहीं पाया कि पूरी 'कामायनी' में उस समय उन्होंने यही पंक्ति क्यों चुनी ? पर आज इतने दिनों बाद थोड़ा-थोड़ा उनका आशय समझ पा रहा हूँ। असल में अभी कुछ देर पहले, वे दुनिया की सबसे लाचार दुर्बलता का एक हिला देनेवाला दृश्य देखकर लौटे थे। वे उससे कहीं गहरे में विचलित और आहत थे और उस निरीह दुर्बलता के भीतर से किसी सोई हुई शक्ति के उदय की कामना कर रहे थे। उनके सोचने का यही ढंग था। कहना जरूरी नहीं कि वहाँ जो छात्र बैठे थे, उनमें से ज्यादातर उसी क्षेत्र के रहनेवाले थे। सोचता हूँ, यदि आज आचार्य द्विवेदी होते तो उन्हें यह पडरौना-कांड कैसा लगता ? कैसा लगता उन्हें यह जानकर कि इंतजार करने का पहाड़ जैसा धीरज रखनेवाले वे सीधे-सरल लोग जो उन्हें जातक कथाओं के पात्रों की तरह लगे थे अब और इंतजार करने को तैयार नहीं हैं। मुझे विश्वास है, उन्हें एक गहरी आश्वस्ति होती और वे एक मन्त्र की तरह उसी टुकड़े को बार-बार बुदबुदाते—'विश्व की दुर्बलता बल बने।'

किसानों की आत्महत्या पर एक किसान से बातचीत

पिछले दिनों अखबारों में किसानों की आत्महत्या के समाचार अक्सर आते रहे हैं। इसी तरह के एक समाचार को पढ़कर एक दिन मैंने सोचा—यह 'आत्महत्या' शब्द कहाँ से आ गया ? प्राचीन साहित्य में तो यह शब्द नहीं मिलता, कम से कम इस रूप में नहीं मिलता। यहाँ तक कि पुराने शब्दकोषों को भी पलटो तो यह शब्द सिरे से नदारद मिलेगा। तो क्या पहले लोग आत्महत्या नहीं करते थे ? हत्याएँ तो होती थीं और कई बार तो एक पूरा का पूरा कबीला विजेता कबीला के द्वारा नेस्तनाबूद कर दिया जाता था। आखिर आत्महत्या की क्रिया हत्या का ही तो एक सघनतम और चरम वैयक्तिक रूप है—अकेलेपन की वह चरम परिणति, जिसके बाद और अकेला नहीं हुआ जा सकता। इस तरह देखें तो दरअसल आत्महत्या, हत्या का ही आत्यंतिक विस्तार है—'पर' के बजाय 'स्व' की हत्या। फिर आत्महत्या या इसका सूचक कोई अन्य शब्द क्यों नहीं मिलता हमारे प्राचीन साहित्य में ? शब्द नहीं तो वस्तु नहीं—इस सरलीकृत सिद्धान्त के अनुसार क्या यह मान लिया जाए कि आधुनिक समाज से पहले आत्महत्याएँ होती ही नहीं थीं। तो क्या आत्महत्या आधुनिकता की देन है ? इस बात को सिद्धान्त के रूप में मान लेना एक दूसरे प्रकार का सरलीकरण होगा। मृत्यु के जो बहुत से रूप हैं, उनमें ज्यादातर प्रकृति की अपनी निष्पत्तियाँ हैं, पर हत्या और आत्महत्या—ये दो मनुष्य की अपनी खोजें हैं। उनमें से हत्या बेशक मनुष्य की पहली भीषण खोज होगी और आत्महत्या उसका तर्कसंगत और क्रमिक विकास। इस विकास का कोई लिपिबद्ध इतिहास नहीं मिलता—शायद पश्चिम में ऐसे प्रयास किए गए हैं, पर उसका ब्यौरा मेरे पास नहीं है। नहीं है तो इसका मुझे कोई अफसोस भी नहीं क्योंकि मृत्यु के इतिहास में मेरी कोई दिलचस्पी नहीं।

बहरहाल जिक्र किसानों की आत्महत्या का था और अखबार बताते हैं कि वह अभी थमी नहीं है। इस बार, अभी एक सप्ताह पहले जब गाँव में था तो अपने टोले के सबसे वृद्ध किसान से भेंट हुई। कुछ देर इधर-उधर की बातों के बाद युद्ध की चर्चा चल पड़ी। बोले—'सुना, अमेरिका ने बम गिराया है ?' मैंने कहा, 'हाँ, लड़ाई शुरू हो गई है।' मैंने सोचा 'लड़ाई' शब्द से वे परेशान होंगे। पर ऐसा कुछ नहीं हुआ। उन्होंने लड़ाई शब्द को इस तरह लिया, जैसे एक मौसम के बाद दूसरा मौसम आ गया हो ! फिर वे कुछ देर चुप रहे—एक किसान की करियठ मिट्टी जैसी चुप्पी, जिसके आगे कुदाल भी लाचार

हो जाती है। फिर कुछ सोचते हुए बोले, 'आलू की बोआई करनी है। क्या किया जाए, यही सोच रहा हूँ। तीन साल से घाटा लग रहा है।' मैंने कहा—'एक बार फिर कोशिश करने में क्या हर्ज है।' 'हर्ज तो नहीं है, पर अगर फिर घाटा लगा तो बधिया बैठ जाएगी। उसके बाद बस एक ही रास्ता बच जाएगा। मैंने पूछा—'वह क्या ?' बोले—'अखबार तो मैं पढ़ता नहीं। पच्छिम में कुछ किसान घाटा न बर्दाश्त करने के कारण अपनी जान अपने आप ले रहे हैं।' मैंने कहा—'हाँ, ऐसा तो है। इस तरह की कुछ घटनाएँ पंजाब और गुजरात में भी हुई हैं।' बोले—'मैं समझ सकता हूँ उनकी पीड़ा—क्योंकि मैं भी किसान हूँ। पर पूरब का किसान जरा अलग होता है। एक तो बड़ी खेती नहीं होती उसके पास, इधर ज्यादातर लोग एक-डेढ़ से लेकर पाँच बीघे तक के काश्तकार हैं। इसलिए घाटा थोड़ा छोटा होता है पर पीड़ा तो उतनी ही होती है। एक बात और है कि पूरब के किसान को बरसों से घाटा सहने की आदत पड़ चुकी है। पर अब एक नई बात हुई है—खेती का काम बहुत खर्चीला हो गया है। आलू की खेती का काम तो और भी। पर यदि टेंट से लगाया हुआ भी वापस नहीं आया तो फिर रास्ता क्या है ? वही जो पच्छिम के किसान कर रहे हैं।'

बातचीत के इस भयावह मोड़ पर बारिश शुरू हो गई थी। यह हस्ति-नक्षत्र (हथिया) का पानी था। मुझे बचपन की स्मृति है कि हथिया का पानी जब भी गिरता था—और वह अक्सर लम्बी प्रतीक्षा के बाद गिरता था, तो लोग कहते थे—सोना बरस रहा है। गरज कि सोने की बारिश शुरू हो गई थी और मेरे सामने बैठे वृद्ध किसान थे कि अब भी सोच में पड़े थे। उनके सामने समस्या यह थी कि इस साल आलू बोया जाए या न बोया जाए ? यदि बोया जाए तो लगातार चौथे घाटे के डर का क्या होगा, जो अब भी उन्हें मथे जा रहा था। मैंने कुरेदते हुए पूछा—'तो आलू के बारे में क्या सोच रहे हैं ?' बोले—'बोना तो होगा ही। फिर घाटा लगा तो फिर देखा जाएगा।'

मुझे प्रेमचन्द का सूरदास याद आया। पर याद तो मुझे होरी और हलकू भी आए। मैं इन सबके चेहरे उस वृद्ध किसान के चेहरे में देख रहा था। मेरे सामने जो चेहरा था, वह ठेठ पूरब के किसान का चेहरा था, जो आज भी मौसम पर भरोसा करता है। बाजार पर नहीं। उस किसान के भीतर, इस साल आलू बोयें या न बोयें का जो द्वन्द्व था उसे हस्ति-नक्षत्र के जल ने अगले साल तक के लिए स्थगित कर दिया था। किसानी जीवन में दुःख इसी तरह स्थगित होते रहते हैं, निरस्त कभी नहीं होते। जब से बाजार का दबदबा बढ़ा है, पूरे कृषक-समाज में एक अजब-सी बेचैनी है, जैसी पहले कभी नहीं देखी गई थी। धनी किसान कुछ और धनी जरूर हो गए हैं, पर छोटे किसान टूटे हल की तरह पीछे-पीछे घिसट रहे हैं। बैल अब रहे नहीं। गायें-भैंसें थोड़ी जरूर बच गई हैं, पर अब दूध भी गाँव में बाजार की तरह से ही आने लगा। भूखा कोई नहीं रहता—चूल्हे सबके घर जलते हैं और इस वास्तविकता को कैसे दृष्टि से ओझल होने दिया जाए कि बहुत से घरों में परम्परागत चूल्हों की जगह गैस के चूल्हों ने ले ली है। यह सब हुआ है, पर जो सबसे भयावह बात हुई है, वह यह कि किसान कहीं गहरे खेती से

उदासीन होते जा रहे हैं। यदि किसान के इस हिले हुए या खंडित विश्वास को फिर से जमीन से जोड़ा नहीं गया तो इसके नतीजे भयानक होंगे। आत्महत्या उसका केवल एक रूप है।

पर सवाल यह है कि इन दुखों से जूझते हुए बृहत्तर भारतीय समाज का सबसे सहनशील प्राणी किसान यदि आत्महत्या पर उतारू हो जाए तो क्या उसकी अहमियत सिर्फ इतनी भर है कि वह अखबार की एक खबर बनकर रह जाए। यह स्थिति अपने आपमें पूरे राष्ट्रीय सन्दर्भ पर एक टिप्पणी है बेहद तल्ख़ और हिला देनेवाली टिप्पणी।

जहाँ तक मेरे क्षेत्र का सम्बन्ध है, अभी तक वहाँ किसी किसान ने आत्महत्या नहीं की है—पर वे परिस्थितियाँ मौजूद हैं, जिनमें आत्महत्याएँ की जाती हैं। कह सकते हैं कि पूरबी किसान कुछ अधिक अड़ियल होता है और बेशक कुछ अधिक सन्तोषधर्मा भी। इसलिए हथिया का पानी भी उसके लिए एक आत्मिक समाधान बन जाता है। फिर वह ताल ठोंककर खड़ा हो जाता है और तीन साल के अनवरत घाटे के बावजूद, आलू न बोने के अनिश्चय को एक तरफ झाड़कर अपने-आपसे कहता है—'आलू बोना तो होगा ही !'

यह आत्महत्या के विरुद्ध एक लड़ाई है जो किसान अपने दमखम पर लड़ रहा है। क्या यह विस्मयकारी नहीं है कि कृषिकर्म से सारे असन्तोष के बावजूद खेत अब भी जोते जा रहे हैं और अगली बोआई के लिए बीज अब भी तैयार किए जा रहे हैं।

सड़क पर घायल चिड़िया और भागती हुई भीड़

इस बार कोलकाता गया तो कई नए अनुभव हुए। पहला, किंचित आश्चर्य भरा अनुभव तो यही हुआ कि कविता के श्रोता अब भी हैं और बड़ी संख्या में मौजूद हैं। सिर्फ वे रास्ते हम भूल गए हैं, जिनसे होकर उन तक पहुँचा जा सकता था। इस मुद्रण के युग में यह थोड़ा विचित्र लग सकता है, पर सच यही है कि मुद्रित पाठ की जड़ता की अपेक्षा जीवन्त वाचिक सम्प्रेषण आज भी ग्रहीता तक पहुँचने का सबसे विश्वसनीय माध्यम है। कोलकाता के 'नन्दन' कला-परिसर में मौजूद युवा काव्य-प्रेमियों की बड़ी भीड़ को देखकर इस सचाई की फिर से पुष्टि हुई। अवसर बांग्ला-काव्य महोत्सव का था और आयोजकों ने इसके लिए छह दिसम्बर की तिथि चुनी थी—इस बद्धमूल मान्यता के साथ कि कला प्रकृत्या छह दिसम्बर जैसी घटना का विलोम होती है। वहाँ जितनी कविताएँ पढ़ी गईं, उनमें से एक भी छह दिसम्बर के बारे में नहीं थी और आयोजकों का आग्रह भी यही था। पर, श्रोताओं की प्रतिक्रिया से यही लगता था कि हर कविता, फिर वह किसी चिड़िया के बारे में हो या किसी प्रेम-प्रसंग के बारे में, जैसे छह दिसम्बर की भावना पर चोट करती हो।

एक अनुमान के अनुसार, तीन दिन तक चलनेवाले उस समारोह में कोई पाँच हजार श्रोता प्रतिदिन आते थे, जिनमें से अधिकांश युवा होते थे। इस 'पाप कल्चर' से आक्रान्त समय में युवा पीढ़ी का इतनी बड़ी संख्या में कविता के साथ जुड़ाव गहरी आश्वस्ति का कारण था। यह सिर्फ कोलकाता में सम्भव था—जहाँ एक चिड़िया के बच्चे के, बिजली के तार से चोट खाकर सड़क पर गिर जाने के कारण, आज भी कुछ देर के लिए यातायात अवरुद्ध हो सकता है। सर जगदीश चन्द्र बोस रोड पर घटित होनेवाली वह छोटी-सी घटना कोलकाता की स्मृति का हिस्सा बन चुकी है, जहाँ भीड़ भरी दोपहरी में एक गौरैया का बच्चा सड़क के बीचोंबीच गिर पड़ा था और दोनों ओर से कुछ समय के लिए आवागमन अवरुद्ध हो गया था। दिल्ली में इस दृश्य की कल्पना नहीं की जा सकती। इस मामूली-सी घटना और कविता के प्रति किसी शहर के रुझान के बीच कोई सीधा सम्बन्ध नहीं है। पर, मुझे लगता है कि यह मामूली-सी घटना इतनी मामूली नहीं है कि इसे बंगीय मानस की कोरी भावुकता कहकर टाल दिया जाए। कविता के लिए पाँच हजार की भीड़ का इकट्ठा होना और एक घायल चिड़िया के लिए भागती हुई भीड़ का सड़क पर ठहर जाना, इन दो अलग-अलग घटनाओं के बीच कोई न कोई

रिश्ता जरूर होना चाहिए।

पर चिड़िया तो घायल होती रहेगी और इस आपाधापी-समय में आदमी उसी तरह भागता रहेगा—उसे छटपटाता हुआ छोड़कर। यहाँ चिड़िया की जगह आदमी को भी रखा जा सकता है और स्थिति ज्यों की त्यों रहेगी। कविता के सामने या कहें तो कला मात्र के सामने सबसे बड़ी चुनौती यही है कि वह किसी तरह अपनी अन्तर्निहित लय को बचाए भी रखे और इस संवेदना-शून्य समय की सारी त्वरा को अपने भीतर जज्ब भी कर ले।

श्रेष्ठ कला यही करती है—हर देश और हर समय में। हमारे समय की चुनौती इसलिए और बढ़ गई है कि जिसे हम गम्भीर साहित्य कहते हैं, उसके सामने कई प्रश्न खड़े हो गए हैं। मैं यहाँ स्पष्ट कर दूँ कि मीडिया के प्रसार को मैं समस्या की तरह नहीं देखता। साहित्य के लिए हर चीज एक कच्चा माल है, जिसमें मीडिया भी शामिल है। बीसवीं शताब्दी के शुरू में विज्ञान के बढ़ते हुए प्रभाव को भी एक समस्या के रूप में देखा गया था और हम सब जानते हैं कि धीरे-धीरे साहित्य ने उसे 'वैज्ञानिक गल्प' (साइंस फिक्शन) कहकर अपने भीतर जज्ब कर लिया। जो बाहर छूट गया उसे अपने रूप विन्यास की नई भंगिमाओं में आत्मसात कर लिया। आत्मसात करने और फिर उसे रूपान्तरित कर लेने की यही क्षमता कला की सबसे बड़ी ताकत है।

कुछ लोग मानते हैं कि शब्द का वजूद ही खतरे में है। पर, भारतीय जीवन में शब्द जिस टकसाल में ढलते हैं, उसकी नींव की गहराइयाँ खेतों-खलिहानों और सुदूर वनांचलों तक फैली हुई हैं। यदि मरे हुए शब्दों और नवजातक शब्दों की कोई बृहत सूची बनाई जाए तो हम पाएँगे कि शहर में यदि एक शब्द मर गया (यानी अपने अर्थ से च्युत हो गया) तो उसके भूगोल के सुदूर किन्हीं कोनों में—किसी पुराने शब्द में कोई सर्वथा नई ध्वनि पैदा हो गई या एक मृत शब्द ने किसी अज्ञात जिह्वा पर फिर से जन्म ग्रहण कर लिया। मनुष्य का पुनर्जन्म होता है या नहीं, मैं नहीं जानता। पर, शब्दों का जीवन-चक्र ऐसे ही चलता है और इस चक्र का सम्बन्ध मनुष्य के जीवन-चक्र से है, जो वस्तुतः जीवन की निरन्तरता का दूसरा नाम है।

कोलकाता में जो काव्यप्रेम मैंने देखा, वह अचानक नहीं पैदा हो गया। वस्तुतः उसका एक लम्बा इतिहास है। शायद बंगीय नवजागरण से इसका कोई सम्बन्ध हो शब्द-जगत में जिसकी चरम परिणति रवीन्द्रनाथ ठाकुर की कृतियों में हुई थी। रवीन्द्र-संगीत ने शब्द की आवाज को लोककंठ से जोड़ा और बंगीय समाज में प्रचलित आवृत्ति की परम्परा ने कविता को सामुदायिक स्मृति का हिस्सा बना दिया। ऐसा दूसरे प्रदेशों में नहीं हुआ। एक दूसरे स्तर पर केरल और किसी हद तक महाराष्ट्र में भी कविता ने अपनी पहुँच के दायरे का कुछ विस्तार किया है। पर, हिन्दी की स्थिति थोड़ी भिन्न है। यहाँ स्वाधीनता के बाद से अब तक कविता के सामाजिक विस्तार का परिवृत्त निरन्तर छोटा होता गया है। स्वाधीनता-आन्दोलन के जमाने में ऐसा नहीं था। तब कविता के प्रति एक पर्युत्सुक समाज मौजूद था। उस स्वतःस्फूर्त पर्युत्सुकता का लोप

स्वाधीनता के बाद के हिन्दी समाज के सांस्कृतिक जीवन की सबसे बड़ी दुर्घटना है। इसके कारण का केन्द्र कहाँ है—आज की गम्भीर कविता के क्रमशः और गम्भीर होते जाने में, मंचीय कविता के दुर्भाग्यपूर्ण क्षरण में या फिर स्वयं हिन्दी-जाति के निर्माण की प्रक्रिया के अवरोधों और भटकावों में ? जाहिर है, कहीं एक जगह उसे ढूँढ़ना हमें शायद सही निष्कर्षों तक नहीं ले जाएगा। कहीं और झाँकने के बजाय हमें कविता के प्रभाव-संकुचन के सवाल से कविता के मोर्चे पर ही लड़ना होगा और कोई रास्ता निकलेगा तो उसी के भीतर से होकर।

आदमी की मुक्ति चाहे जहाँ भी होती हो, पर कविता की मुक्ति आदमी तक पहुँचने में है। कहते हैं, दुनिया की पहली रामायण हनुमान ने गालता के पत्थरों पर लिखी थी और फिर बाल्मीकि के यह कहने पर कि मेरी रामायण का क्या होगा, जो अभी लिखी जा रही है, वे उन पत्थरों को समुद्र में डाल आए थे। मुझे यह रूपक बड़ा दिलचस्प लगता है। आज का हर रचनाकार जिस कोने में बैठकर लिखता है, उसके बाहर भी एक समुद्र निरन्तर हरहराता रहता है। वह भीड़ का समुद्र है, जो हमारे समय का सबसे बड़ा सच है। उससे बचकर सृजन की कोई मुक्ति नहीं। अपने कोने में लिखो और बाहर के समुद्र में ले जाकर डाल दो। अपने-अपने ढंग से हर रचनाकार इसी हनुमान-धर्म का निर्वाह करता है। दिल्ली का समय कोलकाता के समय से अलग नहीं है और एक घायल चिड़िया के लिए भीड़ के रुक जाने की घटना यदि घायल चिड़िया को बचाना है तो आज की कविता को भीड़ के निकट बार-बार जाना होगा, उससे चिरौरी-मिन्नत करने नहीं, उसके भीतर की मृत संवेदना को जिलाने और उसकी असाध्य बेचैनी को जानने के लिए, जो उसे पलभर के लिए भी रुकने नहीं देती।

साहित्य के लोकतन्त्र की रक्षा

पिछले दिनों कलकत्ते में था। हल्की-सी सर्दी थी, जो दिसम्बर में होती है और त्वचा को खुशगवार लगती है। कलकत्ते में यह मेलों का मौसम होता है और हाँ, साहित्यिक गोष्ठियों और उत्सवों का भी। बंगीय संस्कृति अपनी प्रकृति में उत्सवों की संस्कृति है। विद्यासागर सेतु से उतरते ही जो दृश्य सबसे पहले दिखाई पड़ा, वह था 'विद्यासागर मेला।' विक्टोरिया मैदान के एक अच्छे-खासे हिस्से को घेरकर मेले की शक्ल में बदल दिया गया था और मेला भी ऐसा जो किसी सन्त-महात्मा या पीर के नाम पर नहीं, एक सांस्कृतिक व्यक्तित्व के नाम पर लगाया गया था। हमारे देश के ज्यादातर मेले किसी न किसी धार्मिक केन्द्र में लगते हैं या फिर उनके साथ किसी सन्त या फकीर का नाम जुड़ा होता है। मेरी बालस्मृति में जो मेला अब भी टँका हुआ है, उसका नाम है सुदिष्ट बाबा का मेला। बचपन में देखा था और अब भी अगर नवम्बर में उधर जाने का मौका मिलता है तो एक बार उस धूलभरे मेले को देख लेने की कोशिश जरूर करता हूँ। निधन से कुछ पहले मेरे गुरु पंडित हजारीप्रसाद द्विवेदी ने (जो मेरे ही क्षेत्र के रहनेवाले थे) एक दिन रोगशय्या पर पड़े-पड़े मुझसे पूछा था 'सुनो, क्या सुदिष्ट बाबा का मेला अब भी लगता है ?' जब मैंने कहा 'हाँ' तो उठकर बैठ गए और बोले—'एक बार फिर देखना चाहता हूँ। लगभग साठ साल पहले देखा था। गाँव के बच्चों के साथ पिता से चवन्नी लेकर नंगे पाँव गया था और जो चीज आज भी याद है वह पगडंडी की ठंडी-ठंडी धूल।' बहरहाल वह अवसर कभी नहीं आया। पर साठ साल बाद भी मेले की स्मृति का कहीं स्मृति में टँके रह जाना आज आश्चर्यजनक लगता है। शायद मेला भी मनुष्य की साझी स्मृतियों में दबा हुआ कोई आदिबिम्ब है, जो आधुनिक सभ्यता के सारे विकास (?) के बावजूद कहीं बचा रह गया है।

पर बात कलकत्ते की हो रही थी। क्षमा करें—मैं भूला नहीं हूँ कि अब उस शहर का आधिकारिक नाम 'कोलकाता' हो गया है। पर अपनी स्मृति का क्या करूँ कि वहाँ आज भी 'कलकत्ता' ही दर्ज है, जिसे मैंने पहली बार अपने पिता के मुँह से सुना था। नाम भी बहुत कुछ आदिबिम्ब की तरह होते हैं—एक बार दर्ज हो गए तो हो गए। इसलिए कम से कम इस टिप्पणी में उसी के प्रयोग की अनुमति चाहूँगा।

कलकत्ता जब भी जाता हूँ तो कोशिश करता हूँ कि बांग्ला के लेखक-मित्रों से भी भेंट जरूर हो जाए। पर फोन करने पर पता चला, ज्यादातर लेखक बंगीय संस्कृति-

सम्मेलन में व्यस्त हैं, जो एक लम्बे अन्तराल के बाद आयोजित हो रहा था। सम्मेलन के पीछे प्रेरणा सरकार की थी, पर संयोजन का भार सौंपा गया था कवि कथाकार सुनील गंगोपाध्याय को। अपने पत्रकार जीवन में सुनील वामपंथी सरकार के प्रखर आलोचक रहे हैं। पर बुद्धदेव भट्टाचार्य के मुख्यमन्त्री बनने के बाद सांस्कृतिक स्तर पर एक खास तरह का खुलापन आया है। क्या इसे आकस्मिक माना जाए कि पिछले दिनों सुनील गंगोपाध्याय को कलकत्ते का शेरिफ बनाया गया है। मैं इसे वाम-संस्कृति में आए नए रुझान के रूप में देखता हूँ। इसी रुझान का एक अन्य उदाहरण है—बंगीय-संस्कृति सम्मेलन, जिसमें बंगाल के दोनों हिस्से शामिल थे। लोगों में सम्मेलन के प्रति जो उत्साह था, उसकी झलक समाचार-पत्रों में भी देखी जा सकती थी। एक ओर जब केन्द्र का शासक वर्ग संस्कृति पर कब्जा करने और उसकी अवधारणा को निरन्तर संकुचित करने की लड़ाई लड़ रहा है, तो बंगाल का बौद्धिक वर्ग अपनी शस्य-श्यामला संस्कृति की हदों को तोड़ता हुआ पूर्वी बंगाल (बांग्लादेश) के बहुसंख्यक समुदाय के कलाकारों को भी एक मंच पर ले आने के प्रयास में जुटा है। यह एक सुपरिचित तथ्य है कि 'संस्कृति' शब्द का जन्म बंगाल के नवजागरण के गर्भ से हुआ था और यह शब्द 'कल्चर' के अनुवाद के रूप में जरूर आया था, पर यह मानने के कारण मौजूद हैं कि उसके पीछे चिन्तक रवीन्द्रनाथ की मानव-धर्म (रिलीजन ऑफ मैन) की उदात्त परिकल्पना भी कहीं न कहीं सक्रिय जरूर थी।

संगीत बंगीय संस्कृति की बनावट का अविच्छिन्न हिस्सा है। संगीत को उससे निकाल दीजिए, वह एक झूलता हुआ ढाँचा भर रह जाएगा। मैं नहीं जानता कि दुनिया के किस आधुनिक कवि के गीत इतने गाए जाते हैं, जितने रवीन्द्रनाथ के। कहते हैं कि आधुनिक कविता में एक क्रान्तिकारी परिवर्तन यह आया कि उसने अपने को संगीत के परम्परागत शिकंजे से मुक्त किया और क्रमशः गद्य की लय—जो सीधे जीवन-संघर्ष की लय है—के अधिकाधिक निकट होती गई। रवीन्द्रनाथ ने अपने प्रख्यात पश्चिमी समकालीनों के बरक्स अपनी रचनाशीलता के मूल लयात्मक उत्स को वहाँ खोजा जहाँ बाउल-संगीत गूँज रहा था। संगीत के इस बुनियादी तत्त्व से समकालीन बांग्ला कविता भी पूरी तरह विच्छिन्न नहीं हुई है। आप ध्यान से सुनें तो बांग्ला गद्य में भी किसी ऐसे तार की झनक आपको अक्सर सुनाई पड़ेगी, जिसका संगीत से कुछ न कुछ लेना-देना जरूर है। यह अकारण नहीं है कि बंगाल की प्रसिद्ध कथा-लेखिका महाश्वेता देवी, जब 'नामवर के निमित्त' कार्यक्रम में आई थीं तो अपना संक्षिप्त हिन्दी-भाषण समाप्त करने के बाद उन्होंने स्वयं प्रस्ताव किया कि 'आप लोग कहिए तो अब मैं गाऊँ !' और उन्होंने गाया—इस पकी उम्र में भी एक बाल-सुलभ उल्लास और स्वरों के गहरे अनुशासन के साथ। सबसे मर्मस्पर्शी बात यह थी कि उन्होंने एक हिन्दी-फिल्मी गीत भी गाया, जिसे अपनी किसी आरम्भिक फिल्म में अशोक कुमार ने गाया था। यह एक बड़े रचनाकार की एक बड़े अभिनेता के प्रति स्वतःस्फूर्त श्रद्धांजलि थी, जो सबको छू गई।

पर सारी राजनीतिक गहमागहमी के बीच कलकत्ते के सांस्कृतिक जीवन की जो सबसे गरमा-गरम बहस थी, उसका सम्बन्ध रवीन्द्रनाथ ठाकुर की कृतियों के कॉपीराइट से था। इसके पक्ष-विपक्ष में काफी कुछ समाचारपत्रों में देखने को मिला। इस पर सबसे सुलझी हुई और सुविचारित टिप्पणी कवि शंख घोष की थी, जो लगभग सारे अखबारों में छपी थी। उनका स्पष्ट मत था कि रवीन्द्रनाथ की कृतियों से विश्वभारती इतना लाभ कमा चुका है कि अब उसे जनता के हित में अपना यह अधिकार स्वतः छोड़ देना चाहिए। विश्वभारती का यह तर्क कि ऐसा करने से रवीन्द्रनाथ की रचनाओं के पाठ की शुद्धता खतरे में पड़ जाएगी, शंख घोष को—जो स्वयं रवीन्द्र-काव्य के सबसे समर्थ व्याख्याता हैं—स्वीकार्य नहीं था। अभी तीन दिन पहले अखबार में पढ़ा था कि सरकार ने कॉपीराइट की अवधि बढ़ाने से इनकार कर दिया है और अब रवीन्द्र-साहित्य सच्चे अर्थों में सबका साहित्य बन गया है। शुद्धता का तर्क—चाहे वह साहित्यिक पाठ के सम्बन्ध में ही क्यों न हो, हमेशा जन-समुदाय के खिलाफ एक ढाल के रूप में इस्तेमाल किया जाता है। पर इस बार बांग्ला भाषा के जागृत जनमत ने इस तर्क को पूरी तरह अस्वीकार कर दिया और इस तरह साहित्य के लोकतन्त्र की रक्षा की।

पांडुलिपियों की लुप्त होती दुनिया

आज से कोई सत्ताइस वर्ष पहले की बात है। मेरे एक मित्र मुझसे मिलने आए और बोले, "चलिए, एक साधु की कुटी में चलते हैं।" मैंने पूछा, "क्यों ?" बोले, "उसके पास अनेक हस्तलिखित पोथियाँ हैं, जो धीरे-धीरे नष्ट हो रही है।" तब मैं पडरौना में कार्यरत था और वह पूरा इलाका कभी सन्तों और सिद्धों से भरा था। हिमालय वहाँ से बहुत पास नहीं तो बहुत दूर भी नहीं था और अगर मौसम साफ हो तो कभी-कभी उसकी हिमधवल चोटियाँ दिख जाती थीं। वह एक छोटी-सी झलक जैसे पूरे इलाके को एक आलोक से भर देती थी। मैंने मित्र की बात मान ली और उनके साथ साधु की कुटिया के लिए चल पड़ा। वह स्थान एक छोटी-सी नदी के किनारे था, जो कोई दस-बारह किलोमीटर की दूरी पर था। जाना कच्ची सड़क या पगडंडियों से था, जहाँ सिर्फ साइकिल काम आ सकती थी। जैसे-तैसे हम वहाँ पहुँचे तो साधु कुटी में न थे। अस्तु, थोड़ी प्रतीक्षा करनी पड़ी। जब वे आए तो हमें देखते ही आगबबूला हो गए। मित्र को वे जानते थे और यह भी जानते थे कि उनके आने का उद्देश्य हस्तलिखित पोथियों को प्राप्त करना है। सो, उन्होंने पहले ही ऐलान कर दिया कि—पोथियाँ कुटी के बाहर नहीं जा सकतीं—क्योंकि उन्हें किसी को देना गुरु के आदेश को खंडित करना होगा। इसके बाद हमारी हिम्मत न पड़ी कि हम पोथियों की चर्चा करें। जैसे गए थे, वैसे ही लौट आए। साधु तभी बहुत वृद्ध थे—लगभग नब्बे के आसपास। खास बात यह थी कि वे अनपढ़ थे—पर उनके प्राण जैसे पोथियों में ही बसते थे। एक निरक्षर के इस अक्षर राग की कैसे व्याख्या की जाए ? क्या इसे सिर्फ धार्मिक आस्था कहकर टाला जा सकता है?

अब उन हस्तलिखित पोथियों का क्या हुआ, मैं कुछ नहीं जानता। पर यह अनुमान तो कर ही सकता हूँ कि वे अब तक नष्ट हो चुकी होंगी। नदी के किनारे की वह झोंपड़ी वैसे भी पांडुलिपियों के लिए नितान्त असुरक्षित जगह थी। पर यह केवल एक उदाहरण है। मेरा खयाल है कि इस विशाल देश में अनेक ऐसी कुटियों में असंख्य पांडुलिपियाँ या तो गल-पच गई होंगी या उन्हें दीमक खा गए होंगे। यह कैसा विरोधाभास है कि इस देश में प्राचीन पांडुलिपियों को छिपाने के लिए दो ही सबसे भरोसेमंद जगह मिली—सन्तों की कुटिया या फिर विद्याप्रेमी राजाओं के निजी पुस्तकालय। आज पांडुलिपियों का व्यवसाय करनेवाले जो बहुत से जाने-अनजाने व्यक्ति या संस्थाएँ सक्रिय हैं उनके पास ज्यादातर पांडुलिपियाँ उन्हीं कुटियों या राज पुस्तकालयों से सरक कर पहुँची होंगी,

कैसे पहुँची होंगी, यह एक अलग कहानी है। फिर भी किन्हीं कोनों, अन्तरों में जो व्यावसायिक हाथों के स्पर्श से बच गई हैं, उन्हें एकत्र करने का; कम से कम उनकी सूची तैयार करने का एक राष्ट्रीय अभियान चलाया जाना चाहिए। जो लुप्त हो रहा है, उसे बचा लेने की यही कोशिश राहुल सांकृत्यायन को तिब्बत तक खींच ले गई थी और धर्मकीर्ति के महान ग्रन्थ 'प्रमाणवार्तिक' के साथ असंख्य भारतीय पांडुलिपियों का उद्धार सम्भव हो सका था। मुझे एक विद्वान वैद्य ने बताया कि इन्हीं में देसी चिकित्सा पद्धतियों के बारे में 13 विशाल ग्रन्थ भी थे, जिन्हें बीरबल ने अकबर के आदेश पर संकलित कराया था। पांडुलिपियों की खोज का काम एक निरन्तर चलनेवाली प्रक्रिया है और हर युग को अपने राहुल सांकृत्यायन की जरूरत होती है। छिटपुट कार्य इस दिशा में हो जरूर रहे हैं, पर आश्चर्य यह कि इसमें सबसे अधिक सक्रियता कुछ विदेशी खोजियों और अध्येताओं ने दिखाई हैं। अभी कुछ समय पहले बेल्जियम के हिन्दी विद्वान कैलवर्ट विनान्त ने पंजाब के एक गुरुद्वारे का दौरा कर कबीर की कृतियों की एक ऐसी पांडुलिपि को खोज निकाला है जिसके बारे में उनका दावा है कि वह आदिग्रन्थ से भी पहले की है। जाहिर है कि यदि तथ्यों की वैज्ञानिक जाँच-परख के बाद इसे प्रामाणिक पाया गया तो कबीर-साहित्य के अध्ययन की पूरी परम्परा पर नया प्रकाश पड़ेगा।

अब तक का इतिहास बताता है कि खोजियों ने प्राचीन पांडुलिपियों के अन्वेषण में अधिक रुचि दिखाई है। पर वास्तविकता यह है कि आधुनिक साहित्य की बहुत-सी पांडुलिपियाँ किन्हीं अँधेरे घरों के कोनों या सन्दूकों में पड़ी हुई हैं, जिन्हें अभी तक खोला नहीं गया। कुछ वर्ष पूर्व बांग्ला भाषा के प्रसिद्ध कवि जीवनानन्द दास की कई ऐसी काव्यकृतियाँ और उपन्यास उनकी बड़ी बहन (जो स्वर्गीय हो चुकी हैं) की एक पुरानी सन्दूक से पाए गए, जिनके बारे में किसी को कुछ पता नहीं था। जाहिर है, इस नई खोज से 46 वर्ष पहले दिवंगत हुए इस कवि के पूरे कृतित्व पर नए सिरे से विचार करना होगा। यदि आज हिन्दी के लगभग समस्त महत्त्वपूर्ण रचनाकारों के पूरे सृजन-कर्म को समेट लेने का दावा करनेवाली ग्रन्थावलियाँ हमारे सामने मौजूद हैं तो इससे वह सम्भावना निरस्त कैसे हो जाती है कि कहीं कागजों के ढेर के नीचे कुछ ऐसा दबा पड़ा भी हो सकता है, जिस पर किसी की दृष्टि न पड़ी हो। पांडुलिपि शब्द में एक प्राचीनता की ध्वनि है और यही कारण है कि हम उस पर जब भी चर्चा करते हैं तो हमारी दृष्टि सबसे पहले उस साहित्य की ओर जाती है, जो कम से कम सौ साल पुराना हो। अतः आवश्यकता इस बात की है कि प्रचलित प्रयोग में पांडुलिपि शब्द का अर्थ विस्तार किया जाए और उसकी परिधि में आधुनिक साहित्य को भी शामिल किया जाए—कम से कम उस हिस्से को जो अब हमारा आसन्न अतीत बन चुका है।

पर मुझे लगता है कि आज सबसे अधिक खतरा इस पांडुलिपि शब्द को ही है। इलेक्ट्रानिक मीडिया—खासतौर से कम्प्यूटर के आ जाने के बाद अब पांडुलिपि की अवधारणा पूरी तरह बदल चुकी है। जो लोग उसका इस्तेमाल सृजन-कर्म के लिए करते हैं, उसके फलितार्थ को और चाहे जो भी कहा जाए, पांडुलिपि नहीं कहा जा सकता।

मुझे भय है कि आनेवाले समय में बहुत से प्रवाहच्युत पुराने शब्दों की तरह पांडुलिपि शब्द भी कहीं किनारे फेंक न दिया जाए—वैसे भी खोजियों की भाषा से बाहर इस शब्द का प्रयोग धीरे-धीरे कम होता जा रहा है।

पर सचाई यह है कि असंख्य बाढ़ों, तूफानों और भूकम्पों के बाद भी असंख्य भूली-बिसरी पांडुलिपियाँ कहीं आज भी जिन्दा हैं। मनुष्य के हाथ ने जिस दिन से लिखना शुरू किया था, तब से आज तक वह रुका नहीं। वह सिर्फ कागज पर नहीं लिखा, पत्थर पर, पेड़ की छाल पर, बालू पर—यहाँ तक कि जेल की दीवारों पर भी, जहाँ भी उसे थोड़ी-सी जगह मिलती है और थोड़ा-सा अवकाश, वह लिखता जरूर है। इस तरह जिस दुनिया में हम रहते हैं, वह पांडुलिपियों से भरी हुई दुनिया है, जिसके सिर्फ एक छोटे-से हिस्से को हम शोध के दायरे में खींचकर ले आते हैं। बाकी हमारी स्मृति की परिधि से हमेशा बाहर छूट जाता है और धीरे-धीरे मिट्टी, पानी और खाद का हिस्सा बनता जाता है। इसमें कुछ न कुछ हमेशा रक्षणीय और मूल्यवान भी होता है जो अगर बच जाए तो यह दुनिया थोड़ा और रहने लायक हो सकती है।

पांडुलिपियों को बचाने का सवाल मनुष्य की अभिव्यक्ति की रक्षा के सवाल से जुड़ा है। मुद्रित पाठ की रक्षा के लिए तो कुछ कानून बने हुए हैं। पर जो अमुद्रित है और किन्हीं अज्ञात सन्दूकों में पड़ा हुआ है, उसकी रक्षा की गारंटी कौन देगा ?

गैंडे के सींग की तरह अकेला

(घुमक्कड़-शास्त्र को दुबारा पढ़कर)

'घुमक्कड़' 1948 में प्रकाशित हुआ था—लगभग 46 वर्ष पूर्व। अभी कुछ दिन पहले उसके पन्नों से दोबारा गुज़रते हुए मुझे एक सृजनात्मक कृति से पुनः साक्षात्कार का सुख मिला—एक पूरी जीवन-दृष्टि से मुठभेड़ का सुख। यात्रा-वृत्तान्त बहुत से लिखे गए हैं, पर घुमक्कड़ी का कोई शास्त्र बन सकता है, बल्कि शास्त्र से भी अधिक जीवन का एक सम्पूर्ण 'विजन'—इसके प्रथम परिकल्पक महापंडित राहुल सांकृत्यायन ही थे। ग्रन्थ शुरू करने से पहले लेखक के सामने अपना लक्ष्य बहुत स्पष्ट था—समूचे राहुल-साहित्य की तरह दो-टूक और निर्भ्रान्त—और वह यह कि 'घुमक्कड़ी का अंकुर पैदा करना इस ग्रन्थ का काम नहीं, बल्कि जन्मजात अंकुरों की पुष्टि, परिवर्धन तथा मार्गदर्शन इस ग्रन्थ का लक्ष्य है।' अर्थात् लेखक का उद्‌देश्य शास्त्र-निर्माण से अधिक कदाचित् यह था कि *घुमक्कड़-शास्त्र* घुमक्कड़ों के लिए एक मार्गदर्शक ग्रन्थ बने। मुझे लगता है कि ग्रन्थ के नाम के साथ 'शास्त्र' शब्द जोड़ने के बावजूद लेखक के मन में शास्त्र-निर्माण की प्रचलित अवधारणा के प्रति एक हल्का-सा व्यंग्य या विनोद का भाव पहले से मौजूद था। यह व्यंग्यभाव सबसे पहले पुस्तक के नाम में ही देखा जा सकता है। 'घुमक्कड़' जैसे ठेठ देशज शब्द के साथ 'शास्त्र' जैसे गुरुगम्भीर शब्द का योग शास्त्राभ्यासी मन को जैसे एक झटका देता है—और मुझे लगता है यह लेखक की, पुस्तक-लेखन की पूरी रणनीति का एक महत्त्वपूर्ण हिस्सा है। फिर 'अथातो ब्रह्म जिज्ञासा' के वजन पर पुस्तक के पहले अध्याय का जो शीर्षक रखा गया—'अथातो घुमक्कड़ जिज्ञासा' उसमें ब्रह्म के स्थान पर घुमक्कड़ का आ जाना भी आकस्मिक नहीं है। 'ब्रह्म' के स्थान पर 'घुमक्कड़'—यह केवल शब्दों का हेर-फेर नहीं, बल्कि लेखक की पूरी चिन्ताधारा का सूचक है। दुनिया को धारण करनेवाली सत्ता ब्रह्म है, इस परम्परागत मान्यता के विरुद्ध घुमक्कड़ शास्त्र का लेखक कहता है—'दुनिया को धारण करने की बात तो निश्चय ही न ब्रह्म के ऊपर है न विष्णु और शंकर के ही ऊपर। दुनिया, दुख में हो, चाहे सुख में—सभी समय यदि सहारा पाती है तो घुमक्कड़ों की ही ओर से।' ब्रह्म की व्यापकता का घुमक्कड़ की व्यापकता में यह स्थानान्तरण दिलचस्प है और *घुमक्कड़-शास्त्र* का एक क्रान्तिकारी पहलू भी। इस तरह घुमक्कड़ी यायावरी से अलग हो जाती है—एक ऐसी मानवीय क्रिया, जिससे दुनिया सहारा पाती है।

वस्तुतः यह पूरी किताब 'घुमक्कड़' की अवधारणा का एक सृजनात्मक विस्तार है। 'सृजनात्मक' शब्द का मैं यहाँ जान-बूझकर इस्तेमाल कर रहा हूँ—क्योंकि लेखक ने लगभग एक सर्जक की तरह यहाँ घुमक्कड़ की एक सर्वथा नई प्रतिमा का निर्माण किया है। इस प्रतिमा की खूबी यह है कि उसके आकार में कबीलाई समाज की घुमन्तू जातियों से लेकर विश्व के बड़े से बड़े धर्म-प्रचारक और धर्म-नायक भी समा जाते हैं। घुमक्कड़ी और धर्म-प्रसार के बीच एक गहरा रिश्ता है—इस बात को लेखक ने विस्तार से समझाने की कोशिश की है और पहले ही अध्याय में मानो वह अपने आपसे पूछता है—'शायद किसी को यह सन्देह हो कि मैंने शास्त्र में जो युक्तियाँ दी हैं, वे सभी लौकिक हैं ? अच्छा तो धर्म से ही प्रमाण लीजिए। दुनिया के अधिकांश धर्म-नायक घुमक्कड़ ही रहे। धर्माचार्यों में आचार-विचार, बुद्धि और तर्क तथा सहृदयता में सर्वश्रेष्ठ बुद्ध घुमक्कड़राज थे।' इस प्रसंग में लेखक ने शंकराचार्य की भी चर्चा की है और कुछ अन्य धर्म-नायकों की भी और सबको प्रथम श्रेणी के घुमक्कड़ों की श्रेणी में रखा है।

घुमक्कड़-शास्त्र जिस रूप में हमारे सामने है, उसमें वह शास्त्र का विधि-निषेध कम और छोटे-छोटे जीवन्त अनुभवों की एक महागाथा अधिक लगता है। यहाँ लेखक राहुल और घुमक्कड़ राहुल लगभग अभिन्न हो गए हैं। इस तरह यह पुस्तक शास्त्र की कसी-बँधी अवधारणा को थोड़ा छिन्न-भिन्न करती है और घुमक्कड़ी के मिज़ाज और दर्शन के अनुरूप एक सर्वथा नई विधा का आविष्कार करती है। इस विधा की विशेषता इसके अनुभव-समृद्ध खुलेपन में है। सचाई यह है कि लेखक के मन में घुमक्कड़ का जो बिम्ब है, उसे शास्त्र के चौखटे में बाँधा भी नहीं जा सकता था; तो क्या घुमक्कड़ विद्रोही का पर्याय है ? असल में लेखक के सामने घुमक्कड़ के—और ख़ासतौर से एक आदर्श घुमक्कड़ के कई 'मॉडल' हैं। विद्रोही उनमें से एक है। 'अथातो घुमक्कड़ जिज्ञासा' के ठीक बाद पुस्तक का जो दूसरा अध्याय है, उसका शीर्षक है 'जंजाल तोड़ो'। इस शीर्षक में एक प्रकार के विद्रोह की ध्वनि है और जब लेखक कहता है कि, 'घुमक्कड़ के लिए जंजाल तोड़कर बाहर आना पहली आवश्यकता है' तो वह बिना लाग-लपेट के अपने उसी मूल आशय की घोषणा करता है। गीता के बारे में लेखक की जो टिप्पणी है, उसमें एक अन्य प्रसंग में, 'जंजाल तोड़ो' की यह विद्रोही ध्वनि ज़रा ज़्यादा ही तेज़ सुनाई पड़ती है। लेखक के शब्द हैं—'वैसे तो गीता को बहुत कुछ नई बोतल में पुरानी शराब और दर्शन तथा उच्च धर्माचार के नाम पर लोगों को पथ-भ्रष्ट करने में ही सफलता मिली है, किन्तु उसमें कोई-कोई बात सच्ची भी निकल आती है।' यह बात भावी घुमक्कड़ों से कही गई है—एक घुमक्कड़ लेखक के द्वारा। इसलिए यह मानने का कारण है कि इस कथन में जो तल्ख़ी है—और साथ ही एक ख़ास तरह का साहस भी—उसका घुमक्कड़ की बुनियादी विद्रोह-वृत्ति से कुछ न कुछ लेना-देना ज़रूर है।

'धर्म और घुमक्कड़' नामक अध्याय में लेखक ने घुमक्कड़ी की दृष्टि से जो विभिन्न धर्मों का तुलनात्मक आकलन प्रस्तुत किया है, वह बेहद दिलचस्प है। यहाँ लेखक का

बौद्धिक विवेक और उसके मूलभूत विश्वास—दोनों साथ-साथ सक्रिय दिखाई देते हैं—कई बार मिलते और कई बार टकराते हुए। तुलना के शब्द इस प्रकार हैं—'ईसाई घुमक्कड़ ब्राह्मणधर्मी घुमक्कड़ से इस बात में (यानी बन्धनों को तोड़ फेंकने में) अधिक उदार हो सकता है। मुसलमान फकीर भी घुमक्कड़ी के नशे में चूर होने पर किसी तरह के भेदभाव को नहीं पूछता। लेकिन सबसे हीरा धर्म घुमक्कड़ के लिए जो हो सकता है, वह है बौद्ध धर्म, जिसमें न छुआछूत की गुंजाइश है, न जात-पाँत की।' एक घुमक्कड़ के लिए 'हीरा धर्म' कौन-सा है, इसको लेकर विवाद हो सकता है। पर जब यह बात एक ऐसे लेखक के द्वारा कही जा रही हो, जो अपने घुमक्कड़ जीवन में विभिन्न धर्मावलम्बियों की संगत में रह चुका हो और कई धर्मों का स्वाद चख चुका हो, तो उसे—एकबारगी ख़ारिज नहीं किया जा सकता। परन्तु 'हीरा धर्म' की इस प्रशंसा के बावजूद लेखक का यह मानना है कि 'हो सकता है, घुमक्कड़ का किसी एक धर्म के प्रति अधिक सम्मान हो। परन्तु अनेक बार घुमक्कड़ को सभी रूपों में देखा जा सकता है।' इस सभी रूपों में देखे जाने की बात को मैं रेखांकित करना चाहता हूँ। जो बात लेखक कहना चाहता है वह यह कि एक सच्चे घुमक्कड़ में विचारों का एक लचीलापन होता है—उसके बद्धमूल विश्वासों में एक सहज नमनीयता; जिसके चलते वह सभी धर्मों की मूलभावना के साथ एकाकार हो जाता है। *घुमक्कड़-शास्त्र* हमें जिन निष्कर्षों तक ले जाता है, उनका आशय यही है कि घुमक्कड़ी अपने आपमें एक तरह का विश्वधर्म है—क्योंकि वह हर सीमा का अतिक्रमण कर जाती है। इस प्रसंग में इस्लाम पूर्व मध्य एशिया का ज़िक्र लेखक ने ख़ासतौर से किया है। उसने बताया है कि इस्लाम के आने से पहले तक वहाँ एक ही छत के नीचे, अलग-अलग दिशाओं से आकर विभिन्न धर्मों के घुमक्कड़ एकत्र होते थे और जीवन के मूलभूत विषयों पर बहस करते थे और यह कि इस्लाम के आने के बाद यह मुक्त धार्मिक संवाद की परम्परा समाप्त हो गई। यह और इस प्रकार की अनेक टिप्पणियाँ इस पुस्तक में ऐसी मिलेंगी, जिस पर कोई चाहे तो बहस कर सकता है। पर यही तो *घुमक्कड़-शास्त्र* की ताकत है कि यहाँ हर तीसरे पृष्ठ पर आपको कोई न कोई स्थापना ऐसी ज़रूर मिल जाएगी जो या तो आपको अपनी अनुभव दीप्त मौलिकता से छू ले या फिर अपनी गहरी विचारोत्तेजकता से बहस के लिए बेचैन करे।

विवाह नामक संस्था के बारे में घुमक्कड़ क्या सोचता है—यह जानना प्रासंगिक हो सकता है और दिलचस्प भी। एक अंग्रेज घुमक्कड़ पर—जिसने एक वन्य जाति की कन्या से विवाह कर लिया था—टिप्पणी करते हुए लेखक कहता है—'घुमक्कड़ के लिए विवाह सबसे बुरी चीज़ है। इसलिए मैं समझता हूँ, इस सस्ते हथियार को इस्तेमाल नहीं करना चाहिए।' 'सस्ते हथियार' पर मैं थोड़ा अटक गया। यदि कोई घुमक्कड़ भील-जाति की किसी कन्या से इसलिए विवाह कर ले कि वह उनके और निकट पहुँच सके तो यह 'सस्ता हथियार' क्यों हो जाएगा ? पर लेखक की मूलभूत मान्यता यह है कि वह हर चीज़ जो घुमक्कड़ी के विरुद्ध पड़ती है, घुमक्कड़ के लिए त्याज्य है—फिर वह स्त्री, माता,

पिता, आराध्य, कुछ भी क्यों न हो। घुमक्कड़ असंग और निर्लेप होता है—लगभग एक योगी की तरह। लेखक के मन में घुमक्कड़ी के जो अनेक 'मॉडल' हैं, उनमें से एक यह भी है। एक आदर्श घुमक्कड़ वह है जो अपनी निस्संगता में रमण करे—लगभग गैंडे के सींग की तरह अकेला। यह गैंडे के सींगवाली उपमा लेखक ने बौद्ध साहित्य के हवाले से दी है और इस एक उपमा में घुमक्कड़ी के दुर्दम साहस को व्यक्त करने की कितनी क्षमता है, यह बताने की जरूरत नहीं।

परन्तु घुमक्कड़-शास्त्र में कुछ सुखद अन्तर्विरोध भी हैं, जो मेरे जैसे पाठक के लिए उसे और भी जीवन्त बना देते हैं। घुमक्कड़-दर्शन की सारी निस्संगता के बावजूद लेखक का मन तिब्बत की उन घुमन्तू जातियों के प्रति आकृष्ट हुए बिना नहीं रहता, जो सपरिवार भ्रमण करते हैं। उनके बारे में वह कहता है कि उनमें से 'कोई-कोई तो शिमला से चीन तक की दौड़ लगाता है...साथ में परिवार होता है, लेकिन परिवार की संख्या नियन्त्रित होती है—क्योंकि सभी भाइयों की एक ही पत्नी होती है।' इस परिवार-वृत्त का विस्तार करते हुए लेखक यह भी बताता है कि उन घुमन्तू जातियों के पास बेचने के लिए कुछ सामान होता है और उसे ढोने के लिए तीन-चार गधे और जहाँ तक गधों का सवाल है, उन्हें जंगली पशुओं से बचाना पड़ता है—क्योंकि लेखक के अनुसार हिंस्र पशुओं के लिए गधे रसगुल्ले से कम मीठे नहीं होते। निस्संगता के बीच घुमक्कड़ परिवार के प्रति यह आकर्षण तथा शास्त्रनामधारी ग्रन्थ के बीच इस तरह की विनोदपूर्ण टिप्पणियाँ एक सुखद विरोध की सृष्टि करती हैं और इसी द्वन्द्व से रचा गया है *घुमक्कड़-शास्त्र* का सारा ढाँचा। *घुमक्कड़-शास्त्र* का ढाँचा वस्तुतः घुमक्कड़-जीवन का ही प्रतिबिम्ब है।

पुस्तक में एक अध्याय स्त्री घुमक्कड़ों के बारे में भी है—हालाँकि पहले अध्याय में ही यह प्रश्न उठाया जा चुका था कि, 'क्या स्त्रियाँ घुमक्कड़ी कर सकती हैं ?' और लेखक का उत्तर था—'घुमक्कड़-धर्म, ब्राह्मण धर्म जैसा संकुचित नहीं, जिसमें स्त्रियों के लिए स्थान नहीं हो।' इस स्वतन्त्र अध्याय में लेखक की इस मूलभूत मान्यता का विस्तार है। यहाँ लेखक नारी-मुक्ति के प्रवक्ता के रूप में दिखाई पड़ता है और इस दृष्टि से इस अध्याय का अलग महत्त्व है—लगभग एक ऐतिहासिक महत्त्व—क्योंकि भारत में नारी-मुक्ति आन्दोलन के शुरू होने से काफी पहले यह लिखा जा चुका था। घुमक्कड़ी के क्षेत्र में स्त्री की मुक्ति का यह आग्रह इस हद तक है कि लेखक इस मामले में घुमक्कड़राज बुद्ध तक को क्षमा नहीं करता। लेखक के शब्द इस प्रकार हैं—'नारी के प्रति जिन पुरुषों ने अधिक उदारता दिखाई, उनमें मैं बुद्ध को भी मानता हूँ। इसमें शक नहीं कि कितनी ही बातों में वे समय से आगे थे। लेकिन तब भी जब स्त्री को भिक्षुणी बनाने की बात आई तो उन्होंने बहुत आनाकानी की और एक तरह गला दबाने पर स्त्रियों को संघ में जाने का अधिकार दिया।' यह लेखक की सत्यान्वेषी निर्मम घुमक्कड़-दृष्टि थी जो संकीर्णता के प्रश्न पर उसे भी क्षमा नहीं करती, जो उसकी दृष्टि में सम्पूर्ण नैतिकता का सर्वोच्च मानदंड है। इस अध्याय के अन्त में लेखक लगभग एक

प्रोफेटिक दृढ़ता के साथ स्त्री घुमक्कड़ों के बारे में कहता है —'उन्हें घुमक्कड़ बनने दो। उन्हें दुर्गम और बीहड़ रास्तों से भिन्न-भिन्न देशों में जाने दो। लाठी लेकर पहरा देने से उनकी रक्षा नहीं हो सकती। वे तभी रक्षित होंगी, जब वे खुद अपनी रक्षा कर सकेंगी।' इस घोषणा से पहले ही, चलते-चलते लेखक ने एक टिप्पणी यह भी की है कि पुरुष-समाज ने अपने सारे आचार-नियम इस तरह बनाए हैं कि स्त्री को घुमक्कड़ी से रोका जा सके। *घुमक्कड़-शास्त्र* उन नियमों की बखिया उधेड़ने में एक ख़ास तरह की तृप्ति का अनुभव करता है।

और अन्त में, मृत्यु-दर्शन—हालाँकि यह इस पुस्तक का अन्तिम अध्याय नहीं है। यहाँ पहला सवाल तो मेरे मन में यही उठा कि *घुमक्कड़-शास्त्र* में मृत्यु-दर्शन क्यों ? पढ़ने पर उत्तर की तहें अपने आप खुलती गईं। वस्तुतः यह अध्याय मृत्यु से भय या शोक के बारे में नहीं है। इसकी खूबसूरती यह है कि यह मृत्यु की वास्तविकता और मानव-भविष्य के विकास में उसकी भूमिका के बारे में है। घुमक्कड़ मृत्यु को गतिशीलता के सामान्य नियम और परिवर्तन के रूप में देखता है—इसलिए वह मृत्युंजय होने की कल्पना नहीं करता। न ही वह वृद्धों के सठियाने का पक्षपाती हो सकता है—क्योंकि लेखक के अनुसार एक आदर्श घुमक्कड़ (लेखक के शब्दों में प्रथम श्रेणी का घुमक्कड़) की दृष्टि में—'इन फॉसिलों का स्थान मानव-समाज नहीं, बल्कि म्यूज़ियम है।' मैं सोचने लगा—*घुमक्कड़-शास्त्र* में यह वृद्ध-विरोध क्यों ? असल में इसका सम्बन्ध लेखक की उस मूल परिकल्पना से है जिसके अनुसार घुमक्कड़ एक चिर युवा है—एक दुस्साहसी तरुण। यह अकारण नहीं है कि घुमक्कड़ के साथ 'तरुण' शब्द का प्रयोग इस पुस्तक में बार-बार किया गया है और साथ ही इस बात पर भी ज़ोर दिया गया है कि घुमक्कड़ को अमरता का लोभ नहीं होना चाहिए, न ही इस जीवन के बाद किसी कीर्ति-कलेवर का। लेखक के अनुसार घुमक्कड़ी एक अनवरत सिलसिला है—जो चलता रहता है, जैसे एक लहर के बाद दूसरी, फिर तीसरी। एक सच्चे घुमक्कड़ की सार्थकता इस बात में है कि वह अन्तर्धान होने से पहले दूसरी लहर उठा दे। यहाँ *घुमक्कड़-शास्त्र* का लेखक सफलता की एक सर्वथा नई कसौटी प्रस्तुत करता है—'आदमी के कृतित्व का मूल उसकी उठाई लहरों की शक्तिशीलता है।' और बेशक यही एक सच्चे घुमक्कड़ की सफलता की कसौटी भी है—यही कि अपने बाद उसने जो लहर उठाई, उसमें कितनी शक्ति है अर्थात् कितनी प्रजननशीलता। एक घुमक्कड़ की सफलता घुमक्कड़ी के प्रवाह को बनाए रखने में है—क्योंकि उसी में उसकी मुक्ति है और उसी में उसका चरम आनन्द भी। *घुमक्कड़-शास्त्र* का लेखक घुमक्कड़ी को काव्य-रस की तरह एक अलग प्रकार का रस मानता है। मैं इस आलेख को एक छोटे-से उद्धरण के साथ समाप्त करना चाहता हूँ, जहाँ लेखक घुमक्कड़ी की व्याख्या कुछ इस तरह करता है, जैसे वह किसी कलाकृति के प्रभाव की व्याख्या कर रहा हो—'घुमक्कड़ी एक रस है जो काव्य-रस से किसी भी तरह कम नहीं है। कठिन मार्गों को तय करने के बाद नए स्थानों में पहुँचने पर हृदय में जो भावोद्रेक पैदा होता

है, वह एक अनुपम चीज़ है। उसकी कविता के रस से हम तुलना कर सकते हैं और यदि कोई ब्रह्म पर विश्वास रखता हो तो वह उसे ब्रह्म रस समझेगा।'

ब्रह्म-रस और घुमक्कड़ी—ब्रह्म के स्थान पर पुनः घुमक्कड़ ! यही है राहुल का घुमक्कड़ बिम्ब—अदम्य और लचीला, लघु और विराट !

पुश्किन की प्रतिमा के सामने से गुजरते हुए

कुछ दिन पहले की बात है। मैं मंडी हाउस में पुश्किन की प्रतिमा के सामने से गुजर रहा था। उस प्रतिमा के पास से पहले भी कई बार गुजर चुका था। पर उस दिन एक नई बात हुई और वह यह कि अचानक एक सुखद संयोग की तरफ मेरा ध्यान गया। प्रतिमा जहाँ खड़ी है, वह स्थान उस भवन के ठीक सामने है, जिसका नामकरण इस देश के सबसे बड़े स्वच्छन्दतावादी (रोमांटिक) कवि के नाम पर किया गया था यानी रवीन्द्र भवन। मुझे प्रतिमा के वहाँ होने और भवन से जुड़े उस नाम के बीच एक अद्‌भुत संगति दिखाई पड़ी, जिसकी ओर इससे पहले मेरा ध्यान नहीं गया था। मुझे हमेशा लगता रहा है कि भारत की स्वच्छन्दतावादी कविता अंग्रेजी रोमांटिक कविता के बजाय उस कविता के ज्यादा निकट है, जिसके एक कालजयी प्रतिनिधि रूसी कवि पुश्किन हैं। बेशक रूस भी पश्चिम का हिस्सा है, पर वह अपनी भौगोलिक बनावट में पश्चिम का पूरब है। यह पूर्वी रंग पुश्किन की कविता के बहुवर्णी व्यक्तित्व में घुला हुआ एक ऐसा रंग है जो पाठकों की दृष्टि से अलक्षित नहीं रहा है। पर भारतीय साहित्य से उसका कोई प्रत्यक्ष या परोक्ष रिश्ता बनता है या नहीं, इसकी जाँच प्रायः नहीं की गई है।

सचाई यह है कि हमारे साहित्य पर पुश्किन की कविता का कोई प्रभाव पड़ा हो, इसका कोई प्रमाण नहीं मिलता। स्वयं पुश्किन की कविता में भारत लगभग अनुपस्थित है। विश्व-साहित्य में इस महाकवि के महत्त्व को रेखांकित करते हुए कभी दास्तवेवस्की ने कहा था कि "यूरोप के सारे श्रेष्ठ कवियों में किसी ने भी अपने से इतर जनसमुदायों की मनीषा को इस तरह आत्मसात नहीं किया था जैसे पुश्किन ने।" ऐसा कहते समय दास्तवेवस्की के ध्यान में यूनानी और रोमन सन्दर्भ थे, पर शायद जिस बात पर वे सबसे अधिक जोर देना चाहते थे, वह अफ्रीकी सन्दर्भ था, जो पुश्किन के रक्त में था और उसके बालों की बनावट में प्रत्यक्ष दिखाई पड़ता था। दरअसल यही काला रंग पुश्किन की कविता के सारे गाढ़े, चटख और सुन्दर रंगों को एक विलक्षण अर्थ प्रदान करता है, जो अन्यत्र कहीं नहीं मिलता। पुश्किन की प्रतिभा का कोई सीधा प्रभाव भारतीय साहित्य पर चाहे न पड़ा हो, पर दोनों के समानान्तर अध्ययन से कई बुनियादी समानताओं की ओर हमारा ध्यान जाता है। मैं भारतीय साहित्य की बात को केवल यहाँ हिन्दी तक सीमित रखना चाहूँगा और वह भी मुख्यतः रोमांटिक (छायावादी) कविता तक।

सन् 1950 में महापंडित राहुल सांकृत्यायन ने एक लेख लिखा था, जिसका शीर्षक था—'भारतेन्दु और पुश्किन'। उस समय यह शीर्षक थोड़ा चौंकानेवाला लगा था। पर लेख के पीछे एक मौलिक दृष्टि थी, जिसके महत्त्व को शायद हम आज अधिक अच्छी तरह समझ सकते हैं। पहली बात तो यह कि यह उस पूरे साहित्यिक मानचित्र को बदल देने की कोशिश थी, जिसमें रखकर अपने को देखने के हम अभ्यस्त हो गए थे और जो बेशक अंग्रेजी से हमें मिला था। यह एक ऐसी कोशिश थी, जिसे औपनिवेशिक दबाव से बाहर जाकर नए साहित्यिक सम्बन्धों की तलाश की शुरुआत के रूप में देखा जा सकता है। राहुलजी के शब्द थे—

"कितनी ही बातों में भारतेन्दु और पुश्किन में समानता है। दोनों के समय में बहुत थोड़ा अन्तर है। पुश्किन की मृत्यु 37 वर्ष की आयु में 1837 में हुई, उसके तेरह वर्ष बाद भारतेन्दु 1850 में पैदा हुए और यद्यपि पुश्किन की भाँति पिस्तौल से लड़ते हुए भारतेन्दु को प्राण नहीं छोड़ना पड़ा, किन्तु उन्हें भी ऐसे संघर्षों से गुजरना पड़ा था, जिनसे कि उन्हें 35 साल के लघु जीवन में अपना काम समाप्त करना पड़ा।"

इस समानता के जो आधार प्रस्तुत किए गए थे, वे प्रायः सतह पर दिखाई पड़नेवाले आधार थे—जैसे जातीय चेतना, देशप्रेम और विद्रोहवृत्ति। पर भारतेन्दु और पुश्किन के बीच यदि कोई मूलभूत समानता थी—जिसे मैं समानान्तरता कहना चाहूँगा, वह थी इन दोनों अग्रगामी सर्जकों के भीतर सक्रिय मुक्ति की चेतना। पर कुल मिलाकर भारतेन्दु के साहित्य में उस चेतना की एक आरम्भिक झलक भर ही दिखी थी—वह भी खासतौर से उनके गद्य में। कविता में इस नवोन्मेष की चरम परिणति बहुत बाद में दिखाई पड़ी—जिसके 'देवदूत' निराला थे। पुश्किन की 'देवदूत' कविता की ये प्रसिद्ध पंक्तियाँ निराला के सन्दर्भ में भी उतनी ही प्रासंगिक लगती हैं, जितनी पुश्किन के सन्दर्भ में—

वह झुक आया मेरे होंठों के समीप
उसने खींच ली मेरे मुँह से मेरी चतुर
और चालाक जीभ
और अपने रक्त सने हाथों से
वहाँ रख दी एक अनुभवी साँप की जीभ
तलवार के प्रहार से उसने मेरा धड़कता दिल
निकाल लिया बाहर
और उसकी जगह रख दिया
एक धधकता हुआ अंगारा !

मैंने पुश्किन को जो थोड़ा-बहुत जाना है, अनुवादों के माध्यम से ही जाना है। पर अनुवादों में भी उस अंगारे की आँच को मेरे मन और कई बार मेरी त्वचा ने भी अक्सर महसूस किया। एक उदाहरण से अपनी बात को स्पष्ट करना चाहूँगा।

मैं पिछले दिनों हिन्दी अनुवाद में पुश्किन की कविता 'मेरी वंशावली' पढ़ रहा था।

एक टेक की चक्राकार आवृत्ति के साथ लिखी हुई यह कविता शायद अकेली ऐसी कविता है जहाँ अफ्रीकी रक्त और यूरोपीय रक्त की एक विलक्षण टक्कर दिखाई पड़ती है। यहाँ कवि एक गहरी यातना और ठीक उसी समय एक अद्‌भुत उल्लास के साथ अपने आधे रक्त के कालेपन का स्तुतिगान करता है—

उद्‌दंडता हमारे रक्त में है
किसी के सामने झुकता नहीं हमारा माथा
पीटर के साथ बनती नहीं थी मेरे पितामह की
फाँसी पर लटकाया गया था उन्हें इसके लिए
उनका यह उदाहरण एक गहरी सीख है हमारे लिए
स्वीकार की जाती थी कभी हमारे भी वजूद की
सार्थकता
लेकिन मैं !
मैं तो हूँ टुटपुँजिया मामूली-सा !

यह 'टुटपुँजिया मामूली-सा' ही वह ध्रुवक है जो हर चरण के अन्त में एक हल्के से व्यंग्यात्मक घुमाव के साथ दुहराया जाता है और हर बार जैसे उससे एक नया अर्थ फूटता है। यह एक आत्मबेधी कविता है, लगभग एक घायल हब्शी की चीख, जिसमें अपने आधे रक्त का यह 'टुटपुँजिया मामूलीपन' अपने ही अर्द्धांश की नवकुलीनता पर चोट करता है। इस कविता की बनावट में असली पुश्किन की तलाश करते हुए, मुझे एक हिन्दी पाठक के नाते फिर निराला की याद आई और याद आई 'सरोज स्मृति' की अपने अभिजात रक्त पर चोट करनेवाली कई मर्मभेदी पंक्तियाँ और फिर 'हिन्दी के सुमनों के प्रति' कविता का यह बहु-उद्‌धृत छन्द—

ईर्ष्या कुछ नहीं मुझे, यद्यपि
मैं ही बसन्त का अग्रदूत
ब्राह्मण समाज में ज्यों अछूत
मैं रहा आज यदि पार्श्वच्छवि।

क्या इन दोनों काव्यांशों को पढ़ने के बाद किसी सुपरिचित हिन्दी पाठक के लिए यह सम्भव है कि निराला की पार्श्वच्छवि, और पुश्किन के 'टुटपुँजिया-मामूलीपन' के बीच जो रिश्ता-सा बनता दिखाई पड़ता है, उससे अछूता रह जाए ! ये समानान्तरताएँ आकस्मिक नहीं हैं। शायद इसकी तह में जाने के लिए रूस और भारत के सामाजिक-राजनीतिक सन्दर्भ की उस समय की मिलती-जुलती परिस्थितियों की पड़ताल करनी होगी जिसकी ओर 'भारतेन्दु और पुश्किन' शीर्षक लेख में राहुलजी ने हल्का-सा संकेत किया है। पर इस प्रसंग को हम यहीं छोड़ते हैं क्योंकि भारतीय सन्दर्भ में पुश्किन की तलाश के लिए हमें कुछ और कविताओं की पड़ताल करनी होगी।

पुश्किन की एक कविता है—'अंतजर'। 'अंतजर' कवि-समय में आबद्ध एक ऐसा जहरीला वृक्ष है, जिसके पास एक पक्षी तक नहीं जाता और जो जाता है वह जीवित नहीं लौटता। 'अंतजर' के रूपक में एक ऐसी गहरी व्याप्ति है जो यथार्थ की उलझी हुई तहों को दूर तक उद्घाटित करती है। अब इसका कुछ नहीं किया जा सकता कि जब मैं 'अंतजर' कविता पढ़ रहा था, मुझे बार-बार निराला की 'ठूँठ' कविता याद आ रही थी। दोनों के नजदीक कोई नहीं जाता और अगर जाता है तो उस जहरीले वृक्ष के पास एक क्रीत दास जो अपने स्वामी द्वारा भेजा गया था और ठूँठ के पास एक बूढ़ा गिद्ध जिसे किसी ने नहीं भेजा था। बूढ़े गिद्ध और क्रीत दास में कितनी समानता या दूरी है, मैं नहीं जानता। पर दोनों का आपस में कुछ लेना-देना जरूर है, ऐसा बार-बार लगता है। क्या 'ठूँठ' एक ऐसा जहरीला वृक्ष नहीं है, जिसके जीवन का विष बुझा हुआ है—निराला की अन्तिम कविता की पंक्ति याद करें—मन्त्रोत्कंठित जीवन का विष बुझा हुआ है। क्या निराला भी अपने परिवेश की जानी-पहचानी प्रकृति के बीच छिपे हुए किसी 'अंतजर' यानी किसी जहरीले वृक्ष की ओर इशारा कर रहे थे।

[उद्धृत सारे काव्यांश श्री वरयाम सिंह के अनुवाद से लिए गए हैं]

प्रो. विक्टर्स इबूलिस

प्रो. विक्टर्स इबूलिस—यह नाम हिन्दी पाठकों के लिए नया है। पिछले दिनों वे भारत-यात्रा पर आए थे। यह भारत की उनकी दूसरी यात्रा थी। पहली बार शायद सत्तर के दशक में यहाँ आए थे—टैगोर-साहित्य के एक अध्येता के रूप में। पर उनके सन्दर्भ में 'अध्येता' शब्द शायद नाकाफी है। मैं उन्हें 'टैगोर-व्याकुल' कहना पसन्द करूँगा और चाहूँगा कि यहाँ 'व्याकुल' शब्द को उसकी पूरी अर्थ-व्याप्ति के साथ विधेयात्मक अर्थ में लिया जाए। प्रो. इबूलिस के लिए टैगोर का साहित्य और टैगोर का व्यक्तित्व, दोनों लगभग अभिन्न हैं। जब वे उन पर बात करते हैं तो यह फर्क करना कठिन है कि वे रचनाकार पर बात कर रहे हैं या फिर किसी कृति पर। ऐसे लोग अब विरल होते जा रहे हैं जो किसी कृति के चारों ओर लिपटी हुई उसकी मानवीय गरमाहट को इतनी शिद्दत से महसूस करते हैं। इतने बरसों बाद दिल्ली में प्रो. इबूलिस से मिलकर उसी गरमाहट की एक बार फिर अनुभूति हुई।

इस विलक्षण भारतविद् से मेरी पहली मुलाकात रीगा नामक शहर में हुई थी, जो लाटिविया की राजधानी है। यह शायद 1987 की बात है, जब लेखकों के एक दल के साथ मैं वहाँ गया था। मुझे अच्छी तरह याद है कि रीगा स्टेशन पर जो सबसे पहला व्यक्ति हमें मिला था, वे प्रो. इबूलिस ही थे—लम्बे चोंगे में और अपनी लम्बी दाढ़ी के साथ। अपने प्रथम साक्षात्कार में वे टैगोर के एक संक्षिप्त लाटिवियाई संस्करण की तरह और इसी कारण बिना परिचय के भी सहज आत्मीय। यह तो बाद में पता चला कि वे कभी शान्तिनिकेतन में रह चुके थे और बांग्ला भाषा में भी उनकी अच्छी गति थी। वे टैगोर की रचना तक किसी सुविधाजनक पुल से होकर नहीं, सीधे तैरकर पहुँचे थे और इस अर्थ में पश्चिम में अन्य अनेक टैगोर-प्रेमियों से वे बिल्कुल अलग हैं, लगे।

पहली भेंट की जो दो स्मृतियाँ मेरे भीतर अब भी अंकित हैं, उनमें पहली है टैगोर के 'राजा' नाटक की लम्बी चर्चा, जिसका प्रो. इबूलिस ने लाटिवियन में अनुवाद किया। संयोगवश उसी शाम रीगा के एक प्रसिद्ध प्रेक्षागृह में उसका मंचन होनेवाला था। प्रो. इबूलिस के आमन्त्रण पर हम सब वहाँ गए थे और उस भाषा का एक शब्द भी न समझने के बावजूद नाटक की प्रस्तुति हमें अद्भुत लगी थी। होटल लौटते हुए रास्ते में उन्होंने 'बनारस' का जिक्र छेड़ दिया। यह समझने में मुझे समय लगा कि वे बनारस शहर नहीं, मेरी 'बनारस' नामक कविता का जिक्र कर रहे हैं। उन्होंने उसे 'इंडियन

लिटरेचर' के किसी अंक में पढ़ा था और वह उन्हें अच्छी लगी थी। फिर कुछ सकुचाते हुए उन्होंने बताया कि उस कविता का उन्होंने लाटिवियाई भाषा में अनुवाद किया है और उसे मुझे सुनाना चाहते हैं। मैंने उस कविता का अनुवाद करने का कारण पूछा तो हँसते हुए बोले कि पहला कारण तो यही है कि भारत जाकर भी मैं बनारस नहीं देख सका—'सोचा न सही प्रत्यक्ष, कविता में ही देख लेते हैं।' अगले दिन जब वे मिले तो उन्होंने उस अनुवाद की एक प्रतिलिपि मुझे दी, जो किसी पत्रिका में छपा था।

रीगा की अनेक स्मृतियाँ हैं, पर सबसे सुखद स्मृति है वह घटना, जब हम प्रो. इबूलिस के साथ उनके घर गए थे। उनका घर सातवीं या आठवीं मंजिल पर था, जिसके अगल-बगल बहुत-से दूसरे घर थे। जब हम लिफ्ट से ऊपर पहुँचे तो थोड़ी दूर गलियारे में चलकर हम एक घर के सामने रुके। प्रो. इबूलिस ने दरवाजे पर दस्तक दी और जो महिला बाहर निकली वह कुछ देर अवाक् खड़ी रही। फिर उन्होंने उससे क्षमा माँगी (जाहिर है, अपनी भाषा में) और हमें लेकर आगे बढ़े। पता चला, उन्होंने गलती से किसी और घर के दरवाजे पर दस्तक दे दी थी। उन्होंने आगे यह भी बताया कि ऐसा उनके साथ कई बार हो जाता है। फिर हँसते हुए उन्होंने इतना और जोड़ा कि इस भूलभुलैया की खूबी यह है कि इसमें अन्ततः अपना घर भी मिल ही जाता है ! इस अनायास फूट पड़े रूपक में जो अर्थ की गूँज थी, वह देर तक हम सबके भीतर झंकृत होती रही।

इस घटना के कोई सोलह साल बाद, उसी प्रो. इबूलिस से अभी हफ्ता भर पहले जब दिल्ली में भेंट हुई, तो सहसा विश्वास नहीं हुआ कि यह वही व्यक्ति है, जिससे हम रीगा में मिले थे। अब वे चोंगे में नहीं थे, न ही उनकी दाढ़ी अब उतनी लम्बी थी। उनकी पूरी धज में एक अद्भुत युवता थी, जिसका रहस्य खोलते हुए उन्होंने बताया कि वे योगसाधना के कायल हैं और पिछले अनेक वर्षों से उसका नियमित अभ्यास करते हैं। यह भारत की उनकी दूसरी यात्रा थी और इस दूसरी यात्रा का भी पहला पड़ाव शान्तिनिकेतन ही था। उन्होंने बताया कि वे शान्तिनिकेतन इसलिए गए थे कि टैगोर-साहित्य की नवीनतम सूचनाओं से अवगत हो सकें। नया क्या मिला, यह पूछने पर उनका कहना था कि 'ढेर सारी नई जानकारियाँ साथ ले जा रहा हूँ—खासतौर से कथा-साहित्य के बारे में।' वे टैगोर की कहानियों पर नए सिरे से काम करना चाहते हैं—ऐसा उन्होंने बताया। मैंने धीरे से पूछा—एक ऐसे समय जब पश्चिम में टैगोर की लोकप्रियता काफी कम हो गई है, उनमें वह क्या है जो आपको आकृष्ट करता है ! बोले—उनका मानव-प्रेम। उन्होंने उस बात का जोरदार खंडन किया कि पश्चिम टैगोर-साहित्य से कट गया है। आगे उन्होंने जोड़ा—'यह पश्चिमी यूरोप के बारे में कहा जा सकता है, पर एक और पश्चिम है जिसे पूर्वी यूरोप कहा जाता है। वहाँ टैगोर अपनी सारी रचनात्मक अर्थवत्ता के साथ आज भी जिन्दा हैं और धड़ल्ले से उनकी कृतियों

के अनुवाद हो रहे हैं—कविता से ज्यादा गद्य का। पर बीच-बीच में कविता भी।'

उसी दिन शाम को उन्होंने साहित्य अकादेमी के सभाकक्ष में 'पश्चिम में टैगोर का अभिग्रहण' विषय पर भाषण दिया, जो खासा दिलचस्प था। उनका मत था कि पश्चिम में जिस रोमांटिक कविता का विकास हुआ, उस पर भारत का—खासतौर से अभिज्ञान-शाकुन्तलम् के अनुवाद का गहरा प्रभाव है। यह उन्होंने कुछ उदाहरणों से साबित करने की कोशिश की। टैगोर का अभिग्रहण उसी प्रभाव-प्रक्रिया का विस्तार है, जो आज भी जारी है। टैगोर की पुस्तक 'रूस की चिट्ठी' के बारे में उनका कहना था कि उसका तेरहवाँ हिस्सा जिसमें तत्कालीन रूस की आलोचना थी, वहाँ आज तक नहीं छपा है। लाटिविया में वह पूरा प्रकाशित हुआ है। उनकी एक दिलचस्प मान्यता यह थी कि भविष्य में भारत के एक समृद्ध राष्ट्र के रूप में उदय के साथ-साथ विश्व जनमत की आँखों में टैगोर का कृति-व्यक्तित्व और निखरता जाएगा।

इस पर मैं सोचने लगा कि क्या किसी देश की आर्थिक समृद्धि और विश्व जनमत द्वारा उसके साहित्य की स्वीकृति के बीच कोई सीधा सम्बन्ध है ? फिर छोटे और कम विकसित देशों का क्या होगा ? कभी जे.बी. प्रिस्टले ने कहा था—'ऐसी सच्ची प्रतिभाएँ भी, जिन्होंने हो सकता है, अपने छोटे समाज और छोटे देश के लिए बहुत कुछ किया हो, पश्चिम के समाज में हो सकता है अनपहचानी रह जाएँ।' यदि यह सच है तो एक पीड़ादायक सच है, जो पश्चिम द्वारा प्रस्तावित विश्व साहित्य की अवधारणा पर प्रश्नचिह्न लगाता है और शायद साहित्य को देखने की पश्चिम की अवधारणा पर भी।

एव्तुशेंको की नई कविताएँ

अभी कुछ दिन पहले मेरे युवा मित्र अनिल जनविजय ने मास्को से कुछ कविताएँ भेजीं। ये हिन्दी अनुवाद में यव्गेनी एव्तुशेंको की कविताएँ थी, एकदम ताजा। सोवियत समाज के विघटन के बाद रूसी भाषा में क्या कुछ लिखा जा रहा है, इसकी जानकारी मिलने के जितने भी स्रोत थे, वे सब लगभग बन्द हो चुके हैं। जहाँ तक मेरी जानकारी है, रादुगा और प्रगति प्रकाशन जैसे संस्थानों के कारोबार पूरी तरह ठप्प हैं और सबसे तकलीफदेह बात यह है कि सोवियत समाज की हिन्दी में जो दिलचस्पी थी (वह चाहे जिन कारणों से भी रही हो) उपेक्षा की हद तक खत्म हो चुकी है। कभी-कभी मुझे लगता है कि वे तमाम श्रेष्ठ रूसी कृतियाँ, जो इन प्रकाशनों ने हिन्दी-अनुवाद में हमें सुलभ कराई थीं, स्थानीय प्रकाशकों द्वारा फिर से छापी जानी चाहिए। मेरा खयाल है कि इसमें कॉपीराइट की समस्या भी शायद नहीं खड़ी होगी। सिर्फ इस दिशा में प्रयास करने की जरूरत है। पर अभी तो हम समसामयिक रूसी साहित्य की चर्चा कर रहे थे—खासतौर से उस साहित्य की जो पिछले 10-12 वर्षों में वहाँ लिखा गया है।

एव्तुशेंको उस नवीनतम दौर के प्रतिनिधि नहीं हैं। उनका जन्म सन् 1933 में साइबेरिया के एक छोटे शहर में हुआ था और ख्रुश्चेव के बाद जो एक परिवर्तन आया, उसकी आवाज के रूप में उन्हें पहचाना गया। अपने समकालीन कवि बोज्नेसेंस्की के साथ उनकी पश्चिम के साहित्यिक हलकों में एक खास तरह की पहचान बनी। बोज्नेसेंस्की की जटिल संरचनावाली गीतात्मकता के बरक्स एव्तुशेंको की आवाज अधिक खुली थी और किसी हद तक साहित्य भी। पश्चिम ने इस आवाज को अपने यहाँ के एंग्री यंग मैन (क्रुद्ध युवा पीढ़ी) के रूसी पर्याय के रूप में देखा-सराहा। पर एव्तुशेंको मूलतः मायकोवस्की के प्रशंसक थे और रूस के पाठक समुदाय ने उन्हें उसी परम्परा के अग्रधावक के रूप में पहले-पहल देखा था। पर बाद का उनका विकास एक ऐसी दिशा में बढ़ता हुआ दिखाई पड़ा, जिसमें कविता क्रमशः क्षीण होती गई और उसका आलोचनात्मक तेवर अधिक मुखर। सोवियत सत्ता के विघटन के समय तक एव्तुशेंको की यही छवि थी जो उनके पाठकों के मन में बनी थी और पश्चिम में उनकी लोकप्रियता भी लगभग उसी बिन्दु पर जाकर ठहर गई थी।

आज से कोई दो वर्ष पहले जब मास्को गया था तो यह जानने की कोशिश की थी कि एव्तुशेंको-वोज्नेसेंस्की की जोड़ी आजकल रचना की दुनिया में क्या कर रही है

और रूस के नए पाठक अब उनके बारे में क्या सोचते हैं ? जो थोड़ी-बहुत जानकारी मिली, उससे मैंने यह निष्कर्ष निकाला कि वोज्नेसेंस्की पश्चिम की दुनिया में कुछ ज्यादा ही घुल-मिल गए हैं और इससे उनकी रचनाशीलता भी प्रभावित हुई है। रूस के मानस की बनावट ही कुछ ऐसी है कि उसका साहित्य अपनी आबोहवा में ही पलता-बढ़ता है और ज्यों ही इसका आभास होता है कि उसका कोई रचनाकार किसी अन्य आबोहवा से खुराक ले रहा है तो पाठकों के कान खड़े हो जाते हैं। कभी तुर्गनेव जैसे बड़े लेखक को भी अपने लम्बे पश्चिम-प्रवास के कारण पाठकों के इस आक्रोश का सामना करना पड़ा था। बोज्नेसेंस्की और एव्तुशेंको को भी, अमेरिका के साथ अपने अतिशय जुड़ाव के कारण, अपनी साहित्यिक साख को, पाठकों की घोर उदासीनता की हद तक क्षतिग्रस्त होते देखना पड़ा है। एक पत्रिका में यह पढ़कर मैं अवाक् रह गया कि किसी शहर में ऐव्तुशेंको के प्रशंसकों द्वारा उनके पुतले जलाए गए। इससे इतना पता और चला कि बोज्नेसेंस्की की तुलना में एव्तुशेंको के प्रति वहाँ का नया पाठक ज्यादा संवेदनशील है। उनकी किताबें अब भी छपती हैं और पढ़ी जाती हैं, पर आज जिस आवाज को रूस का नया पाठक अपने समय की आवाज समझता है, उस कवि का नाम है किबिरोव। अभी एक मित्र से पता चला कि रूस की नई पीढ़ी के भीतर अब भी कविता के प्रति वही उत्सुकता है और किसी नए प्रकाशन के लिए—खासतौर से किबिरोव जैसे कवि की नई किताब के लिए—ग्राहकों की वैसी ही भीड़ अब भी लगती है। सिर्फ पहले की तुलना में किताबों की कम प्रतियाँ छपती हैं—अधिकतम तीन हजार के आसपास—कविता के लिए यह संख्या भी कम नहीं है।

मेरे युवा मित्र ने मास्को से एव्तुशेंको की जो कविताएँ भेजी हैं—बेशक हिन्दी अनुवाद में—उन्हें पढ़कर एक नए एव्तुशेंको से साक्षात्कार हुआ। कुछ कविताओं के शीर्षकों से ही पता चल जाएगा कि इस कवि की कविता के आज मुख्य सरोकार क्या हैं—जैसे 'माशा (कवि की पत्नी) के लिए', 'मेरी माँ', 'एक जार्जियाई दोस्त की मृत्यु पर' इत्यादि। किसी समय की कविता में आए परिवर्तन का सबसे प्रामाणिक संकेत शायद उन्हीं रचनाओं में मिलता है जो सामाजिक सम्बन्धों को, किसी वैयक्तिक धरातल पर पूरी तीव्रता के साथ व्यक्त करती हैं। माँ पर लिखी कविता का एक बन्द इस प्रकार है—

इस कठिन कष्टमय मुसीबत भरे दौर में
वह सबकुछ सरलता से करती रही
जीने के ठौर में
और मैं डरता रहा बहुत कि कहीं कोई उसे
पंख-सा उड़ा न ले जाए मेरे इस रूस से

पहली बात तो यह कि यह कविता एक ढीले-ढाले छन्द में है। मूल में शायद वह कसे हुए छन्द में हो। यह आधुनिक रूसी कविता की एक विशेषता है कि लगभग सम्पूर्ण

आधुनिक विश्व-कविता के विपरीत वहाँ छन्द अब भी जिन्दा है और पिछले पचास वर्षों की असंख्य श्रेष्ठ कविताएँ बाकायदे छन्द में लिखी गई हैं। शायद रूसी भाषा की ध्वनिगत बनावट में ही ऐसा कुछ है कि वह छन्द को एक आन्तरिक आजादी और विस्तार देती है। अतः वहाँ छन्द-मुक्ति या छन्दहीनता केवल आंशिक रूप से ही आवश्यक रह जाती है। पर छन्द या अनुप्रास के अलावा भी ऊपर उद्धृत पंक्तियाँ कुछ नए अर्थ-संकेतों को सँजोए हुए है—जैसे यही कि 'कोई उसे पंख-सा उड़ा न ले जाए मेरे इस रूस से।' कोई उसमें सन् 90 के आसपास के उजड़ते-बिखरते रूस का कोई बिम्ब देखना चाहे तो कविता इसकी पूरी छूट देती है।

अपनी एक अन्य नई कविता में एव्तुशेंको हमारे समय की एक बड़ी अन्तर्राष्ट्रीय समस्या-फिलस्तीन-इसराइल संघर्ष पर एक हलके से आदर्श भरे स्वर में इस तरह टिप्पणी करते हैं—

हममें से हरेक की रगों में
रक्त का सम्मिश्रण है
हर यहूदी अरब भी है
और हर अरब यहूदी
और यदि मूर्खतावश कोई भींगता है
किसी के रक्त में
तो भींगता है असल में अपने ही रक्त में

अपने ही रक्त में भींगने की यह विडम्बना हमारे लिए भी उतनी ही तल्ख है और उतनी ही पीड़ाभरी। कविता 'विशेष' से चलकर किस तरह 'सामान्य' के बेहद्दी मैदान में प्रवेश कर जाती है, ऊपर की पंक्तियाँ एक नमूना हैं।

सन् 60 के दशक में रूसी कविता की एक प्रतिनिधि आवाज के रूप में उभरे इस कवि की कुछ और नई कविताएँ शीघ्र ही एक पत्रिका के प्रवेशांक के माध्यम से सामने आएँगी। पर आज के रूसी जीवन को और उसके भीतर से पैदा होनेवाले दंश को एव्तुशेंको किस तरह देखते हैं, यह जानने के लिए नीचे की पंक्तियाँ देखी जा सकती हैं—

जो लिखा गया रक्त से
कठिन है लिखना पुनः उसे
इस सफेद कागज पर
मैं
अन्तिम कवि हूँ
उस कम्यूनिज्म का
जो कभी आया नहीं धरती पर
और शायद कभी आ भी नहीं सकता !

ब्रिटेन में हिन्दी-कविता

हम जिस समय में रह रहे हैं उसकी एक बहुत बड़ी विशेषता यह है कि आज बड़े पैमाने पर लगभग सारी दुनिया में आप्रवासी-लेखन हो रहा है। कोई सामान्यीकरण करना चाहे तो कह सकता है कि आज के महत्त्वपूर्ण लेखन का अच्छा-खासा हिस्सा वह है जो आप्रवासियों के द्वारा लिखा गया है। मारीशस, सूरीनाम और त्रिनिदाद में ऐसा लेखन काफी पहले से होता रहा है। पर इधर इंग्लैंड में बसे हिन्दी प्रवासियों में इस तरह की रचनाशीलता का जैसे एक नया उभार आया है। अपनी पिछली लन्दन-यात्रा में मैंने इस उभार के कुछ लक्षण देखे और जब देश लौटा तो अपने साथ अनेक ऐसी पंक्तियों और बिम्बों को लेकर लौटा, जो मेरे लिए बिल्कुल नए थे।

आप्रवासी-लेखन एक सांस्कृतिक संक्रमण के भीतर से पैदा होता है। इस तरह के सम्पूर्ण लेखन को एक ही श्रेणी में नहीं रखा जा सकता। वे लेखक जो किन्हीं राजनीतिक कारणों से किसी और देश में जाकर बस गए हैं, उनकी जीवन-दृष्टि और उसकी संवेदना की बनावट, उन लेखकों से बिल्कुल भिन्न होती है, जिनके पुरखों ने स्वेच्छापूर्वक आव्रजन नहीं किया, बल्कि जो एक अपरिहार्य दबाव के तहत किसी टापू में ले जाकर डाल दिए गए थे। मारीशस, त्रिनिदाद या सूरीनाम के निवासी और उनके भीतर पैदा होनेवाले लेखक इसी प्रकार के हैं। उनके भीतर एक ओर एक नया देश गढ़ने और बनाने का एक सुखद परितोष है तो दूसरी ओर उनकी सामूहिक चेतना के तल में कहीं दबी हुई वह पीड़ा भी, जो अपनी जड़ों को भूल जाने से पैदा हुई है। इन टापुओं में इस भूलने के विरुद्ध इधर एक नई सुगबुगाहट पैदा हुई है, जिसकी झलक उनकी रचनाओं में मिल सकती है और कई बार उनके आचरण में भी। इसका एक परिणाम यह है कि अपनी विस्मृत पहचान के नाम पर उन्हें जो कुछ मिल जाता है—कोई कथावाचक, कोई बाबा, कोई फिल्मी गीत—वे उसी से जुड़ जाते हैं और इस जुड़ाव में एक विलक्षण सन्तोष का अनुभव करते हैं। पर उस दुनिया के सबसे बड़े और सबसे प्रतिनिधि लेखक वी.एस. नायपाल की भारत-सम्बन्धी कृतियों में चेतना का एक बिल्कुल नया धरातल दिखाई पड़ता है—जहाँ नए भारत को जानने की एक उत्कट जिज्ञासा है और अंशतः उसे जान लेने के बाद का एक हल्का-सा मोहभंग भी।

पर यूरोप—खासतौर से इंग्लैंड में रहनेवाले लेखकों की स्थिति भिन्न है। अंग्रेजी में लिखनेवाले कुछ बहुचर्चित रचनाकारों की चर्चा मैं नहीं कर रहा। मेरी दिलचस्पी का

विषय यहाँ के वे लेखक हैं जो हिन्दीभाषी हैं और हिन्दी में लिखते हैं। ऐसे ज्यादा लोग नहीं है—पहले मेरा अनुमान यही था। पर, अबकी यात्रा में मैंने पाया है कि लन्दन, बरमिंघम और मैनचेस्टर जैसे शहरों में ऐसे रचनाप्रेमी या रचनाकार आप्रवासियों की एक अच्छी-खासी संख्या है, जो हिन्दी भाषा की सर्जनात्मक क्षमता से जुड़ना चाहते हैं।

इनमें केवल वही नहीं शामिल हैं, जिनकी मातृभाषा हिन्दी है, बल्कि कई बार ऐसे कवि यशःप्रार्थी भी मिले, जिनकी मातृभाषा बांग्ला या गुजराती है, पर लिखने की कोशिश करते हैं हिन्दी में। शायद इस रुचि को बढ़ावा देने में हिन्दी फिल्मों का कुछ हाथ हो। पर सृजन-कामना के इस सीधे और सच्चे रुझान को सबसे अधिक विकृत या दिग्भ्रान्त किया है हिन्दी कवि-सम्मेलनों ने। इनमें अक्सर भारत से मंचीय कवियों को बुलाया जाता है और उनमें भी हँसोड़ कवियों (?) की माँग अधिक होती है। इसका असर यह हुआ है कि कुछ सच्चे और अपवादस्वरूप कवियों को छोड़कर ज्यादातर सृजन-कामी युवा या अधेड़ उस तरह लिखने की कोशिश करते हैं, जैसा मंच पर चलता है। पर इनमें कुछ ऐसे जरूर दिखाई पड़े, जिनकी अगर आज की उस कविता से मुठभेड़ हो, जिसे गम्भीर कविता कहा जाता है, तो उनके आप्रवासी मन को अपना अलग मुहावरा खोजने के संघर्ष में कुछ मदद मिल सकती है।

जितना कुछ देखा-सुना और जाना, उसके आधार पर एक निष्कर्ष मैंने यह निकाला कि वहाँ का आप्रवासी मानस अब इतना परिपक्व हो चुका है कि वह भारत व्याकुलता की मनःस्थिति से बाहर निकलकर एक अधिक खुली मनोभूमि में प्रवेश कर रहा है, जहाँ नकार तथा स्वीकार का पलड़ा लगभग बराबर-बराबर है। अपनी षष्टिपूर्ति मना चुके एक ऐसे हिन्दी कवि मुझे मिले, जिन्होंने बिना किसी लागलपेट के दो-टूक शब्दों में कहा कि 'मैं लन्दन को प्यार करता हूँ और इसके सिवा किसी और शहर में रहने की कल्पना तक नहीं कर सकता।' वहाँ मैंने जितनी रचनाएँ सुनीं या पढ़ीं, उनमें और चाहे जो हो, मुझे एक भी ऐसी पंक्ति नहीं मिली जिसमें अपनी मूलभूमि के लिए गलदश्रु भावुकता या 'नास्टेल्जिया' दिखाई पड़े। ऐसी मनोभूमि रचना के लिए अधिक अनुकूल होती है और शायद अधिक उर्वर भी।

इस परिपक्व मनोदशा के कुछ संकेत मुझे मैनचेस्टर की संगोष्ठी में दिखाई पड़े। एक अधेड़ कवि ने, जो पेशे से शायद डॉक्टर थे, एक ऐसी कविता सुनाई, जिसमें एक भारतीय आप्रवासी की उस विडम्बनापूर्ण स्थिति को पकड़ने की कोशिश की गई थी, जो हर बार गर्मियों में भारत जाता है और कुछ दिन वहाँ रहने के बाद, अपने घर में एक नया ताला लगाकर लौट आता है। इस सारी प्रक्रिया में एक तकलीफदेह बदलाव यह आता है कि एक दिन उसे लगता है—जिस सगे भाई को वह हर बार अपने घर की देखभाल का जिम्मा सौंपकर आता है, वह धीरे-धीरे उसके लिए एक 'केयरटेकर' में बदल जा रहा है। यह एक ऐसा शॉक है, जो कविता के अन्त तक जाते-जाते पूरी कविता में एक कौंध-सी भर देता है।

पर लन्दन में रहते हुए जिस कवि के भावबोध (जिसे मैं आप्रवासी भावबोध कहना

चाहूँगा) में सबसे अधिक गहराई और तराश आई है, वे हैं सत्येन्द्र श्रीवास्तव। वे कोई चालीस वर्ष से अधिक समय से वहाँ रह रहे हैं और इस समय कैम्ब्रिज विश्वविद्यालय में हिन्दी के प्रोफेसर हैं। उनका हाल ही में प्रकाशित गद्य-पद्य का संकलन 'टेम्स में बहती गंगा की धारा' आप्रवासी हिन्दी-लेखन की परिपक्वता का अच्छा उदाहरण है। वे वहाँ के हिन्दी रचनाकारों में अकेले ऐसे लेखक हैं, जो हिन्दी के साथ-साथ अंग्रेजी में भी लिखते हैं और सबसे दिलचस्प बात यह कि समकालीन अंग्रेजी लेखकों के साथ भी उनका उठना-बैठना है। दो संस्कृतियों की जिस सीमा-रेखा पर उनका मन टिका है, उसकी स्वीकृति इन शब्दों में है—गंगा और टेम्स मेरी जीवन यात्रा के दो बिन्दु हैं।.. .इन दोनों के जल का स्पर्श मेरे प्रेरणास्रोत का उत्स है।

सत्येन्द्र की कविता में अनेक ऐसी पंक्तियाँ मिल सकती हैं जिनमें उनके आप्रवासी मन की पीड़ा और उल्लास दोनों दिख जाएँगे, पर जिस कविता का मैं यहाँ उल्लेख करना चाहता हूँ वह एक राजनीतिक रंगवाली कविता है, जिसका शीर्षक है—'सर विंस्टन चर्चिल मेरी माँ को जानते थे।' कविता में पहले मसूरी की एक घटना का जिक्र है, जहाँ महिलाएँ ब्रिटिश फौजी दस्ते के सामने सड़क पर लेट गई थीं और इस तरह उन्हें आगे बढ़ने से रोक दिया था। उसके बाद कवि का जो बयान है, उसमें एक विलक्षण तेवर है—ब्रिटिश साम्राज्य की त्रासद स्मृति के विरुद्ध मानो एक चुपचाप कार्रवाई जो और कुछ नहीं, महज एक सीधी-सी सचाई है कि आज इतनी बड़ी संख्या में भारतीय आप्रवासी इंग्लैंड में हैं और अपनी पूरी क्षमता के साथ वहाँ मौजूद हैं। इस उपस्थिति को, पूरे बलाघात के साथ व्यक्त करनेवाली पंक्तियाँ कविता के अन्त में आती हैं जो इस प्रकार हैं—

सर विंस्टन, आप मेरी माँ को जानते हैं
वह भी एक साथ बच्चे का पेट फुलाए
मसूरी के उसी रास्ते पर लेट गई थी
जहाँ से फौजियों के दस्तों को
लौटना पड़ा था
मैं उसी माँ के पेट से जन्मा उसका बेटा हूँ
और मेरा नाम सत्येन्द्र है
और मैं आपसे यह कहने आया हूँ,
कि अब मैं इंग्लैंड में आ गया हूँ...

बीसवीं सदी की सबसे लम्बी चीख

एक कविता के बनने में कितना समय लगता है—दस मिनट, दस घंटे, दस सप्ताह ? क्या इस प्रश्न का कोई अर्थ है ? फिर भी इस तरह के सवाल पूछे जाते हैं। पूछा तो यह भी जाता है कि अमुक कविता कब और कहाँ लिखी गई ? जब लिखी गई, तब वह कौन-सी आसन्न घटना थी जो रचनाकार को उसके लिखने की मेज तक ले गई। ऐसा हो सकता है, पर जरूरी नहीं कि ऐसा हो ही। कई घटनाएँ ऐसी भी होती हैं, जिसके आगे रचनाकार को अपनी ही मेज दिखाई नहीं पड़ती और वह स्तब्ध और अवाक् किसी एक बिन्दु पर रुक जाता है। यह रुकना कागज पर चलती हुई कलम के ठिठक जाने जैसा होता है, जिसकी अवधि हफ्तों, महीनों और कई बार बरसों तक भी हो सकती है। छोटी-मोटी घटनाएँ घटित होती हैं और दैनिक इतिहास में लय हो जाती हैं। पर जब हिरोशिमा या नागासाकी पर एटम बम गिराने जैसी घटना घटित होती है तो सिर्फ रचनाकार की कलम ही नहीं, पूरा मानव-इतिहास ही जैसे कुछ समय के लिए एक बिन्दु पर जड़ीभूत हो जाता है।

आज सुबह उठा तो अखबार पढ़कर लगा कि युद्ध जैसे एकदम दरवाजे पर खड़ा है। सहसा मेरा ध्यान एक पुस्तक की ओर गया जो मेज पर पड़ी थी। यह जापानी कवि तोगे संकिची की काव्यकृति 'हिरोशिमा की कविताएँ' थी, जिसके हिन्दी अनुवाद का कुछ समय पहले दिल्ली में विमोचन हुआ था। तब क्या पता था कि जिस कृति का विमोचन हो रहा है, उसका भयावह यथार्थ सिर्फ महीने भर बाद अपने ही आकाश में एक दुःस्वप्न की तरह मँडराता नजर आएगा ! ऐसे में यह कृति मुझे बेहद प्रासंगिक लगी और लगा कि इसका सबके साथ मिलकर पाठ किया जाना चाहिए।

पहले संक्षेप में कवि के बारे में—तोगे संकिची हिरोशिमावासी थे, यानी उनके लिए छह अगस्त, 1945 को होनेवाला अणु विस्फोट उनका भोगा हुआ यथार्थ था। पुस्तक के अन्त में जो कवि द्वारा लिखी छोटी-सी टिप्पणी दी गई है, उसके आरम्भिक शब्द हैं—'6 अगस्त, 1945 की सुबह मैं हिरोशिमा में, अपने घर को छोड़कर शहर की ओर जाने ही वाला था कि परमाणु बम गिर गया। विस्फोट की जगह मेरे मकान से कुल 3000 मीटर की दूरी पर थी। मैं काँच के टुकड़ों के कारण जख्मी हुआ और कई महीनों तक रेडियेशन के कारण होनेवाली बीमारियों से जूझता रहा।'

'हिरोशिमा की कविताएँ' इस त्रासदी के घटित होने के छः साल बाद लिखी गई

थी। भोगने और लिखे जाने के बीच जो लम्बा अन्तराल है, उसे कवि ने इस तरह व्यक्त किया है—'हिरोशिमा का कवि होते हुए भी, इस कविता को पूरा करने में मैंने जो छः सालों की सुस्ती दिखाई, उसके लिए शर्मिन्दा हूँ। मैं अपनी प्रतिभा की कमी पर भी शर्मिन्दा हूँ। असल में मैं उस घटना पर कोई अर्थहीन टिप्पणी नहीं करना चाहता था।'

मैं सोचता रहा कि कवि ने यह जो 'अपनी प्रतिभा की कमी' की बात कही है वह क्या कोरी विनम्रता है ? मुझे लगा—ऐसा नहीं है। बीसवीं शताब्दी की उस सबसे भयावह विध्वंस-लीला के सामने एक प्रतिभाशाली भुक्तभोगी कवि को यदि अपनी प्रतिभा का आकार छोटा लगे तो इसे उस विराट अनुभूति का ही हिस्सा मानना चाहिए, जिसके भीतर से यह कृति पैदा हुई थी।

यह पूरी कविता एक विलम्बित चीत्कार की तरह है—नुचते, घिसटते और जलते हुए शरीरों को देखकर मानो आत्मा का चीत्कार। इसीलिए बहुतों को वह कविता थोड़ा अनगढ़ लग सकती है। यह अनगढ़ता शायद इसकी वस्तु में निहित है। पूरी कविता एक लम्बी रपट है—कई बार ऐसे संकेतों और बिम्बों से भरी हुई, जो मस्तिष्क के तन्तुओं को सुन्न कर देते हैं। मनुष्य की चेतना पर एटमी प्रभाव की तीव्रता को व्यक्त करने के लिए कवि ने इस अनगढ़ता को एक विलक्षण कला के रूप में इस्तेमाल किया है। बीच-बीच में कुछ गद्य के टुकड़े भी दिए हैं, जो कविता के भाव-प्रवाह को नियन्त्रित करते हैं। पूरी कविता को शायद एक साँस में नहीं पढ़ा जा सकता। बेहतर यही होगा कि इस सुदीर्घ कविता को धीरे-धीरे और कई टुकड़ों में पढ़ा जाए। छोटी-सी काव्यमय भूमिका के बाद कविता इस तरह शुरू होती है—

कौन भूल सकता है वह क्षणिक लपट
... ...
दिखती हैं टूटी इमारतें
ध्वस्त पुल
भीड़ से खचाखच कोयला बनीं ट्रेनें
मलबे और अंगारों का असीम अम्बार—
यह हिरोशिमा था।
... ...
पत्थर की टूटी मूर्तियों की तरह
बिखरी हुई लाशें
परेड मैदान पर
झुलसती धूप में सरकते
और धीरे-धीरे लाशों के ढेर में
बदलते हुए लोग

... ...
भागी हुई स्कूली लड़कियाँ
शस्त्रागार की जमीन पर विष्ठा से
सनी हुई
फूले पेटोंवाली, भैंगी आँखोंवाली
चमड़ी झूलती हुई
बाल उड़े हुए...
कौन भूल सकता है ?

यह विस्फोट के बाद का पहला दृश्य है और वास्तविकता यह है कि यह पूरी कविता इस पहले दृश्य का और सघन तथा गहनतर होता हुआ एक बृहत् विस्तार है। घटना के अगले दिन की रपट इस प्रकार है—

'खामोश सुबह। अविश्वसनीय सन्नाटा। जमीन पर पड़े आधे लोग गायब हो चुके हैं। बचे हुए लोगों के ताम्बई बदन फूल चुके हैं। उनकी बाँहें और टाँगें एक हो गई हैं...।'

पर इस गद्यवत् रपट के ठीक बाद वह काव्यांश आता है, जिसके भीतर से हिरोशिमा का एक दहला देनेवाला दृश्य उभरता है—

इस चुने हुए शहर में
यूरेनियम 235 ने
पृथ्वी से पाँच सौ मीटर ऊपर
एक मानव-निर्मित सूर्य को
प्रज्वलित खड़ा किया
समय : सुबह 8 बजकर 15 मिनट
गुप्तांग के खुरदुरे बालों जैसी
दिखनेवाली
धुएँ की लकीरों में
हिरोशिमा ढँक गया।

यह है एटम बम गिरने के बाद का वीभत्स दृश्य। युद्ध यही करता है। सीधी-सरल उपमाओं से उसे व्यक्त नहीं किया जा सकता। इसलिए पूरी कविता में ऐसी उपमाओं का प्रचुरता से इस्तेमाल किया गया है जो आघात दे और निरर्थकता के भीतर से पैदा होनेवाली जुगुप्सा को तीव्रतर करे।

पुस्तक के शुरू में जो छोटी भूमिका दी गई है वह कविता में है और इस प्रकार है—

हमारे पिता लौटा दो

हमारी माताएँ लौटा दो
हमारे बुजुर्ग लौटा दो
मुझे मुझी को लौटा दो

ये वे पंक्तियाँ हैं जिनसे जापान का बच्चा-बच्चा परिचित है और वे इस तरह पढ़ी जाती हैं जैसे मन्त्र पढ़ा जा रहा हो। इन पंक्तियों की व्याख्या नहीं करूँगा—उस अन्तिम पंक्ति की भी नहीं, जो इस क्रूरतम सचाई की गवाह है कि युद्ध किस तरह बचे हुए मनुष्य को भी दो-फाड़ करके छोड़ देता है। मैं सिर्फ कामना करूँगा कि इन पंक्तियों की प्रतिध्वनि उन कानों तक पहुँचे—जिनमें इस समय आसन्न युद्ध का भीषण संगीत गूँज रहा है।

क्या साहित्य बचेगा?

'क्या साहित्य बचेगा'—एक दिन एक छोटे शहर के एक युवा पाठक का पत्र मिला, जिसमें यह प्रश्न पूछा गया था। प्रश्नकर्त्ता को लगा होगा कि सारे प्रश्नों के उत्तर दिल्ली में मौजूद हैं। मैंने जो उत्तर दिया वह सकारात्मक था—पूरे बलाघात के साथ व्यक्त किया गया आशावादी, जिसका सार यह था कि उसे छोटे शहर ही बचाएँगे। बाद में देर तक सोचता रहा कि मेरे ऐसा कहने का आधार क्या है ? क्या सचमुच आज का वह साहित्य जो बड़े शहरों में ही बरसों से पल-पुस रहा है, उसे बचाने का ऐतिहासिक काम अन्ततः छोटे शहरों के ही जिम्मे होगा। छोटे शहरों तक तो साहित्य कम ही पहुँच पाता है—जो पहुँचता भी है वह उन गिने-चुने पाठकों के कारण, जिनके भीतर नवीनतम सृजन के धरातल से जुड़ने की ललक है। महाविद्यालय या विद्यालयों के पुस्तकालय इसमें उनकी कोई मदद नहीं करते। सार्वजनिक पुस्तकालय नामक संस्था कुछ विरल अपवादों को छोड़कर कब की समाप्त हो चुकी है। कभी समाचार-पत्रों में सृजनात्मक याद आता है कि बनारस से छपनेवाला 'आज' अखबार सन् 60 के दशक में वर्ष के अन्त में एक सुसम्पादित विशेषांक निकालता था—लगभग आठ या दस पृष्ठों का—जिसमें पूरे साल के साहित्य का आकलन होता था। अगर मैं भूलता नहीं तो प्रायः एक दशक तक यह क्रम लगातार चलता रहा। कोई चाहे तो उस पूरी कालावधि के साहित्य का 'आज' के उन विशेषांकों के आधार पर एक प्रामाणिक लेखा-जोखा प्रस्तुत कर सकता है। यह अनुसन्धान एक अनछुआ क्षेत्र है।

वस्तुतः समाचार-पत्रों ने आधुनिक साहित्य के प्रचार-प्रसार और एक हद तक उसे आकार देने में भी बड़ी भूमिका निभाई है। अब उन्होंने यह काम लगभग बन्द कर दिया है। कुछ ने तो साहित्य को एक फालतू-सी चीज समझकर, उससे हमेशा के लिए पल्ला झाड़ लिया है। वे यह नहीं समझते कि इस ऊपरी तौर पर दिखनेवाले 'फालतूपन' में ही साहित्य की ताकत छिपी होती है। स्वाधीनता से पहले के समाचार-पत्र इस बुनियादी तथ्य को जानते थे। इसलिए उनके निकट एक मंजन के विज्ञापन को भी प्रामाणिकता तभी मिलती थी, जब उसके दूसरी तरफ कहीं कोई कविता या कहानी अपने 'अनुपयोगी' अस्तित्व की चिल्ला-चिल्लाकर घोषणा कर रही हो। पर जो सबसे बड़ा काम ये अखबार करते थे, वह यह कि कस्बा, गाँव या छोटे शहर में बैठे अनाम पाठक के साथ बनते हुए साहित्य की संवेदना का तार कहीं न कहीं जोड़ देते थे। इस तरह एक

का बाखबरी माहौल बनता था—सांस्कृतिक निर्माण की प्रक्रिया का एक जरूरी काम, जिसे रेमंड विलियम्स 'लम्बी क्रान्ति' या 'लांग रिवोल्यूशन' का नाम देते थे। मुझे कई बार लगता है कि यह प्रक्रिया कहीं ठिठक-सी गई है। फलतः अपने समय की सृजनात्मक चेतना के साथ सामान्यजन की चेतना का तार, जहाँ और जिस तरह जुड़ना चाहिए, वह उस तरह जुड़ा नहीं है। इसलिए वह बिना लागलपेट के सीधे यह सवाल कर सकता है कि क्या साहित्य बचेगा।

ऐसा नहीं कि यह सवाल महानगर के निवासी को परेशान नहीं करता। पर दोनों की इस चिन्ता में अन्तर है। महानगर में यह डर इलेक्ट्रानिक मीडिया के सर्वश्लेषी (कोई चाहे तो सर्वग्रासी भी कह सकता है) चरित्र के कारण पैदा हुआ है। पर कस्बा या छोटे शहर के पाठक के भीतर का यह डर ज्यादा बुनियादी है—वह पहुँच न पाने या जुड़ न पाने के खालीपन से पैदा हुआ है। छोटे शहरों के जिज्ञासु मन की चिन्ता की यह विशेष बनावट ही मेरे भीतर इस उम्मीद को जगाती है कि 'साहित्य बचेगा' और उसे बचाए रखने में उनकी बड़ी भूमिका होगी।

कुछ समय पहले एक भोजपुरी सम्मेलन में जाना हुआ था। वहाँ ज्यादातर लोग गाँव-देहात से आए थे। कुछ शहरों के भी थे। पर महानगर से शायद कोई नहीं। बहस का मुद्दा यह था कि भोजपुरी की पढ़ाई तो शुरू हो गई पर किताबें नहीं मिलतीं। किताबें तो दूर, उन्हें छापनेवाला कोई प्रकाशक भी नहीं मिलता। स्थिति यह है कि पाठ्यक्रम है, छात्र हैं, पर पुस्तकें नदारद। पर मैंने देखा, लोगों का उत्साह अद्भुत था। तय पाया कि चन्दा उगाहकर इस अभाव की पूर्ति कर ली जाएगी। यह दृश्य लगभग वैसा था जैसा संकट की घड़ी में होता है—जैसे कुछ नष्ट हो रहा हो और उसे बचा लेना है। लौटते हुए ट्रेन में कुछ प्राइमरी स्कूल के अध्यापक मिले। भोजपुरी में छपनेवाली पत्रिकाओं का जिक्र छिड़ा। उन्होंने बताया कि ग्राहक की समस्या जरूर है—न सिर्फ पत्रिकाओं के लिए, बल्कि किताबों के लिए भी। पर उन्होंने इसका एक समाधान ढूँढ़ लिया है—बहुत कुछ आपसी तालमेल के आधार पर। उन्होंने कुछ पत्रिकाओं के नाम लिए और बताया कि हम उन्हें मँगाते हैं और अपने क्षेत्र के सारे स्कूलों में घूम-घूमकर बाँटते हैं। यही काम हमें नई किताबों के लिए भी करना पड़ता है और यह काम हमें इसलिए करना पड़ता है कि हमें लगता है, यह अपनी भाषा को बचाने का काम है।

मैं रास्ते भर सोचता रहा कि वह कौन-सा खतरा है जिससे वे अपनी भाषा को और इस तरह उसकी अन्तर्निहित सर्जन की क्षमता को बचाने की कोशिश में जुटे हैं? मुझे यह कोशिश—आज के पूरे सांस्कृतिक परिदृश्य के बीच—दिलचस्प लगी और आश्वस्तकारी भी। इस आश्वस्ति को एक छोटी-सी घटना से और बल मिला। जब तक कस्बाई बाजार से गुजर रहा था, तो कोने में एक छोटी-सी जूते की दुकान दिखाई पड़ी, जहाँ एक दाढ़ीवाला अधेड़-सा आदमी बैठा था। थोड़ा निकट जाने पर मुझे पता चला—मैं उन्हें जानता हूँ। मुझे देखते ही, ग्राहक से होनेवाली बातचीत को बीच में तोड़कर वे मेरी ओर लपके। उनका इस तरह, व्यापार को एक तरफ रखकर एक पूर्वपरिचित की ओर

बढ़ना महज शिष्टाचार नहीं था बल्कि उनकी एक दिलचस्प समस्या थी, जिसका समाधान वे मुझसे चाहते थे। समस्या यह थी कि उनके पास शेर का एक मिसरा था, जिसे कई साल पहले उन्होंने कहीं पढ़ा या सुना था। पर उनकी स्मृति से दूसरा मिसरा कहीं गिर पड़ा था। मुझे याद था और मैंने उन्हें सुना दिया। मुझे उनके चेहरे पर आई हुई चमक याद है और वे आँखें, जो इस तरह खुली थीं, जैसे उन्होंने उस 'सच' को पा लिया हो, जिसकी बरसों से तलाश थी। शेर नासिर काजमी का था और इस तरह था—

कुछ यादगारे-कूए-सितमगर ही ले चलें
आए हैं इस गली में तो पत्थर ही ले चलें।

कविता में मिला हुआ यह फालतू पत्थर उस छोटे शहर के उस छोटे व्यवसायी के लिए कितना कीमती था, यह बताने की जरूरत नहीं। कविता आदमी और व्यवसाय के बीच की खाली जगहों का निर्माण करती है और इसीलिए जरूरी है। महानगरों में ये खाली जगहें निरन्तर कम होती जा रही हैं। पर छोटी जगहों में ये अब भी हैं और काफी हैं। सिर्फ उनकी पहचान बाकी है।

●●●